DE SOLEIL ET DE SANG

Jérôme Loubry est né en 1976. Il a d'abord travaillé à l'étranger et voyagé tout en écrivant des nouvelles. Il est lauréat du Prix Libre d'Argent avec son premier roman *Les Chiens de Détroit*, du prix Sang pour Sang polar pour *Le Douzième Chapitre* ainsi que du prix Cognac du meilleur roman francophone, le Grand prix de l'Iris noir de Bruxelles et le Choix des libraires du Livre de Poche pour *Les Refuges*.

Paru au Livre de Poche :

Les Chiens de Détroit
Le Douzième Chapitre
Les Refuges

JÉRÔME LOUBRY

De soleil et de sang

ROMAN

CALMANN-LÉVY

ISBN : 978-2-253-07940-8 – 1re publication LGF

Pour Loan

Qui t'amène en ces lieux,
Mortel présomptueux ?
C'est le séjour affreux
Des remords dévorants
Et des gémissements
Et des tourments.

Orphée et Eurydice
Opéra de Christoph Willibald Gluck

Cette histoire se déroule en partie quelques heures avant le séisme qui frappa Haïti le 12 janvier 2010.

Ce séisme coûta la vie à plus de deux cent quatre-vingt mille personnes.

Une part de ce récit n'est que pure fiction.
L'autre part est réelle et toujours d'actualité.

C'est la plus tragique.

Haïti, 11 janvier 2010

La maison se dressait vers le ciel, brisant l'horizon chaotique dessiné par les misérables habitations en parpaing et en tôle du quartier. Tel le mausolée d'une divinité païenne érigé au centre d'un village, la « Tombe joyeuse » défiait la nature et le temps. Le bleu métallique de la pleine lune enveloppait son architecture d'une lueur bienveillante, de celles que seules des complices muettes et éternelles peuvent partager. Les caresses soyeuses de l'astre firent apparaître des ombres sur les surfaces planes de ses façades. Elles se glissèrent à travers les piliers du garde-corps, s'immiscèrent au creux des arcades. Elles étirèrent les angles des tuiles, des volets, des faîtages (pourtant si discrets le jour) comme autant de griffes acérées descendant avec lenteur et détermination vers l'herbe asséchée du jardin.

Une autre ombre, figée plus bas devant la grille de la propriété, beaucoup plus frêle et tourmentée, observait avec crainte la transformation. Dans sa main droite, un bidon d'essence. L'homme ouvrit la grille d'un geste hésitant, puis avança le long du court chemin de terre. Autour de lui, des lucioles virevoltaient dans la nuit de manière saccadée, changeant subitement de direction, à l'image d'insectes pris au piège dans un labyrinthe aux murs invisibles. Il respira avec difficulté l'air pesant. Un bruit provenant de la ruelle le fit sursauter. Son regard instable en chercha la source par-dessus la haie de vétiver. Il vit une dizaine de chiens errants s'engager dans sa direction, langue pendante tel un organe inutile. Ils changèrent de trottoir à l'approche de la Tombe joyeuse, sans aucun doute effrayés eux aussi par ses secrets. Leurs côtes saillaient dangereusement, tendant leur peau que l'on aurait pu croire près de se déchirer tellement elle semblait fine et fragile, tandis que leur pelage clairsemé par la gale dévoilait des croûtes sanguinolentes. Les bêtes, devenues asociales par tant de souffrance, ne prêtèrent guère attention à sa présence.

L'homme attendit que leurs cris plaintifs s'estompent dans la nuit avant de reprendre sa progression.

Il se figea juste devant les marches en pierre qui menaient au porche et leva les yeux vers cette structure *gingerbread* typique de Haïti. Les deux étages de bois et de pierre l'observèrent à leur tour tandis que le toit, qui lui cachait à présent la lune, étirait son spectre ombreux pour le recouvrir totalement. Son regard remonta fébrilement le long de la façade, dépassa la coursive du premier étage et se fixa sur la fenêtre la plus haute. De forme ogivale, solitaire et brisée, unique cicatrice d'une maison que personne ici n'aurait osé approcher ni souiller, cette fenêtre demeurait le point de départ de tous les malheurs.

C'est ici que tout a commencé, c'est ici que tout doit se terminer…

L'homme se concentra, chercha au fond de lui le courage nécessaire pour avancer davantage. Il sentit la piqûre d'un insecte au creux de sa nuque et posa un instant le bidon d'essence au sol. Il griffa avec colère sa peau d'Européen puis s'essuya le front qui luisait autant de sueur que de peur.

Le souvenir de Méline s'immisça alors à travers le temps.

Cette phrase qu'elle avait prononcée la dernière fois qu'ils s'étaient vus, quelques jours avant qu'elle ne parte pour cette terre de soleil et de sang.

« Promets-moi de ne jamais nous égarer, mon Orphée… »

« Je te le promets… », avait-il répondu.

— Je te l'avais promis, murmura-t-il face à cette fenêtre brisée.

Il monta les marches et poussa la lourde porte en bois de la Tombe joyeuse.

Ainsi, s'abandonnant à un destin aussi funeste et irrémédiable que celui du poète grec, Vincent s'enfonça dans l'enfer du quartier des damnés, sous les regards et les hurlements de trop nombreux suppliciés…

SIMON BÉLAGE

1

Haïti, décembre 2009
8 h 37

Simon Bélage traversa la banlieue en direction de Pétion-Ville, pied au plancher. Les rues sèches et poussiéreuses éructaient déjà les abus de la nuit. Des prostituées aux vêtements élimés arpentant les trottoirs, les yeux plissés, éblouies par la violence du soleil, perdues entre ici et ailleurs. Des gamins recroquevillés contre les murs, lézards immobiles en quête de chaleur pour se réchauffer et oublier, à l'haleine trop jeune pour être chargée de mauvais rhum… Des hommes aux visages plus anciens, profondément noirs, burinés par le temps, par les violences de l'histoire, par les disparus qu'ils ne pouvaient plus pleurer tellement leur cœur s'est asséché.

La sirène qui hurlait aux badauds de se ranger n'avait que très peu d'effet. Les piétons observaient l'inspecteur d'un œil mauvais. Un vieillard cracha sur le sol en direction du véhicule. Il gratifia Simon d'un large sourire édenté lorsque celui-ci le dépassa en roulant au pas, ralenti par un pick-up. Des grappes d'enfants lui lancèrent des injures en riant de leur propre vulgarité avant de s'évanouir derrière des maisons blafardes en roulant des épaules.

Il ne leur en voulait qu'à moitié, à ces gosses, pour la plupart livrés à eux-mêmes. Leurs regards étaient déjà éteints par le crack et les rêves brisés de l'adolescence. L'inspecteur comprenait même en partie cette haine pugnace envers l'uniforme. Beaucoup avaient encore en tête les exactions menées par la police parallèle de Baby Doc, Jean-Claude Duvalier, durant les années de dictature. Ces tontons macoutes avaient fait régner la terreur au sein de la population : meurtres, viols, tortures et extorsions définissaient alors les forces de l'ordre. Malgré la chute du président, en 1986, et le grand ménage effectué dans la police et dans l'armée du pays, les rancœurs persistaient et se léguaient de génération en génération. Personne n'ignorait que d'anciens tontons macoutes s'étaient faufilés entre les mailles du système et qu'ils occupaient à présent des postes importants dans l'administration ou dans les services publics, et plus particulièrement au sein de la police.

Lentement, le véhicule réussit à se frayer un chemin et à atteindre Pétion-Ville. Les routes se firent plus souples, les cahutes crasseuses et fragiles s'effacèrent pour laisser place à des maisons coloniales en pierre. Des jardins luxuriants remplis de palmiers, de flamboyants bleus, de vanilliers de Cayenne et d'arbres orchidées apparurent, bien à l'abri derrière de hautes grilles. Une sorte de Beverly Hills haïtien, où bon nombre de diplomates et de mulâtres ayant fait fortune s'isolaient du reste de la population.

Ici, les gens vivaient comme dans un pays civilisé. Des hôtels, un cinéma, des boutiques, des restaurants, des banques… Un quartier que les autres habitants contemplaient comme un paradis auquel ils n'auraient jamais accès. Certains d'entre eux se contentaient d'en arpenter les rues, d'observer de loin, de goûter du bout des lèvres le baiser sucré de la réussite. D'autres en voulaient davantage. Les yeux fiévreux de jalousie et de désir, ils fomentaient, dans l'arrière-cour d'un troquet, le moyen d'acquérir leur part de richesse. Simon connaissait la suite par cœur : agression, enlèvement et demande de rançon.

Souvent les familles payaient.

Parfois non.

L'inspecteur principal arriva dans la rue précisée plus tôt par son adjoint. Il se gara derrière le 4 × 4 de Manus dont le gyrophare tournait toujours et jurait violemment dans le décor calme et encore endormi de l'endroit. Les paroles de son collègue lorsqu'il l'avait contacté par radio trente minutes auparavant dansèrent dans sa tête.

— Chef, on a eu un appel ce matin. Depuis Pétion-Ville.

— À quel sujet ?

— Un double homicide, c'est la gouvernante qui a découvert les corps en prenant son poste.

— Ne me dis pas que…

— Si, comme celui de la semaine dernière, chef. À l'identique.

... comme celui de la semaine dernière. À l'identique.

Un couple d'une cinquantaine d'années, blanc, retrouvé dans sa chambre à coucher au petit matin, les mains tranchées à la machette.

La femme, les yeux transpercés par deux broches longilignes en acier.

L'homme, la langue arrachée disposée dans une de ses paumes, et dans l'autre son pénis tranché à la lame.

Les images revinrent à l'esprit de Simon. Ces mêmes images qui troublaient son sommeil depuis ce matin-là et qui ne le lâchaient pas entièrement lorsque le jour se levait.

L'affaire avait fait la une des journaux de l'île, chassant pour un instant Cité-Soleil, les organisations non gouvernementales et les politiques qui normalement occupaient tour à tour cette place.

« Crime vaudou à Pétion-Ville », titra le quotidien principal. Immédiatement, un bruissement étrange parcourut les rues de la capitale. Les habitants des quartiers alentour se tinrent à distance, ravalant leurs envies de luxe, repoussant leur désir de fouler les rues pavées de cet endroit qu'ils pensaient immaculé. Mais même si le journal l'affirmait, et cela dans le but unique de marquer les esprits et de vendre quelques exemplaires supplémentaires, les Haïtiens savaient que le vaudou ne pouvait en aucune manière être responsable de cela. Le vrai vaudou aidait à résoudre des problèmes du quotidien, à enfanter, à rendre malade une rivale, à faire en sorte qu'une femme tombe amoureuse de vous… en aucun cas il ne tranchait des mains et ne perçait des yeux.

Simon peina à extraire ses quatre-vingt-dix kilos de la voiture. Depuis longtemps il se promettait de maigrir et de cesser de se nourrir uniquement de viande en sauce, de haricots rouges ou de sandwichs au *mamba*. Sans jamais y parvenir. À presque soixante ans, il se demandait régulièrement si de tels efforts en valaient la chandelle, et souvent il admettait avec gourmandise qu'il était bien trop tard pour s'en inquiéter.

Il franchit le portail sécurisé de la propriété et traversa le long jardin ceint de murs coiffés de tessons de bouteilles brisées. L'odeur des bougainvilliers couvrit pour quelques minutes celles d'un pays en putréfaction.

Manus l'attendait sur le porche, sa chemise beige clair réglementaire jurant violemment avec la noirceur de sa peau. Cela faisait cinq ans que les deux hommes travaillaient ensemble. Simon se souvenait encore de ce jeune débutant qui était arrivé dans son bureau. De prime abord, il lui avait semblé trop fragile et timide pour affronter la rue. Mais, après quelques journées sur le terrain, le gamin lui avait prouvé qu'il se débrouillait parfaitement, et en plus il semblait aimer son métier.

Simon traîna ses kilos jusqu'en haut des marches en soufflant puis s'essuya le front avec un vieux mouchoir en coton tiré de sa poche arrière. Manus attendit qu'il reprenne ses esprits en observant le ciel bleu vide de tout nuage. Longiligne et squelettique, ses pommettes tendaient son visage comme deux tumeurs prêtes à exploser. Le contraste entre les deux hommes ne se limitait pas à leur physique. Si Simon parlait avec facilité et se laissait parfois emporter par ses discussions, Manus, lui, était plutôt économe en paroles. D'un stoïcisme inébranlable, son esprit synthétique pouvait résumer en une phrase ce que son supérieur tentait d'expliquer en vingt.

Cependant, Simon connaissait suffisamment son collègue pour remarquer que celui-ci était ébranlé par ce qu'il venait de découvrir. Les doigts de sa main droite dansaient discrètement le long de sa cuisse, révélant son trouble à travers ce tic nerveux que l'inspecteur n'avait surpris qu'en de très rares occasions. La dernière en date remontait à quelques jours, ici même, à Pétion-Ville.

— Je suppose que les victimes se trouvent dans la chambre à coucher ? devina-t-il en rangeant son mouchoir.

— Tout à fait, chef. Au pied du lit.

— Exactement comme la semaine dernière donc. Tu as contacté une ambulance ?

— Oui, elle arrive… Dès qu'ils auront réparé leur pneu crevé. Il y a eu une émeute à Cité-Soleil dans la nuit. Les secours n'ont pas été bien accueillis…

— Une émeute à Cité-Soleil, maugréa Simon. Encore et toujours…

Cité-Soleil, ce quartier situé au nord-ouest de la capitale, était le parfait opposé de Pétion-Ville. La pauvreté à l'état pur, livrée à elle-même dans des quartiers trop surchargés pour y contenir à la fois les hommes et leurs violences. Des émeutes, des règlements de comptes entre gangs, des assassinats noyés dans les statistiques et maquillés en incidents domestiques, des actions contre la police, les politiques, les Casques bleus et les Nations unies… Lors de sa création sous la dictature de Duvalier, cette commune devait servir de village à tous les travailleurs des usines alentour. Mais rapidement, l'afflux massif de populations venant de tout le pays en quête d'un emploi avait rempli jusqu'à satiété l'estomac de cette bête en décomposition, faisant de Cité-Soleil le bidonville le plus sombre de la région.

— Bien, allons-y.

Tel un linceul, l'air frais de la climatisation enveloppa les deux policiers lorsqu'ils pénétrèrent à l'intérieur de la villa. Un hall immense se dévoila, tout en nuances de beige et de blanc. Des peintures aux cadres dorés étaient disposées en différents points stratégiques, toutes visibles depuis l'entrée. Simon remarqua que le sujet principal en était un homme et une femme, de race blanche. Les toiles les montraient devant une propriété luxueuse, au bord d'un lac, dans une bananeraie ou assis côte à côte sur un long canapé en cuir marron. Les deux policiers s'approchèrent du centre de la pièce où les attendait la gouvernante. Celle-ci tentait de faire bonne contenance, car à ses côtés se tenait, silencieux et aligné, le reste du personnel de maison dont elle avait la charge. Mais les tremblements de sa lèvre inférieure et les larmes qui perlaient au coin de ses yeux ne lui offraient qu'un délai très court avant qu'elle ne s'effondre à l'idée de devoir à nouveau parcourir les rues embrasées de la ville pour trouver un emploi.

Simon regarda un à un les domestiques. Ils étaient âgés d'une quinzaine d'années, tous des *restaveks*, des gamins vendus par leur famille pour quelques billets afin d'échapper à la pauvreté. Beaucoup de ces gosses travaillaient dans les maisons bourgeoises et les riches propriétés de Haïti. Certaines associations étrangères installées sur l'île s'offusquaient que ce trafic d'enfants soit couvert par les politiques. Mais le vrai problème était que ce supposé trafic l'était aussi par les Haïtiens, et qu'un vide juridique permettait cette traite de la personne, rendant leurs diatribes aussi futiles qu'inaudibles.

— Comment t'appelles-tu ? demanda Simon en s'adressant à la gouvernante.

— Marie-Louise, monsieur.

— Tu n'as touché à rien là-haut avant de nous prévenir ?

— Non, j'ai pris mon service, préparé leur petit déjeuner puis je suis montée pour les prévenir. Mais personne ne répondait, ce qui n'est pas dans leurs habitudes. J'ai donc poussé la porte et…

— Juste poussé la porte, c'est tout ?

— Oui.

— Et les autres ?

— Ils arrivent après moi, précisa-t-elle en baissant le regard.

— Tu n'as rien entendu cette nuit ?

— Nous dormons tous dans la dépendance, de l'autre côté de la propriété.

— Très bien. Un policier viendra prendre votre déposition. En attendant… je ne sais pas… fais-leur du thé glacé…, improvisa Simon en se tournant vers l'escalier en marbre où Manus l'attendait.

Les *restaveks* observèrent de leurs yeux dociles les deux hommes monter les marches et disparaître dans la chambre de leurs maîtres.

Quelques secondes plus tard, les sanglots de Marie-Louise et de son futur déchu résonnèrent contre le marbre froid de la villa.

2

Paris, novembre 2005

— Tu as toujours voulu devenir architecte ?

C'était un jeudi, en fin d'après-midi. Nous nous étions donné rendez-vous dans un café, juste à côté du jardin du Luxembourg. Une pluie drue et glaciale martelait la baie vitrée face à laquelle nous étions installés. L'endroit était cosy, dans le style lounge tant apprécié par la clientèle appartenant à la classe moyenne. Pour l'instant, de nombreuses tables étaient orphelines, mais, d'ici à une heure, le bar serait plein et les conversations difficiles. Méline commanda un café crème, « trop tôt pour l'apéritif », précisa-t-elle comme pour se justifier. Je l'imitai et, après le silence gêné des premiers instants – qui dura jusqu'à ce que le serveur nous apporte notre commande –, nos langues se délièrent et elle me posa cette question.

J'avais rencontré Méline la veille, lors du vernissage d'une minuscule galerie dont le propriétaire s'était révélé être un ami commun. Au cours de la soirée, elle m'apprit que son prénom découlait du grec *melitos*, qui signifie « abeille ». Elle m'avoua son faible pour la mythologie et me demanda si je connaissais le mythe d'Orphée et Eurydice, son favori.

Je lui répondis que oui et lui récitai ce que je savais de ce poète grec descendu aux enfers pour sauver sa bien-aimée. Je fus surpris de me souvenir de tant de détails : la morsure mortelle du serpent, Cerbère que le musicien endort en jouant de la lyre, Hadès et Perséphone qui acceptent de les laisser repartir à condition qu'Orphée ne se retourne pas…

Méline m'observait, son regard émeraude plongé dans le mien. J'ignorais si elle avait conscience du trouble qu'elle imposait à mon esprit… C'est une question que je ne lui ai jamais posée.

Derrière nous, les invités se pressaient autour du nouveau propriétaire. Ils le congratulaient à forte voix, accordaient un œil attentif aux diverses œuvres placardées sur les murs et pourtant, à cet instant, j'éprouvais la sensation que nous seuls existions.

— Alors, tu devrais écouter cet opéra de Christoph… merde, je ne me souviens plus de son nom… Enfin, la version chantée par Maria Callas, *J'ai perdu mon Eurydice*, me conseilla-t-elle en souriant un peu plus, ses pommettes légèrement rosies par l'alcool.

— D'accord, acquiesçai-je, hypnotisé par sa splendeur.

Je me suis dit alors que si Eurydice ressemblait à Méline, il était impossible que ce pauvre Orphée ne se retournât pas. Sa lutte était vaine.

— Vraiment ? Tu le feras ? me demanda-t-elle, surprise par ma réponse immédiate.

— Oui, bien sûr.

Nous passâmes le reste de la soirée parmi des inconnus, à trinquer, à discuter, à mourir d'envie de s'échapper. Vers minuit, Méline me quitta à regret en me déposant un baiser appuyé sur la joue. Avant de s'engouffrer dans la bouche de métro, elle se retourna et me donna rendez-vous en ajoutant, l'air faussement menaçant :

— Et n'oublie pas ! Maria Callas ! *J'ai perdu mon Eurydice* !

3

Haïti, décembre 2009

— Merde, souffla l'inspecteur en découvrant les deux cadavres assis sur le sol, adossés contre la structure en bois massif du lit.

La moquette était imbibée de sang. Une flaque pourpre s'étendait jusqu'à la porte et auréolait l'ombre des victimes. La disposition des corps était scrupuleusement identique à celle de la semaine passée. L'homme à gauche, son pantalon de pyjama sur les chevilles, la femme à sa droite. La tête de la femme, tournée vers l'entrée, semblait les fixer en tendant les deux piques en acier vers eux en une sorte de prolongement métallique de son regard. Malgré la climatisation et la relative fraîcheur des cadavres, une odeur nauséabonde imprégnait déjà l'endroit.

— Paul et Marie Devaucoux. Cinquante-six et cinquante-deux ans. Couple de Canadiens ayant fait fortune dans l'exportation de café et de bananes, récita Manus en lisant des notes sur son carnet. Pas d'enfants.

— Riches, blancs et morts, résuma Simon.

Il s'accroupit face aux victimes en évitant soigneusement la frontière dessinée par l'étendue de sang. Les mains du mari, contenant l'une sa langue et l'autre son pénis, avaient été disposées à l'extrémité de ses moignons, ballant le long de ses cuisses telles les pièces inutiles d'un mannequin démembré. Du sang avait coulé des orbites de sa femme, sinuant sur ses joues telles des larmes de Rimmel pourpre. Ses mains gisaient entre ses jambes découvertes, doigts pointés vers l'orifice.

Un parfait copier-coller, jugea l'inspecteur en chef.

Des mouches prises au piège dans le plasma refroidi luttaient pour s'en extraire. D'autres avaient abandonné depuis bien longtemps et gisaient, immobiles, repues de morts pour l'éternité.

— Tu as prévenu la scientifique ? s'enquit Simon.

— Oui, je les ai appelés juste après vous.

L'inspecteur regarda sa montre puis se redressa.

— Cela nous laisse un peu de temps, soupira-t-il en se déplaçant le long du mur de la chambre. Aide-moi. S'il s'agit du même meurtrier, il doit l'avoir laissé quelque part.

Manus imita son supérieur et se mit immédiatement à l'œuvre en prenant soin de ne pas souiller la scène de crime. Même si ces incompétents de la scientifique avaient été jusque-là incapables de se montrer efficaces lors d'une enquête, il ne souhaitait pas leur donner une nouvelle occasion de rabaisser les simples flics comme lui.

Il ouvrit le dressing, l'examina rapidement puis se dirigea vers la commode. Un à un, il tira les tiroirs sans rien toucher du contenu. Dans la chambre des Vernier, le couple précédent, ils l'avaient trouvé sans avoir à retourner la pièce. Au contraire, il était là, presque devant eux, comme déposé à leur intention. De l'autre côté du lit, il aperçut Simon s'accroupir pour scruter le sol. L'inspecteur se releva péniblement en maugréant du vieil haïtien et en maudissant ses douleurs aux genoux. Les deux hommes continuèrent ainsi durant quelques minutes sans rien trouver.

— La BPST arrive, l'informa Manus en reconnaissant le bruit de moteur malade du véhicule du bureau de la police scientifique et technique.

— Merde ! pesta Simon. Il faut que je le trouve avant, sinon ils vont l'embarquer comme pièce à conviction. Rien de ton côté ?

— Non, affirma-t-il en écartant les bras, peut-être qu'il s'agissait d'un…

— Manus…

Le policier se figea. Il fixa Simon qui se tenait immobile, ses yeux levés au plafond.

— Là-haut. L'enfoiré, c'est vraiment le même type.

L'adjoint leva à son tour les yeux en direction du lustre de la chambre.

Déposé sur la coupole en acier, un origami formant un cercueil trônait fièrement au-dessus des morts et des vivants.

4

Paris, novembre 2005

— Tu es avec moi ?

— Oui… oui… pardon, je repensais à notre rencontre, je suis désolé, balbutiai-je en m'apercevant que je n'avais toujours pas répondu à sa question. Architecte ? Oui, depuis tout petit. Et toi ?

— Je ne sais pas encore, je suis en deuxième année de médecine, à Paris Diderot, précisa Méline. J'hésite à choisir une spécialisation… Alors ? Dis-moi !

— Quoi ?

— *Orphée et Eurydice* ! Tu l'as écouté ? Tu l'avais promis ! Une promesse est une promesse !

— Oh oui, bien sûr ! J'aime beaucoup !

Le jour précédent, j'avais passé une bonne partie de l'après-midi à parcourir les rues de Paris à la recherche d'un disquaire spécialisé dans la musique classique. Évidemment, j'aurais pu trouver le morceau sur internet, mais j'avais décidé que Méline méritait bien plus. Je voulais l'opéra dans son intégralité et ne pas me satisfaire de quelques minutes. D'une certaine manière, m'y plonger entièrement me donnait l'impression de me rapprocher d'elle.

— C'est tout ! fit-elle mine de s'offusquer. « J'aime beaucoup » ? J'aime beaucoup !

— Je l'ai écouté plusieurs fois en fait, même juste avant de venir ici, avouai-je en lui souriant.

Et c'était la vérité. Le CD avait tourné toute la veille. Je m'imaginais Méline l'écouter aux mêmes moments, je la devinais sourire en entendant les premières notes, tourner sur elle-même en reprenant les paroles…

C'est à cet instant qu'elle planta son regard dans le mien. Je sentis le temps devenir instable, les minutes se figer et les aiguilles de la pendule accrochée au-dessus du comptoir ne plus oser bouger. Même les nouveaux clients qui pénétraient en grappes disparates à l'intérieur du café me donnaient une sensation d'irréalité, comme si, à l'image de cette soirée de vernissage, il n'y avait que nous, et que le monde tournait autour de nos deux présences sur la pointe des pieds.

Si je devais retenir un moment de notre rencontre, ce serait celui-ci. Nos deux silences. Notre immobilité. Ces promesses invisibles que l'on formula au fond de nos iris, bien à l'abri et préservées dans nos certitudes amoureuses.

Je me jurai alors de ne jamais me détourner de ce regard.

Dussé-je affronter l'enfer…

5

Haïti, décembre 2009

Les membres de la police scientifique rejoignirent Simon et Manus en haut des marches.

Patrice et son collègue Maxime agirent comme à leur habitude, le torse bombé, souriant avec arrogance, parlant fort et grossièrement comme s'ils étaient seuls sur terre. Avant de partir en Inde pour suivre une formation scientifique mise en place par la MINUSTAH, la Mission des Nations unies pour la stabilisation en Haïti, ces deux amis d'enfance n'étaient pas connus pour leur professionnalisme. Ils faisaient partie de ces flics qui utilisaient leur position pour obtenir bien plus que des informations. Les prostituées de Port-au-Prince les reconnaissaient et quittaient le trottoir pour ne pas devoir leur offrir une passe. En les apercevant, les dealers vidaient rapidement leurs poches dans une planque afin de ne pas perdre la recette de la journée. Même les honnêtes habitants tremblaient. Et à chaque fois que les deux hommes s'éloignaient, hilares et satisfaits, les mêmes mots résonnaient derrière eux, sans jamais cependant les atteindre tant leur uniforme les protégeait : *tontons macoutes*.

Lorsque la MINUSTAH décida de restructurer la police de l'île, elle chercha des volontaires parmi les forces de l'ordre pour incorporer le BPST. La formation proposée devant déboucher sur un diplôme et un salaire plus élevé, Patrice et Maxime furent les premiers à se proposer. Ils partirent plusieurs mois à Bombay, abusèrent modérément des putes locales (notamment parce qu'ils devaient les payer à défaut de les effrayer) et revinrent en Haïti avec le prestige qu'un voyage à l'étranger et une formation spécifique primordiale pour la police conféraient à ceux qui étaient restés. Ils s'érigèrent en héros, se comportèrent comme ces flics américains qu'ils voyaient à la télé et se tinrent droits en défiant le soleil de leur propre pays. Les prostituées haïtiennes furent rattrapées par les cheveux, les dealers frappés et les honnêtes habitants menacés.

Lentement, dans le vocabulaire populaire, l'expression « tontons macoutes » laissa la place à celle de « flics dangereux ». Aussi effrayants, aussi intouchables, un simple synonyme séparé de quelques années.

— Quel bordel ! s'esclaffa Patrice en découvrant la scène de crime.

— On risque d'être en retard pour le déjeuner ! ajouta Maxime en insérant ses mains dans des gants en latex. Vous n'avez touché à rien ? demanda-t-il comme s'il s'adressait à des novices.

— Non, rien, répondit Manus en le fixant froidement.

— Dans ce cas, vous pouvez nous laisser bosser.

— Où est votre matériel ? s'enquit Simon en découvrant que les deux hommes ne possédaient qu'un kit de relevé d'empreintes.

D'habitude, ils arrivaient avec plusieurs sacs, revêtaient une combinaison de protection avec masque et cagoule (tout cela bien sûr théâtralisé jusqu'au ridicule, afin que le public alentour mesure l'importance de leur présence), puis choisissaient les outils nécessaires aux différents relevés. Mais la semaine dernière déjà, ils étaient arrivés les mains presque vides.

— Ah… ouais, c'est la faute du Brésil, répondit nonchalamment Maxime.

— Du Brésil ? s'impatienta l'inspecteur en chef.

— Ben ouais, expliqua Patrice en faisant claquer son gant. Le Brésil devait nous envoyer des kits complets, pipettes, masques, couvre-chaussures, analyseurs de sang, lampes UV… mais les colis ne sont jamais arrivés. Tu parles d'une aide internationale ! Du coup, le temps de refaire une demande…

— C'est pour ça que nous n'avons aucun résultat pour le crime précédent…, ironisa Manus.

— Exact ! Il ne nous reste que des gants et un peu de poudre pour les empreintes. De toute manière, tout me semble assez évident ici…

— Ah oui ?

— Le blanc-bec a dû coucher avec une Haïtienne… Le mari trompé s'en rend compte et vlan ! un peu de vaudou pour régler l'affaire. On ne touche pas à nos femmes, c'est pourtant connu ! Encore un qui a voulu danser avec Mami Wata !

— Je doute que la déesse de la sexualité ait à voir avec ce crime…, s'agaça Simon.

— P'têt que oui, p'têt que non… En tout cas, si on ne trouve pas plus d'empreintes que la dernière fois, il faudra y penser sérieusement. La science a ses limites…

Les deux hommes s'éparpillèrent dans la pièce, en donnant l'impression de ne pas vraiment savoir comment opérer. Maxime ouvrit un tiroir au hasard, en sortit une petite culotte qu'il examina comme une pierre précieuse. Simon ferma les yeux et fit le vide. Le fait que ces deux incompétents portent encore l'uniforme était pour lui un véritable mystère.

— *Une nuit en enfer* ! cria soudainement Patrice, tandis que son pied gauche mordait sans qu'il s'en rende compte la frontière de sang.

— Quoi, une nuit en enfer ? lui demanda son compère.

— La représentation la plus sexy de Mami Wata ! Salma Hayek dans le film *Une nuit en enfer* ! La danse avec le serpent !

— Merde ! Tu as raison, Pat, ces enculés d'Américains nous ont vraiment tout piqué !

Simon et Manus laissèrent les deux « spécialistes » opérer. Ils descendirent l'escalier en marbre sans prononcer la moindre parole. Les rires gras des deux génies les accompagnèrent jusqu'à la sortie où un agent en faction attendait de recevoir les ordres.

— Vous prenez la déposition de la gouvernante et de tous les gamins, lui indiqua Simon. Demandez-lui les coordonnées du jardinier et des différents prestataires qui ont l'habitude de venir ici. Prévenez aussi les services sociaux. Qu'ils récupèrent les gamins et qu'ils essayent de retrouver leurs familles avant qu'ils ne soient employés ailleurs.

— Bien, inspecteur.

— On devrait peut-être demander à Rachelle de s'occuper des enfants, hasarda Manus, sachant qu'il avançait sur un terrain miné. Son association est…

— Non, intima immédiatement Simon. Laisse ma fille en dehors de tout ça. Surtout pas elle !

Simon s'engouffra dans son véhicule. Les quelques mètres qu'il venait de parcourir avaient suffi pour qu'une pellicule de sueur couvre son front. Il sortit le cercueil en papier de la poche de sa chemise. Une croix était dessinée, mais rien de plus, aucun indice, aucun message. Pourquoi le tueur laissait-il cet origami ? Simplement par jeu ? Une sorte de signature ?

L'inspecteur démarra le moteur et quitta Pétion-Ville, en espérant ne jamais devoir y croiser de nouveaux cadavres vaudouisés.

Bien sûr, à ce moment, il ignorait deux choses.

La première était que, bientôt, il devrait y retrouver un troisième cercueil en papier.

La seconde était qu'il en paierait lourdement les conséquences.

Lai…laissez-moi vous ra…raconter l'histoire de… des six.

Ils fu…furent six à voyager dans le… le camion.

Sss…six enfants spéciaux et maudits a…arrachés à leur existence.

Le pl…plus âgé d'entre eux n'avait que… que dix ans.

Savez-vo…vou…vous ce que l'on fait à Haïti de… des enfants spéciaux ?

Sa…savez-vous ce que de…deviennent les enfants que l'on ne… pe…peut pas… vendre ?

6

Paris, mai 2007

Non admise.

J'avais beau lire et relire la sentence, je ne trouvais pas les mots. Méline était assise, dépitée, sur le canapé de l'appartement que nous venions de prendre en commun. Entre nous les choses s'étaient accélérées depuis le premier rendez-vous dans ce bar proche du Luxembourg. Nous nous étions embrassés, avions fait l'amour dans mon studio et nous étions promis un avenir heureux.

— Il n'y a pas une session de rattrapage ?

— Non, je dois refaire l'année entière, affirma-t-elle.

— Qu'importe ! Tu as le temps, j'ai un emploi, même si pour l'instant je ne suis que collaborateur, je peux t'aider, prétextai-je en tentant de détendre l'atmosphère.

— Je ne sais pas… Je n'ai plus trop la tête aux études de toute manière…, éluda-t-elle en se levant. Je vais y réfléchir.

Car, à cette période, un autre drame assombrissait la vie de Méline. Plus brutal, plus définitif et beaucoup plus grave qu'un redoublement.

L'hiver précédent, l'état de santé de son père s'était brusquement dégradé, révélant un cancer de la prostate diagnostiqué trop tardivement. Il avait tellement maigri qu'il ne ressemblait que très peu à l'homme que j'avais rencontré à peine un an auparavant. Paul restait alité toute la journée, ne souhaitant voir personne, refusant de se donner en spectacle et croyant ainsi préserver dans l'esprit de ses proches le souvenir de l'homme qu'il était jadis. Lorsque nous leur rendions visite, il entrebâillait la porte de sa chambre à l'étage pour entendre nos voix. Parfois, son ombre s'aventurait dans le couloir. Mais à chaque fois elle repartait, effrayée par sa propre silhouette voûtée et émaciée, honteuse de la lenteur avec laquelle elle se déplaçait. Alors Méline lui parlait. Elle faisait comme s'il était assis avec nous trois, dans le salon, à discuter des nombreux voyages qu'ils avaient faits avant de la mettre au monde. Tous, nous nous prêtâmes au jeu. Tous, nous parlâmes à un fantôme en devenir, n'osant le forcer à se montrer, respectant sa volonté en espérant qu'un jour, un traitement suffisamment efficace lui permettrait enfin de nous rejoindre.

Mais ce ne fut pas le cas.

Il mourut le 28 mars, comme s'il avait attendu que le printemps pointe son nez pour en ressentir une dernière fois la chaleur à travers la fenêtre de sa chambre.

C'est à cette période que les premiers examens commencèrent à l'école de médecine.

Et c'est à ce moment que je mentis pour la première fois à celle qui allait devenir ma femme un an plus tard.

Un jour où nous étions chez ses parents, j'eus la maladresse de renverser du café sur le jean blanc que Méline venait de m'offrir. Sa mère s'empressa de m'apporter un torchon et me conseilla d'aller dans la salle de bains pour nettoyer plus en profondeur la tache brunâtre qui recouvrait une bonne partie de ma cuisse. Je montai donc à l'étage, maudissant mon étourderie, et passai devant la porte entrouverte de la chambre où se reposait son père (« reposait » étant la version polie et affectueuse qu'utilisait la mère de Méline pour ne pas prononcer « mourait » quand nous lui demandions comment Paul allait… « Bien, il se repose… »). J'essayais de faire le moins de bruit possible, légèrement mal à l'aise à l'idée de passer près de cette porte entrouverte. Ne sachant s'il pouvait me voir ou m'entendre, je me demandais quelle serait sa réaction s'il se rendait compte de ma présence, ici, à son étage, dans ce territoire qu'il ne souhaitait partager avec quiconque hormis sa femme.

J'avançai avec autant de précautions qu'un gamin sur un lac gelé, progressant avec lenteur, priant pour qu'aucune des deux femmes assises en bas ne s'impatiente et ne me demande si tout allait bien.

Quand j'atteignis la salle de bains, je me rendis compte que j'avais effectué le court trajet depuis le haut des marches en retenant ma respiration. J'humidifiai un gant de toilette et frottai le pantalon de toutes mes forces. La tache s'éclaircit mais ne disparut pas complètement, à présent auréolée d'humidité. Je fis le chemin en sens inverse, essayant de chasser cette peur enfantine qui m'avait saisi plus tôt. Je ne savais que peu de chose des parents de Méline. Je devinais à travers ses mots que Paul était quelqu'un de solide, un père aimant au regard quelquefois absent, errant dans une de ces contrées intérieures que les hommes tiennent secrètes et dont il est difficile de s'approcher. Sa mère était l'exact opposé. Toujours radieuse, Hélène nous accueillait avec le sourire d'une femme débordant d'amour non seulement pour sa fille, mais pour tous les gens autour. Je ne l'ai jamais entendue dire du mal de quelqu'un ou maudire la vie d'avoir planté ce cancer dans le corps de son mari.

Alors que je passais devant la chambre, j'entendis des paroles s'échapper de derrière la porte. Je les mis d'abord sur le compte de mon imagination (imagination dont j'eus honte sur le coup, car elle provenait d'une peur stupide, semblable à celle d'un gosse passant en vélo devant la maison hantée du quartier où, la veille, il a cru voir un lépreux tendre un bras décharné pour l'attraper). Mais tandis que je restais immobile, le cœur martelant bruyamment dans ma poitrine tel un caisson de basse mal réglé, d'autres murmures me parvinrent de l'entrebâillement. Je tendis l'oreille en prenant soin de ne pas trahir ma présence, mais je me doutais que Paul avait dû surprendre le bruit du robinet quelques minutes plus tôt. Ainsi, ce fut comme si l'homme qui mourait de l'autre côté avait malgré tout voulu que j'entende, que je sois le témoin de ce qui, je le compris des mois plus tard, était une confession. Il répéta avec sa voix fatiguée, mais de manière plus appuyée, ces quelques mots :

— Je suis désolé… Je suis désolé… Je suis désolé… Laissez Méline tranquille… Ne lui faites pas de mal…

J'attendis. Une explication. D'autres paroles. Je ne savais pas quoi exactement, mais j'espérais que des mots rassurants et sensés viendraient me délivrer de la prostration dans laquelle je me trouvais.

Que voulait-il dire ?

Si j'avais eu plus de courage, si j'avais osé, je serais entré dans la pièce et aurais discuté avec Paul pour tenter de mieux comprendre. Peut-être aurais-je trouvé un mourant en train de délirer… Peut-être m'aurait-il souri de ses lèvres fragiles en m'expliquant qu'il s'agissait d'un simple cauchemar… Mais je n'en fis rien, car au moment où je m'approchais de la chambre, encore hésitant, un bras noueux à la peau pigmentée de taches brunâtres apparut dans l'embrasure et poussa la porte jusqu'à ce que le pêne émette un clac définitif.

— Tout va bien là-haut ?

La voix de Méline me délivra. Elle me fit reprendre conscience du lieu dans lequel je me trouvais, de ma stupéfaction ridicule et de la sueur qui perlait sur mon front. Les paroles de Paul s'évanouirent lentement, elles dansèrent quelques tours encore avant d'être chassées par la réalité. Je me détournai de la porte et quittai le couloir (sans plus craindre de faire le moindre bruit, car, j'en étais persuadé, Paul savait tout de ma présence au moment où il avait prononcé ces étranges paroles) et rejoignis Méline dans le salon.

— Ah… c'est un peu mieux, se réjouit-elle, fixant ma cuisse droite. J'aurais dû le savoir, un jean blanc, mauvaise idée… Chéri ? Que se passe-t-il ? Tu as l'air bizarre.

— Rien, Mel, rien du tout, j'ai peut-être un peu trop abusé du vin ce midi…, prétextai-je en m'asseyant.

Voilà. Le premier mensonge.

Et qu'est-ce qu'un mensonge si ce n'est une petite boîte dans laquelle on glisse une vérité que l'on ne souhaite pas affronter ? C'est ce que je fis. Je déposai deux phrases dans une simple boîte, *Laissez Méline tranquille... Ne lui faites pas de mal*, persuadé que cela ne pouvait être qu'une erreur, des mots sans signification prononcés par un esprit malade.

Oui, un infime premier mensonge.

Aussi inoffensif que les sourdes prémices d'un tremblement de terre.

7

Haïti, décembre 2009

Simon roula jusqu'au commissariat de Pétion-Ville, juste en face de la place Saint-Pierre. Ce n'était pas là le lieu de son affectation habituelle. Normalement, il aurait dû être chargé du commissariat de Miragoâne, une ville plus à l'ouest, située face à l'île de la Gonâve. Une ville portuaire, vétuste et figée dans le temps, dans laquelle il avait grandi.

Là-bas, tout le monde le connaissait en tant que Simon, le fils de Lucius. Jamais, enfant, lorsqu'il passait avec sa bicyclette entièrement fabriquée à partir de pièces récoltées dans les différentes décharges sauvages, on ne parlait de lui en disant : « Tiens, v'là le *pitit* de Thérèse… »

Non, c'était toujours : « Tiens, v'là le *pitit* de Lucius… »

À l'époque, Simon ne s'en offusquait jamais, trop occupé à foncer sur les chemins de terre comme si un esprit vaudou lui filait le train.

Et d'une certaine manière, c'était exactement ce qui se passait.

Thérèse Bélage était une belle femme. Tout le monde à Miragoâne enviait ou jalousait sa beauté. Les hommes l'observaient d'un œil enfiévré de désir jusqu'à ce que leurs épouses leur tapent l'arrière du crâne pour les ramener à la réalité. Beaucoup soupçonnèrent que cette beauté ne pouvait être naturelle. La jalousie para les traits fins et harmonieux de Thérèse d'un voile de mysticisme. On lui supposa une relation avec Baron Samedi, Maman Brigitte et autres lwas ou Guédé du panthéon vaudou. Sournoisement, les regards emplis de désir se mirent à craindre celle qu'ils convoitaient quelques semaines auparavant. Les gens changèrent de trottoir, murmurèrent quand elle entrait dans une pièce, éloignèrent leurs amitiés jusqu'à les ignorer complètement. Lorsque sa femme lui fit part de ces changements soudains et incompréhensibles, Lucius lui répondit que les gens étaient devenus fous, qu'ils venaient d'élire un homme dangereux au pouvoir, un certain Duvalier qu'ils surnommaient déjà Papa Doc et que maintenant la folie se propageait dans le pays comme une infection contagieuse.

— Ne fais pas attention à eux, ça leur passera avec le temps…

Mais la folie des hommes est tenace. Aussi lourde et lestée de mauvaises intentions que ces nuages immobiles dans le ciel un soir d'orage. Thérèse limita ses sorties en ville, laissant le soin à son mari d'accompagner Simon à l'école, de jouer avec lui dehors et de lui confectionner une bicyclette sans qu'elle sorte pour observer la joie sur le visage de son fils. Mais, si elle préférait se tenir à distance et laisser les croyances des hommes s'évaporer, elle dut cependant faire une exception pour l'une des plus importantes fêtes haïtiennes.

Personne ne sut jamais ce qui s'était réellement produit ce soir de la Toussaint 1957. Simon avait tout juste huit ans quand il accompagna pour la première fois ses parents au cimetière. Ce fut la première fois également que son père l'autorisa à goûter du rhum, ce qui provoqua immédiatement chez lui une grimace de dégoût qui fit sourire sa mère. Il se souviendrait toute sa vie de l'animation qui régnait dans ce lieu d'habitude silencieux. Des hommes déguisés en Baron Cimetière, le gardien des tombes, haranguaient la foule bigarrée au son des trompettes, tambours, *rada, petwo* et *timbal.* Des femmes aux vêtements multicolores et aux visages talqués hurlaient des obscénités en se frottant aux croix des caveaux tandis que d'autres déposaient du poulet cru et arrosaient la terre de rhum en lançant des incantations.

— La fête des Morts est très importante, lui précisa son père sans quitter sa femme du regard. Chaque famille vient rendre hommage aux défunts. Demain, ce sera la fête des Guédé, les esprits des morts. Viens, allons voir la tombe de tes grands-parents…

L'animation enfiévrée et le mélange d'odeurs lui donnèrent le tournis. Il crut reconnaître certaines personnes, mais aussitôt celles-ci se transformaient en démons excentriques. Elles entraient dans une transe étrange et incontrôlée, se roulaient sur le sol comme un chien errant se roulerait pour écraser ses puces, poussaient des cris gutturaux jusqu'à faire saillir le long de leurs gorges des veines violacées, se tiraient les cheveux et montraient les dents telles des créatures de la nuit affamées de chair fraîche. Était-ce possible que cet homme debout sur une tombe fût son maître d'école ? N'était-ce pas sa vieille voisine qui écartait les jambes de manière vulgaire en mimant des mouvements de va-et-vient contre une croix en ciment ?

Simon se colla contre son père et ne le quitta pas de la soirée. Au milieu de cette effusion de sens et de libations, la beauté maudite de Thérèse fut oubliée par les habitants. Beaucoup vinrent la saluer, l'invitèrent à danser ou à boire une lampée d'alcool. À ce moment-là, plongé dans la folie des morts, Lucius se dit que la folie des hommes s'était enfuie la queue entre les jambes et que Baron Cimetière lui refusait l'entrée.

— Les choses vont rentrer dans l'ordre finalement, glissa-t-il à l'oreille de sa femme, dont un sourire timide mais réel trahissait sa joie de ne plus être mise à l'écart.

Ils revinrent chez eux vers minuit. Leur modeste maison se situait à mi-chemin entre la cathédrale Saint-Jean-Baptiste et le cimetière, légèrement sur les hauteurs de la ville. Simon s'endormit avec des images étranges dans la tête. Ces adultes à quatre pattes entre les tombes. Ces visages blanchis par le talc. Ces chapeaux hauts de forme que portaient certains hommes. Ces percussionnistes qui frappaient sur leurs instruments comme pour les briser…

Deux heures plus tard, il se réveilla, alerté par des grognements qu'il crut tout d'abord échappés de son sommeil. La couverture remontée jusqu'au menton, il chercha du regard les yeux luisants d'un monstre recroquevillé dans un recoin obscur de sa chambre. Il imagina un court instant que son maître d'école, transformé en zombi par l'esprit du mort qui se trouvait allongé dans la tombe sur laquelle il dansait, s'était frayé un chemin jusqu'à lui. Mais il se rendit compte que les bruits provenaient de l'étage au-dessus, de la chambre de ses parents. Il se leva, les souvenirs de ces vivants célébrant les morts encore ancrés dans son esprit, et monta l'escalier.

Les planches de bois grincèrent douloureusement sous ses pas. Les grognements s'accentuèrent, se transformèrent en hurlements, comme pour l'effrayer et lui intimer de ne pas avancer davantage. Il s'apprêtait à frapper contre la porte lorsque celle-ci s'ouvrit en grand et que son père, le visage ridé d'inquiétude, lui lança :

— Simon, prends ta bicyclette et va chercher le médecin, vite !

Figé par l'étrange regard de son père (jamais il n'y avait lu une telle détresse), Simon mit quelques secondes à réagir. Ce ne fut que lorsqu'il entendit Lucius lui répéter l'information qu'il reprit vie et descendit les marches deux par deux.

Simon sortit de la maison, enfourcha sa bicyclette (oubliant qu'il n'était vêtu que d'un slip et d'un tee-shirt) et descendit la rue principale en direction de la maison de doc Félicien. La nuit lui parut silencieuse, insensible aux célébrations qui devaient continuer dans quelques recoins de la ville. À plusieurs reprises, il évita la chute, se jouant au dernier moment d'un nid-de-poule caché dans l'obscurité, slalomant entre les pierres grosses comme des poings et freinant de toutes ses forces pour éviter un chien errant… À chaque collision évitée, il pria pour que son vélo ne se disloquât pas sous le poids d'une prochaine embardée. Mais le patchwork de pièces métalliques assemblées par son père tint bon et l'amena à destination, sain et sauf.

Simon tambourina à la porte durant cinq minutes avant que Félicien lui ouvrît, ses petites lunettes aux verres arrondis sur le bout du nez, les cheveux en bataille.

— Bon sang, Simon, que se passe-t-il, tu as vu l'heure ?

— Doc, c'est ma mère… elle meurt !

Il ignorait à ce moment-là pourquoi il avait prononcé cette phrase. Était-ce pour empêcher toute hésitation chez le vieil homme ? Était-ce ce que lui avaient soufflé les Guédé pour le remercier d'être déjà debout le jour de leur fête ? Ou était-ce simplement une prémonition qui avait ancré en lui cette certitude et qui entraîna des larmes au moment même où elle sortit de sa bouche ?

Durant ce court laps de temps (il ne se passa pas plus de dix minutes entre le départ de Simon et l'arrivée du docteur), dans la maison familiale, Thérèse souffrit de violents vomissements. Des spasmes incontrôlables la pliaient en deux à une vitesse incompréhensible, faisant craquer ses côtes comme de simples brindilles asséchées. Lucius tentait de la maintenir droite, mais à chaque fois le corps de sa femme se recroquevillait avec une force qu'il n'aurait jamais crue possible. Son visage si beau grimaçait de douleur. Sa voix si douce (il adorait l'écouter chantonner dans la maison, ce qu'elle faisait tous les jours, qu'importe l'heure, la couleur du ciel ou l'ostracisme dont elle était victime) se mua en des gargarismes monstrueux qui lui glacèrent le sang. Doc Félicien pénétra dans la pièce et ordonna à Lucius de lui apporter une bassine et des serviettes mouillées. Puis il ferma la porte, avant de lancer un dernier coup d'œil à Simon qui attendait dans le couloir, espérant une explication.

Mais, au fond de lui, il avait compris.

Peut-être avant tout le monde.

Il l'avait même prononcé : sa mère mourait.

— Empoisonnée.

Lucius répéta ce mot en fixant Félicien avec incompréhension.

— Oui, affirma le docteur avec regret, un léger tremblement dans la voix.

— Ils lui ont finalement arraché sa beauté, murmura le père de Simon, en baissant la tête pour cacher ses larmes.

— Je suis désolé, Lucius. Il va falloir l'annoncer au gosse.

— Oui… oui, je m'en occuperai… Laissons-le dormir un peu pour l'instant…

« Tiens, v'là le *pitit* de Lucius… »

Simon venait d'avoir treize ans.

Il descendait la rue centrale – celle-là même qu'il avait descendue cinq ans plus tôt, une nuit de fête des Morts – à toute vitesse pour rejoindre le port. De là, il rejoindrait son père, comme tous les vendredis, et ensemble ils pousseraient jusqu'au lac, chacun sur son vélo, pour une partie de pêche bien méritée. La vieille femme du boucher l'observa dévaler la côte en se gardant bien de lui faire un signe de la main. Un tel geste risquait, s'il lui répondait comme à son habitude, de déséquilibrer le garçon et de l'envoyer directement à l'hôpital. Aussi s'en abstint-elle, se contentant de prononcer pour elle-même cette évidence :

— Tiens, v'là le *pitit* de Lucius…

Car si sa mère avait, comme tout le monde le savait, fricoté avec les mauvais esprits (jusqu'à ce que sa beauté, obtenue grâce à la magie noire, décide de s'extirper de son corps, ce qui la tua, selon la légende), la femme du boucher n'avait cependant pas le cœur de maudire le fiston en ne le saluant pas. Après tout, lui et son père avaient été les victimes de cette prêtresse, comme tous les hommes hypnotisés qui s'arrêtaient pour observer sa beauté.

Les deux malheureux... Bannir le prénom de Thérèse des pensées et des salutations suffit amplement comme malédiction, reconnut la vieille dont la peau noire contrastait avec la devanture en chaux blanche de la boutique.

Simon pédala encore quelques mètres avant d'apercevoir son père. Il se tenait sur les docks, face à une dizaine de personnes, presque toutes mulâtres. Vêtu d'un pantalon recouvert de graisse et d'un tee-shirt dont les courtes manches avaient été retroussées jusqu'au-dessus des épaules, il semblait faire face à une foule en colère. En se rapprochant discrètement, Simon parvint à entendre quelques bribes de phrases. « Fuir… Viens avec nous… Eisenhower ou Cuba… noirisme… Papa Doc et ses macoutes… C'est dangereux ici… »

Plus tard, une fois qu'ils eurent atteint le lac, préparé les cannes, et se furent assis sur l'herbe tiède de cette fin de journée, Simon questionna Lucius :

— Qu'est-ce qu'ils te voulaient, ces hommes ?

— Ah… tu as de bonnes oreilles, toi. Comme ta mère ! Je pouvais péter dans le jardin qu'elle était immédiatement au courant ! sourit tristement Lucius.

— J'ai… j'ai cru qu'ils te voulaient du mal…

— Oh non, Simon, bien au contraire. Ils nous proposaient de partir avec eux.

— Partir ? Où ça ?

— À Cuba ou en Amérique.

— Mais pourquoi voudraient-ils quitter Haïti ?

— Parce que cela devient dangereux pour les personnes comme eux…, soupira son père.

— Les mulâtres ?

— Oui, Duvalier ne les aime plus trop. À vrai dire, il cherche à s'en débarrasser, c'est pour cette raison que ceux avec qui je discutais veulent partir par bateau, rapidement. Mais n'en parle à personne à la ville surtout.

— OK, promis.

— Bon, on va peut-être arriver à attraper un *pwason* cette fois-ci !

— P'pa ?

— Oui, fiston ?

— Je sais ce qui tue ce pays. C'est la même bête qui a agrippé M'man par la gorge…

— La même bête ? s'étonna Lucius en fixant son fils. Il l'avait toujours trouvé plus mature que les autres gamins de son âge. *Sans doute la mort de Thérèse a accéléré ce vieillissement*, regretta-t-il amèrement.

— Oui, c'est la folie des hommes, P'pa. Et le vaudou, ouais, y a le vaudou aussi…

8

Paris, août 2008

Nous nous mariâmes en juin.

Ce fut une cérémonie sobre, en petit comité, pour des raisons financières (Méline avait accepté un poste d'infirmière à mi-temps qu'un ancien ami de l'école de médecine lui avait proposé, un emploi au salaire ridicule), mais aussi parce que notre cercle d'amis se réduisait à des collègues de travail, à des voisins et à des connaissances du lycée que nous ne contactions qu'une fois par an pour leur souhaiter une bonne année. Nous nous rappelions à peine le nom de cet ami qui nous avait invités à l'inauguration de sa galerie, le soir de notre rencontre.

Ces derniers mois, Méline avait passé beaucoup de temps auprès de sa mère. Hélène, même si elle veillait à ne rien laisser transparaître, souffrait d'une tristesse mélancolique depuis le départ de son mari. Quand nous lui rendions visite, ses sourires étaient discrets, ses cheveux moins bien coiffés, son regard très souvent absent, égaré en direction de l'étage et de cette chambre qu'elle laissait entrouverte, comme si Paul y était toujours alité. Lorsque j'essayais d'en toucher un mot à Méline, elle me rétorquait que c'était normal, que c'était là sa manière de faire son deuil. Moi, j'avais l'impression que ma belle-mère et ma femme s'étaient abandonnées à la souffrance silencieuse au point de s'y habituer et de l'accepter comme une compagne de tous les jours, bien blottie au creux de leur poitrine, sans se rendre compte qu'elle les dévorait lentement.

Souvent, quand je terminais suffisamment tôt au cabinet, où mon poste de collaborateur n'avait toujours pas débouché sur celui d'architecte, je me rendais chez Hélène pour savoir si elle avait besoin de quelque chose. À chaque fois, je prévenais Méline en lui envoyant un message, espérant ainsi la rassurer en lui montrant que je veillais sur sa mère.

Mais ce que je ne lui dis jamais, ce fut l'étrange impression que je ressentis lors de ma première visite en solitaire.

La femme qui m'accueillit n'avait plus rien à voir avec celle que je connaissais. Le visage dénué d'expression qui me fit face ressemblait à ceux, figés, du musée Grévin. Sauf que selon les modèles, ceux-ci souriaient ou affichaient une moue dubitative, alors que sur celui de la mère de Méline ne demeurait que le vide abyssal et glacial d'un masque mortuaire. Après m'avoir ouvert, sa silhouette disparut vers une chaise du salon sans dire un mot. À l'intérieur, une obscurité épaisse, brisée ici et là par le faible halo d'une lampe, avait pris possession de la maison. C'est à cet instant que je remarquai que tous les volets étaient fermés, alors qu'au-dehors le soleil de l'été caressait le quartier pavillonnaire.

— Vous allez bien, Hélène ?

Silence. La vieille dame (je ne l'aurais jamais qualifiée ainsi à peine quelques mois plus tôt, mais c'est le sentiment que j'eus ce jour-là, que des siècles avaient momifié cette femme que je reconnaissais à peine) se contenta de fixer ses mains qu'elle frottait l'une contre l'autre avec des gestes ralentis. Je m'assis à mon tour et tentai de trouver les bons mots. Mais ce fut Hélène qui brisa le silence. Je n'étais pas certain qu'elle s'adressait à moi. Elle donnait plutôt l'impression de parler à quelqu'un d'autre, à une entité abstraite dont elle seule connaissait l'identité.

— Ce sont eux, murmura-t-elle.

J'attendis une précision, mais après une bonne dizaine de secondes Hélène n'avait toujours pas rouvert la bouche.

— De qui parlez-vous ?

— Ce sont eux qui l'ont tué, les six. Et ils vont venir pour moi.

— Hélène, je ne comprends pas…

Les paroles de son défunt mari me revinrent en mémoire. Je me revis dans le couloir, n'osant le moindre geste. Lui aussi avait évoqué un danger.

— Ils s'en prendront à Méline. Ils nous feront payer, ajouta-t-elle en fixant ses mains.

— Payer pour quoi ? Hélène, pourquoi quelqu'un s'en prendrait à votre fille ?

Elle releva alors la tête et me fixa avec curiosité, comme si je venais d'apparaître devant elle. Elle sembla finalement prendre conscience de ma présence ; ses mains cessèrent leur danse macabre et elle se dirigea vers la cuisine pour préparer du thé. Ce changement subit de comportement me rappela un ancien film que j'avais vu quand j'étais gamin, où un médium « occupé » par un esprit parvenait à s'en débarrasser et à reprendre le contrôle de son corps. Durant mon enfance, cette scène et cette métamorphose m'avaient empêché de dormir durant de longues heures, marquant mon jeune esprit bien plus que n'importe quels effets spéciaux ou jets d'hémoglobine.

J'eus beau lui demander des explications, lui répéter ce qu'elle venait de prononcer, ma belle-mère refusa d'y prêter attention.

— Je divague parfois, ne me blâme pas pour ces paroles insensées. C'est la fatigue, la tristesse, d'anciens souvenirs, je suis vieille, voilà tout..., prétexta-t-elle en déposant la théière sur la table.

Si cette scène ne se reproduisit jamais, l'atmosphère de la maison devint lourde, sombre, et Hélène s'y mouvait avec de plus en plus de difficulté, tel un poisson nageant dans une eau épaisse.

Un autre soir, ce fut Méline qui me surprit. Non par le biais de paroles mystérieuses, mais simplement en me présentant une nouvelle amie.

Je fus étonné de la voir rentrer un soir en compagnie d'une femme que je rencontrais pour la première fois. La plupart de nos connaissances se limitaient à un nombre restreint, des amis de longue date que nous ne voyions que de temps en temps. Elle nous présenta, « Vincent-Sybille, Sybille-Vincent », puis toutes les deux disparurent dans la cuisine pendant une bonne heure pendant que je travaillais un dossier dans le bureau. Sybille me sembla sympathique. Brune aux cheveux ondulés, un visage tout en rondeur, en parfaite harmonie avec le reste de sa silhouette, elle m'avait souri avec une certaine timidité rafraîchissante. Des bribes d'une conversation animée et joyeuse me parvenaient depuis la cuisine, et entendre de nouveau le rire cristallin de Méline me fit immédiatement aimer Sybille.

Voilà peut-être ce dont nous avons besoin, pensais-je, *de nous changer les idées, de sortir, de rencontrer de nouvelles personnes et de ne plus nous cloîtrer dans cette ambiance de deuil et de désillusions professionnelles…*

Dès que la jeune femme eut quitté l'appartement (« On se voit bientôt alors ! » s'étaient-elles promis sur le pas de la porte), Méline me rejoignit dans le bureau et m'enlaça par-derrière en posant son menton sur mon épaule, tous les deux penchés au-dessus du clavier de mon ordinateur.

— Tu t'es fait une amie ? demandai-je, curieux d'en savoir un peu plus sur cette Sybille qui semblait tout droit sortie d'un chapeau de magicien.

— Oui, je l'ai rencontrée la semaine dernière, précisa Méline.

— Elle travaille avec toi ?

— Non, c'est une patiente, je lui ai fait des prises de sang, nous avons discuté et de fil en aiguille nous nous sommes retrouvées autour d'une tasse de thé au café du coin.

— Elle a l'air sympa.

— Oui, très sympa. Elle a une vie passionnante ! Devine ce qu'elle fait.

— Huuum… Donneuse de sang ?

— Pfff, très drôle. Non, elle travaille dans une association.

— Une association ?

— Oui, une association humanitaire, compléta Méline avec une pointe d'admiration dans la voix. Elle se rend dans les pays les plus pauvres pour aider les populations. Elle est allée en Afrique, en Asie, en Amérique du Sud… Qu'est-ce que tu écris ? s'étonna-t-elle en se redressant. Plutôt lugubre cette phrase… Oh ! On a fait des cookies, je vais t'en chercher !

Méline disparut dans la cuisine en chantonnant comme une adolescente. L'aura de bonheur qui émanait d'elle l'accompagna jusque dans la cuisine d'où je surpris un « merde, c'est chaud ! » qui me fit sourire.

C'est alors que je posai les yeux sur l'écran et sur cette phrase que venait de remarquer ma femme avec l'innocence de ceux qui ignorent que parfois les catastrophes émettent des signes prémonitoires. Je fus incapable de me souvenir à quel moment j'avais tapé ces mots, mais ce que je lus provoqua un frisson qui courut le long de ma colonne vertébrale :

Ils nous feront payer…

Quelques secondes plus tard, alors que j'effaçais cette prophétie en me demandant ce qui ne tournait pas rond chez moi, la voix de Maria Callas résonna dans les enceintes de la chaîne hi-fi et pleura son Eurydice, accompagnée par le chant possédé de ma femme.

9

Haïti, décembre 2009

Simon grandit et incorpora dès qu'il le put les forces de police de Miragoâne. Son père assista, les yeux humides de fierté, à sa nomination au commissariat de la ville. Des siècles semblaient s'être écoulés depuis la terrible nuit. Le gamin n'en parlait que très rarement. Jamais plus, le jour de la Toussaint, il ne s'était mêlé à la folie des hommes. La plupart du temps, il se contentait de rester chez lui, dans cette maison qu'il avait achetée non loin du port, et d'observer de loin le carnaval des déments remonter la longue avenue pour envahir le cimetière.

Quelques anciens continuèrent de parler de lui comme le « fils de Lucius ». Mais pour les autres, de plus en plus nombreux, il devint « l'inspecteur ».

Quelques années plus tard, il épousa une amie d'enfance, Vanessa, qui lui donna une fille avant de s'enfuir vers les États-Unis avec un mulâtre en sursis. Leur bateau n'atteignit jamais les côtes américaines et sombra dans les eaux de l'Atlantique, à seulement quelques milles du rivage haïtien. L'océan recracha les corps des cent vingt passagers anti-Duvalier comme de vulgaires pépins de raisin. Les cadavres, gonflés par la décomposition, firent la une des journaux avant d'être brûlés pour l'exemple dans une fosse commune par les macoutes.

Simon éleva seul sa fille Rachelle, avec l'aide de Lucius dont la santé chancelait dangereusement. Il la vit se transformer à son tour, d'enfant en adolescente, puis d'adolescente en jeune femme. Ni Simon ni son père, qui mourut lorsque sa petite-fille eut dix-neuf ans, ne purent ignorer la ressemblance frappante avec le portrait de Thérèse au même âge. Et naturellement, face à cette beauté enivrante, les habitants de Miragoâne se sentirent obligés de la célébrer à chaque fois qu'ils croisaient l'inspecteur, qui devint, jusqu'à ce qu'il quitte la région pour Pétion-Ville, « l'inspecteur, père de Rachelle, la véritable perle des Antilles ».

Ainsi, en 2004, l'inspecteur Bélage, « père de Rachelle, la véritable perle des Antilles », devenu entre-temps inspecteur en chef et père par correspondance (Rachelle travaillait pour une association d'aide aux enfants et vivait à Port-au-Prince), quitta à regret sa ville natale pour pallier le manque de policiers dû à l'augmentation des délits dans la capitale.

C'est à cette époque qu'il fit la connaissance de Manus. Depuis, leur binôme fonctionnait si bien que le responsable de la police régionale avait insisté pour qu'il reste en poste et oublie Miragoâne.

Simon poussa la porte du commissariat et se rendit directement dans son bureau en ignorant les bonjours polis des différents agents. Il alluma le plafonnier et les pales du ventilateur se mirent à tournoyer lentement. L'air suffocant louvoya quelques minutes avant de s'évanouir. Il attrapa le combiné et composa le numéro de la morgue.

Bientôt une semaine depuis que les premiers corps avaient été retrouvés, et le médecin légiste n'avait toujours pas donné de nouvelles. L'inspecteur se demanda quelle excuse il allait lui donner. Jean pouvait faire du bon boulot quand il en avait envie. Le seul problème était que cet homme s'occupait plus de son business de pompes funèbres que de son métier de légiste. Jean-Terre (il avait lui-même trouvé le nom de sa société et le prononçait toujours avec une fierté enfantine) lui prenait beaucoup de son temps. Il travaillait avec ses trois cousins et profitait de son poste et de ses connaissances pour démarcher des clients. Le principe était simple, et Jean s'étonnait encore d'avoir été le seul à y penser – mais il avait entendu dire qu'une association lorgnait son marché depuis peu.

Avec un salaire moyen de deux dollars par jour, la plupart des Haïtiens ne pouvaient rassembler l'argent nécessaire pour une cérémonie funéraire. Souvent, les corps des membres des familles trop pauvres – ou ne souhaitant pas s'endetter à vie pour un enterrement –, au mieux patientaient pendant des semaines à même le sol dans des hôpitaux déjà surchargés, au pire étaient jetés dans une fosse commune, à ciel ouvert. Jean eut alors une idée. Il convoqua ses cousins et ils se mirent à fabriquer des cercueils en carton. Ils proposèrent aux familles endeuillées des enterrements pour une somme modique, du moins beaucoup moins importante que celle imposée par le marché, ainsi que diverses options payantes telles que la veillée, la présence d'un prêtre (vaudou ou catholique) et même la possibilité d'un buffet. Les quatre hommes furent rapidement dépassés par ce qu'ils venaient de créer. Les affaires marchèrent si bien que Jean put se permettre d'ajouter une nouvelle option, la formule « 2 en 1 », qui consistait à déposer deux cadavres dans un seul cercueil et à réduire ainsi les coûts pour la famille (« Unis dans la vie, unis dans la mort » était le slogan apposé sur ses prospectus).

Bien sûr, il aurait pu se contenter de son entreprise et quitter son travail de médecin légiste. Mais comme il aimait à le répéter : « On ne sait jamais de quoi demain la mort sera faite ! »

— Institut médico-légal de Haïti.

— Jean, c'est Simon.

— *Fout tonè !* Tu vois ! C'est pour ça que je demande une secrétaire depuis des années ! Pour ne pas tomber sur toi !

— Inutile de jurer, mon ami, s'amusa Simon. Parle-moi plutôt des deux cadavres que je t'ai envoyés il y a plusieurs jours.

— Sérieusement ? Es-tu au courant que nous sommes deux médecins légistes sur toute cette putain d'île ?

— Oui, tu me le répètes à chaque fois. Donc je suppose que tu n'as pas eu le temps de les autopsier…

— Simon, Simon, je suis un professionnel, tu le sais…

— Oui, ça aussi tu me le sors à chaque fois, soupira l'inspecteur.

— Ils sont morts, tes deux blancs-becs. On les a drogués avant de les découper, enchaîna le spécialiste.

— Drogués ?

— Oui, à la tétrodotoxine, la drogue du zombi. Plus d'autres drogues que je n'ai pas encore eu le temps d'analyser. Tu connais les effets de la tétrodotoxine, Simon ? Tu sais à quel point cette saloperie est inhumaine ? s'inquiéta Jean. Le rythme cardiaque diminue, la température également, on pourrait croire que la victime est morte, mais ce n'est pas le cas. Elle ressent tout ce qu'on lui fait, mais n'est plus dans la capacité d'exprimer sa douleur. Autant demander à un muet de hurler quand on lui coupe une main, tu saisis l'image ?

— Parfaitement.

— Bon, maintenant que tu as une partie des résultats, oublie-moi et surtout ne sature pas ma morgue avec d'autres cadavres ! Je t'ai déjà maudit le mois dernier avec l'accident de voiture ! Un sacré bordel ! Tu connais le problème avec les Blancs, surtout une fois morts ?

— Non.

— C'est que je ne peux pas les virer de ma putain de morgue comme ces sacs à merde de Cité-Soleil ! Tout le monde s'en fout des Noirs sur cette île ! On peut laisser les cadavres dans la rue si personne ne vient les réclamer… Mais là… des Blancs… Je suis obligé de les garder et d'attendre !

— Et les cadavres dans les rues, personne n'est prêt à payer pour les enterrer…

— Doucement, Simon, respecte les morts, sinon Baron Samedi va venir te hanter jusqu'à la fin de tes jours.

— Jean… deux autres cadavres vont arriver, le prévint l'inspecteur en ignorant la référence au gardien vaudou des cimetières. On les a découverts ce matin, toujours à Pétion-Ville.

— Quoi ? hurla le médecin. Simon ! *Fout tonè !* Tu sais combien j'ai de frigos à macchabées ici ? Tu le sais ?

— Huit.

— Exactement ! Huit ! Il ne m'en reste plus de libre ! Deux sont occupés par tes amis, deux par des humanitaires de l'ONU qui se sont fait égorger à Cité-Soleil et quatre par une gentille famille de riches producteurs de café qui se sont fait canarder en allant à la plage ! L'hôtel est complet, tu comprends ? Et je dois attendre que quelqu'un vienne récupérer les corps !

— Jean, j'ai besoin que tu vérifies si les prochains corps ont été drogués eux aussi.

— Et moi, j'ai besoin de place, d'une climatisation qui fonctionne normalement et d'une putain de secrétaire pour ne plus avoir à te parler au téléphone !

Jean raccrocha sans rien ajouter. Simon connaissait son caractère de vieil ours. Mais il savait également qu'une fois calmé, il se pencherait sur le problème.

— Tétrodotoxine, répéta-t-il pour lui-même.

Bien que le folklore eût érigé en vérité que si quatre-vingts pour cent des Haïtiens étaient catholiques, cent pour cent étaient vaudouisants, Simon ne faisait plus partie de ceux-là depuis la mort de sa mère. Jusqu'à ses huit ans, il avait certes baigné dans les traditions et les cérémonies, mais il s'en était vite débarrassé, comme on le ferait d'un vêtement inconfortable et irritant. Il eut des périodes de doute, peut-être invoqua-t-il une ou deux fois les lwas (pour les examens scolaires de sa fille, pour que la mère de Rachelle ne fasse pas partie des corps échoués sur la plage...), mais jamais au point de croire aux zombis ou à ces histoires pour touristes. Que son pays ne soit connu dans le monde que pour le vaudou et la violence de ses rues le rendait malade. En d'autres temps, Haïti aurait pu devenir ce pays paradisiaque qu'elle fantasmait tant. Après tout, la République dominicaine, sa colocataire, ne s'en sortait pas si mal.

Tétrodotoxine.

La première fois qu'il avait entendu le nom de cette drogue remontait aux années quatre-vingt, quand un Américain avait étudié le cas de Clairvius Narcisse, le plus célèbre des zombis haïtiens. Cet homme avait été déclaré mort puis enterré dans son village. Au bout de dix-huit ans, on le retrouva, vivant. Il expliqua alors qu'un groupe d'hommes l'avait déterré puis soumis à l'esclavage grâce aux drogues qu'ils lui donnaient quotidiennement. Un jour, un de ses gardiens oublia de lui fournir sa dose de tétrodotoxine, lui permettant ainsi de recouvrer ses capacités et de s'enfuir pour ensuite errer sur l'île durant de nombreuses années avant de refaire surface.

Simon déposa le cercueil en origami sur son bureau, puis sortit celui trouvé quelques jours plus tôt. De la même taille, environ cinq centimètres de long pour deux de large, certainement confectionnés avec le même papier, une feuille à la couleur jaune pâle digne d'un soleil fatigué. Ces deux artefacts n'inspirèrent guère l'inspecteur. Il les scruta un instant, les retourna, sans réellement savoir quoi en penser. Tout ce qu'il avait eu à affronter pour l'instant à Pétion-Ville se résumait à des cambriolages, des bagarres entre ivrognes égarés, des vols à l'arraché sur des touristes trop confiants et deux féminicides. Jamais il ne s'était retrouvé face à une telle mise en scène.

L'inspecteur se munit d'un stylo et d'une feuille de papier sur laquelle il lista les éléments qui lui semblèrent essentiels.

Le tueur drogue ses victimes et les découpe.
Les mains, le sexe. Des aiguillons dans les yeux.
Ces personnes ont probablement vu ce qu'elles n'auraient pas dû. Ni toucher (relations sexuelles, infidélités ?).
Victimes riches, sans descendance. Vérifier les testaments.
Pourquoi utiliser la drogue du zombi ?
Pourquoi ces cercueils dignes d'un mauvais folklore…
Crimes rituels ou mise en scène ?

Il resta un long moment dubitatif. Son rejet du vaudou et des traditions haïtiennes l'empêchait certainement de comprendre une partie du mystère. Il fut tenté de demander des conseils à Manus, mais celui-ci n'avait jamais montré un intérêt particulier pour le sujet. De plus, il l'avait appris au fil des ans en arpentant les rues, rares étaient ceux qui se penchaient avec facilité sur ces croyances. Cette religion faisait partie de l'intime. Elle coulait dans les veines de tous les habitants depuis des générations, depuis la création de cette terre de soleil par le sang, depuis le courage des premiers esclaves enivrés par le rythme lancinant des incantations et des tambours vaudous.

Deux siècles plus tard, rien n'avait vraiment changé. Le triptyque soleil-sang-vaudou demeurait un cocktail précieux. Et si le vaudou était désormais une des religions officielles de Haïti, scandé comme argument politique par les assoiffés de pouvoir, il y avait trop de souffrances à l'intérieur, trop de craintes et de mysticisme accumulés dans son histoire pour que le sujet soit abordé au cours d'une simple discussion.

D'ailleurs, Simon était bien placé pour le comprendre.

Penser au vaudou signifiait entendre de nouveau les hurlements nauséeux de sa mère, le soir de sa mort.

Haïti se… se nourrit de ses enfants. C'est un… un monstre qui… qui se repaît de leurs sou…souffrances. Grandir i…ici c'est grandir dans un… un abattoir et… et attendre son tour.

Les sss…six vivaient, ensemble, dans une pi…pièce à part. Ils ne… ne se mêlaient aux autres que… que pour les repas et les corvées. Sinon il les ca…cachait durant les visites.

Malgré to…tout, ils vécurent heureux entre eux, ré… réunis par la di…différence.

Mais, un… un jour, la fe…fenêtre fut brisée.

A…avez-vous déjà entendu le… le bruit sourd d'un corps chutant de plu…plusieurs mètres ?

Plom !

Ce…cela vous hante pour la vie…

10

Paris, janvier 2009

Sybille et Méline passèrent de plus en plus de temps ensemble. Elles devinrent complices, instituèrent des rituels (cours de yoga le mercredi après-midi, brunch un dimanche sur deux…) et partagèrent un bon nombre de fous rires incompréhensibles pour le spectateur que j'étais. D'une certaine manière, Sybille devint un membre de la famille, sans doute cette sœur que Méline n'avait jamais eue, allant jusqu'à nous accompagner parfois chez Hélène.

Durant ces visites, la joie communicative de la jeune femme agissait comme un courant d'air frais dans une catacombe, chassant pour quelques heures l'ombre du défunt. Sa présence et sa bonne humeur atténuaient non seulement l'obscurité de la pièce (elle raillait la vieille femme en la comparant à une moniale, juste avant d'ouvrir les volets en rigolant), mais aussi celle présente dans le cœur de la mère de Méline.

— Hélène, que faisiez-vous comme métier ? l'interrogea un jour Sybille, après qu'elles eurent terminé de trier les anciens habits de Paul pour en faire don aux bonnes œuvres.

La vieille femme (il me semblait que la teinte de sa peau avait encore baissé d'une tonalité, se rapprochant dangereusement du blanc laiteux, presque transparent, d'un cadavre) porta sa tasse de thé à la bouche et souffla doucement sur la surface. Dehors, quelques flocons épars virevoltaient vers le sol comme des plumes d'oiseau abandonnées.

— Paul et moi avons beaucoup voyagé, commença-t-elle. Nous avons vécu en Europe du Nord, en Allemagne, au Mexique, au Brésil… Mon mari était instituteur, l'un des meilleurs. Sa connaissance des langues et son savoir-faire lui ont offert des opportunités incroyables. Moi, je l'accompagnais, et très souvent je trouvais un travail de secrétaire dans le même établissement. Mais ce que nous voulions le plus, c'était avoir un enfant et l'élever dans la stabilité. Nous sommes donc revenus en France pour y construire notre vie de parents.

— Ça a dû être formidable, tous ces voyages ! s'exclama la jeune femme.

— Oui, en effet, sourit Hélène avec une pointe de nostalgie dans la voix. Ça l'était.

C'est en écoutant ma belle-mère évoquer son passé que je me rendis compte que nous n'avions jamais eu cette conversation ensemble. Par timidité ou par gêne, je m'étais toujours contenté des paroles de Méline pour apaiser ma curiosité. Mais entendre ces confidences de la bouche même d'Hélène conférait une certaine étrangeté aux mots, une tonalité emplie de mystère et de surprise. C'était comme découvrir une pièce secrète dans sa propre maison… Aussi écoutai-je la suite avec attention.

— Vous auriez des photos ? J'adore regarder les photos de voyage, je passe mon temps à en prendre quand je suis en déplacement, s'enthousiasma Sybille en se redressant sur sa chaise.

— Non, ma chère, malheureusement je n'en ai plus, déplora Hélène. Les cartons comprenant tous nos albums ont été égarés durant le déménagement. Un bien triste incident qui a mis Paul dans une colère folle ! Vous auriez vu le visage du responsable de l'entreprise quand mon mari l'a accueilli ici ! Il se décomposait à chaque fois qu'on lui demandait une explication, sa tête semblait littéralement vouloir rentrer et disparaître entre ses épaules. Une véritable tortue !

— Papa était un homme calme, souligna Méline, mais les colères les plus rares sont souvent les plus impressionnantes !

— Disons que ton père était quelqu'un de très exigeant avec lui-même, et par ricochet avec les autres. Sans doute un réflexe professionnel... Quoi qu'il en soit, nous n'avons jamais revu nos photos. Et vous, jeune fille, quelle sera votre prochaine destination ? s'enquit Hélène.

— Haïti.

— Super ! lança Méline, d'une manière qui m'étonna.

Je ne l'avais jamais entendue s'intéresser à ce pays. J'ignorais même si elle était capable de le situer sur une carte.

— Mais je ne pars pas avant l'année prochaine... Vincent, tu vas devoir me supporter encore quelque temps ! me nargua-t-elle.

— Pas de souci, tant que tu ne m'obliges pas à vous suivre aux cours de yoga ! lui répondis-je depuis le canapé, feignant de m'intéresser à la retransmission d'un Grand Prix de formule 1.

— Et qu'est-ce que vous allez faire là-bas ?

— Eh bien, je vais travailler pour une association qui vient en aide aux enfants.

— Vraiment ? s'étonna Hélène. Ils ne sont pas capables de s'en occuper eux-mêmes ?

— Si vous saviez… Une collègue qui s'est rendue sur place cet automne m'a raconté des choses horribles.

— Quel genre ? murmura ma femme avec une excitation malsaine dans la voix.

On aurait dit une adolescente sur le point d'apprendre un potin au sujet de son pire ennemi.

— Par exemple, enchaîna Sybille sans se faire prier, elle m'a expliqué que là-bas, environ trente mille enfants sont placés dans des orphelinats, et que, parmi eux, quatre-vingts pour cent ne seraient pas de véritables orphelins… Les enfants qui sont dans ces institutions ont pour la plupart été achetés à leurs parents ou enlevés en pleine rue.

— Mais quel est l'intérêt ? Je veux dire, plus d'enfants dans un orphelinat, cela signifie plus de bouches à nourrir…

— Tout à fait, Méline, mais ces orphelinats ne sont que les vitrines d'un trafic très rentable, celui de l'adoption.

— Mon Dieu, souffla Hélène.

— Les enfants sont revendus à des familles américaines et européennes prêtes à payer plusieurs dizaines de milliers de dollars pour avoir l'opportunité d'élever un enfant, continua Sybille face à l'intérêt des deux femmes.

— C'est affreux… Mais… ces établissements ne sont-ils pas… Je ne sais pas, surveillés ou contrôlés ?

— C'est là le plus difficile à comprendre. N'importe qui, même un étranger, peut se rendre sur cette île, acheter une maison et décider d'en faire un orphelinat. Il ne sera pas obligé de le déclarer. Ensuite, il paiera des « rabatteurs » qui lui fourniront des enfants, moyennant une commission, puis organisera son business. Appel aux dons auprès des églises et des associations étrangères, publicité sur internet, annonces internationales, utilisation de fichiers de potentielles familles adoptives revendus par d'autres « orphelinats »... Et cela fonctionne. Le trafic d'enfants est devenu un système bien huilé, très souvent sous le regard bienveillant de la police ou de l'État qui touche son pot-de-vin au passage. Les familles d'accueil se présentent, visitent les lieux et s'attristent de découvrir dans quelles conditions vivent les enfants. Elles n'hésitent plus à signer le chèque, pensant bien faire, sans se douter que quelque part une mère cherchera pendant des années son enfant qui jouait tranquillement dans la rue avec des amis, en ignorant qu'il a été vendu et vit maintenant dans un autre pays.

— C'est affreux, déclara Méline, visiblement affectée par ce qu'elle venait d'entendre.

— Et qu'allez-vous faire là-bas, Sybille ? lui demanda Hélène en terminant sa tasse de thé.

— Notre association va visiter ces orphelinats. Nous allons tenter d'établir un listing complet, de contrôler les conditions de vie, de dénoncer le trafic s'il y en a un. On estime que seulement quinze pour cent de ces établissements sont officiellement enregistrés auprès des autorités.

— J'ignorais tout cela, souffla la vieille femme, visiblement attristée par ce qu'elle venait d'apprendre.

Puis la discussion dévia sur différents sujets desquels je me désolidarisai. Il y eut des rires, des soupirs et quelques larmes dirigées vers la chambre du dessus. Nous quittâmes Hélène dans le froid hivernal, les épaules courbées sous la neige qui s'épaississait à l'approche de la nuit.

Ce fut lors d'une de mes visites en solo, un après-midi dans la semaine, qu'Hélène me demanda ce que je pensais de Sybille. Étonné par cette question – elle avait semblé beaucoup l'apprécier à chaque fois que l'amie de sa fille nous accompagnait –, je fronçai les sourcils d'incompréhension.

— Je veux dire… elle a tout d'une fille bien… C'est juste que…

— Que… quoi, Hélène ? Que se passe-t-il ?

— J'ai l'impression qu'elle a une certaine emprise sur ma fille… C'est peut-être idiot…

Pour ma part, je n'avais rien à reprocher à Sybille. D'ailleurs, je l'aimais plutôt bien. Elle aidait Méline à supporter le deuil de son père et participait donc d'une certaine manière à son bien-être. De plus, elle n'était pas envahissante et savait se faire absente quand Méline et moi avions besoin de passer du temps tous les deux.

— Il s'est passé quelque chose, une remarque qu'elle vous aurait faite ? m'inquiétai-je.

— Non… Ce n'est rien, je trouve que… qu'elle se vante beaucoup… tous ces pays visités, ces histoires qu'elle invente sur Haïti juste pour impressionner Méline…

— C'est vrai qu'elle parle beaucoup de ses voyages, acquiesçai-je sans réellement le penser, mais après tout, c'est son travail, donc je trouve que c'est normal.

— Mmmm… Je la trouve quand même étrange…

J'eus envie de lui rappeler les mots qu'elle avait prononcés quelques mois plus tôt, et de lui faire remarquer que *ça*, c'était étrange. Mais cela n'aurait rien donné. J'y avais fait allusion quelques jours après les avoir entendus de sa bouche (*Ce sont eux qui l'ont tué. Et ils vont venir pour moi. Les six*…) et elle ne se souvenait simplement pas de les avoir prononcés. J'étais certain que sa réponse serait identique et que ces paroles avaient glissé le long de la falaise de l'oubli, écrasées quelque part dans l'abysse de sa mémoire.

En la quittant, je la serrai dans mes bras (bon sang, qu'elle me parut fragile à ce moment-là, je pouvais presque sentir ses côtes à travers les vêtements) et pensai tristement que cette femme allait bon train vers la sénilité.

Mais j'avais tort.

Ce fut la mort, sa destination.

À peine six mois plus tard.

11

Haïti, décembre 2009

Manus pénétra dans le bureau et trouva Simon assis, le visage fermé face aux cercueils de papier.

— Je n'y comprends rien, Manus. Rien du tout… Mais je n'ai pas envie de laisser ces deux dossiers dormir dans un coin. Le problème est que s'ils deviennent trop encombrants pour la police ou pour l'État, on risque de se faire taper sur les doigts. Et tu connais la suite, nous devrons trouver un coupable, un ivrogne qui n'aurait plus rien à perdre ou un homme fauché qui aurait tout à gagner en passant quelque temps en prison… Foutu pays…

Simon faisait référence à un célèbre cas qui avait défrayé la chronique une dizaine d'années auparavant. En l'espace de deux mois seulement, plusieurs viols avaient été commis à Port-au-Prince. Une vingtaine de femmes se présentèrent aux forces de l'ordre puis, face au désintérêt flagrant de celles-ci, décidèrent de témoigner devant les médias. « Le violeur de Port-au-Prince » s'imposa sur toutes les premières pages, aux journaux télévisés et dans les émissions de radio. La police fut pointée du doigt et accusée de complaisance. La

DGPNH, la direction nationale de la police nationale de Haïti, tapa du poing et ordonna de trouver rapidement le coupable. Alors, deux agents ramassèrent un sans-abri qui correspondait vaguement aux descriptions données par les victimes et lui promirent monts et merveilles en échange de sa collaboration et d'un très court séjour en prison.

Le lendemain, après avoir été briefé et motivé grâce aux récompenses (« De l'argent ET des filles ? Des mineures ? Des métisses ET des Blanches !? Vraiment ? ») et à la promesse qu'il n'écoperait que d'une année de peine (« Grand max, mon ami, grand max… »), il fut présenté devant les médias et le juge. Les victimes furent d'abord dubitatives (« N'est-il pas plus petit que dans mes souvenirs ? Il me semblait moins âgé aussi… »), mais le temps et le sentiment d'être enfin considérées démolirent leurs derniers doutes. Le coupable fut condamné à vingt ans de prison (« T'inquiète pas, c'est pour le show politique tout ça, dans un an tu sors, grand max, mon ami, grand max… ») et mourut une semaine plus tard, égorgé au rasoir dans les douches.

L'affaire aurait pu en rester là si un journaliste un peu plus scrupuleux que les autres n'avait pas rassemblé tous les témoignages de victimes et dressé son propre portrait-robot du criminel (portrait qui ne correspondait en rien, ni par la taille ni par l'âge supposé et encore moins par la couleur plus claire de la peau, aux photos de l'accusé). Il certifia ensuite que les forces de l'ordre avaient au mieux failli dans leurs recherches, au pire fabriqué un faux coupable. La police nia tout en bloc, affirma que le véritable violeur avait payé de sa vie pour ses crimes, que la justice en sortait grandie et que la vie pouvait reprendre tranquillement.

Mais depuis, chaque policier, véreux ou non, connaissait le processus de « ramassage » qui pouvait, en cas d'enquête sensible et vouée à l'échec, représenter une solution tangible, le plus souvent ordonnée par la hiérarchie.

— Chef, on a un autre problème…, prévint Manus en restant près de la porte, tel un vampire craignant d'entrer dans une église.

— Ne me dis pas que…

Simon n'osa prononcer la suite.

Si vite ? Les corps des Devaucoux sont encore tièdes, songea-t-il, redoutant ce qu'allait lui annoncer son adjoint.

Si jamais un troisième meurtre était constaté avant que les deux hommes ne parviennent à identifier le coupable ou à trouver un indice probant, la suite de leur carrière serait sérieusement compromise. Simon n'avait que quelques années à tenir, mais pour Manus, ce serait un arrêt brutal et sans doute définitif… Et hors de question de se compromettre moralement ou professionnellement avec un « ramassage ».

— Non, non, ce n'est pas à propos de cadavres, le rassura Manus, quelque peu gêné d'avoir laissé cette possibilité se répandre dans l'esprit de Simon. C'est votre fille… Elle a appris pour les gamins des couples assassinés, les membres du personnel…

— Merde… il faut que tu…

Que tu lui parles, Manus, que tu lui expliques que l'on n'avait pas le choix, que c'est la loi... J'ai déjà assez à penser avec ces deux cercueils devant moi pour en plus affronter la colère de…

Voilà ce qu'aurait souhaité prononcer le père de Rachelle. Mais il n'en eut pas l'occasion. Déjà, le bruit de pas décidés lui parvenait du couloir. Et en voyant la mine déconfite de son adjoint, Simon comprit bien avant que celui-ci ne l'avertisse :

— Trop tard, chef. Elle est là.

12

Paris, septembre 2009

Hélène décéda fin juin. L'autopsie révéla qu'elle était atteinte du syndrome de Takotsubo, plus communément appelé « syndrome du cœur brisé ». Quelque chose l'avait effrayée (un souvenir puissant, une hallucination ou simplement un événement réel) au point d'emballer son cœur déjà épuisé par l'âge et la perte de son mari. « De plus, sa santé déclinait », ajouta le médecin comme ultime argument. Nous hochâmes la tête en nous souvenant de sa fatigue apparente, de la blancheur de sa peau et (ce détail, je fus le seul à y penser) des paroles incohérentes qu'elle avait prononcées.

Hélène fut retrouvée dans le couloir, juste à l'entrée de la pièce où Paul avait rendu son dernier souffle, par une voisine qui s'étonnait de ne pas la voir pour la partie de bridge qu'elle organisait tous les vendredis après-midi et qu'Hélène ne manquait jamais.

Méline accueillit la nouvelle avec un calme qui me laissa tout d'abord perplexe. Mais par la suite, elle m'expliqua qu'elle s'était retranchée quelque part à l'intérieur d'elle-même, dans des profondeurs anonymes où elle ne devait rien (« pas de larmes, pas de paroles ni de confidences ») à personne (« toi, Sybille, mes collègues de travail, vous tous qui vous inquiétez et qui attendez de moi que je vous rassure... »). Qu'elle s'y était réfugiée pour y pleurer librement et affronter sa peine.

Nous devînmes tous orphelins de sa présence. Sybille n'osait plus passer à la maison, car le silence qu'elle rencontrait alors lui était devenu insupportable. Elle se contentait de m'appeler une fois par semaine pour prendre des nouvelles, respectant par sa distance le deuil de Méline. À plusieurs reprises, nous nous retrouvâmes dans un café et discutâmes de choses et d'autres, mais invariablement nos paroles s'échouaient sur celle qui occupait nos pensées et nos inquiétudes. Je la rassurai alors, lui indiquant que ma femme avait repris le travail, qu'il y avait du mieux. Sybille semblait me croire, même si je trouvais que le son de ma voix manquait de conviction.

Après un peu plus d'un mois, Méline redevint Méline.

Du moins, pour ceux qui ne la connaissaient que superficiellement. Ces personnes n'eurent pas l'occasion de croiser son regard qui s'éteignait quand elle fixait un point invisible, en fin de soirée, sur le canapé, et que mes paroles ne rencontraient plus aucun écho. Elles ne soupçonnèrent pas que ma femme, d'habitude assez coquette, évitait le plus possible son reflet dans le miroir. Même le disque de Maria Callas fut délaissé. Tous ces infimes et intimes changements m'inquiétèrent. Quand je tentais d'en discuter avec elle, elle me renvoyait un sourire hésitant en guise de réponse. Ses yeux s'embuaient et révélaient le combat qu'elle menait encore au plus profond d'elle-même.

— Je t'aime, Méline.
— Moi aussi. Énormément. Promets-moi de ne jamais nous égarer, mon Orphée…
— Je te le promets.

Puis, un jour, comme si le rite initiatique de la souffrance avait subitement touché à sa fin et libéré ma femme, Méline me regarda avec une lueur pétillante dans les yeux, celle-là même qui m'avait tant touché le soir de notre première rencontre, et m'annonça, la voix tremblante d'excitation et de crainte :
— Je pars avec Sybille.

13

Haïti, décembre 2009

Rachelle fit irruption dans la pièce, bousculant Manus sans ménagement avant de se dresser face à son père, les bras croisés et les lèvres serrées.

Même à cet instant, même en colère, sa beauté irradiait. Simon eut le sentiment de se retrouver face à sa propre mère, ce jour où elle l'avait surpris à allumer un vieux mégot trouvé sur le sol. Il avait passé un sale quart d'heure, mais elle n'en avait pas touché mot à Lucius, ce qui aurait provoqué beaucoup plus qu'un sale quart d'heure. Thérèse s'était contentée de le fixer toute la soirée avec ce regard rempli à la fois de colère sourde et de déception. Et ce fut cela, le véritable fardeau à porter, comprendre qu'il avait déçu la personne qui comptait le plus pour lui, vivre avec cela jusqu'à ce qu'elle lui sourît de nouveau.

Manus profita de la diversion pour quitter discrètement la pièce sur la pointe des pieds. Il connaissait suffisamment Rachelle (ils avaient eu une courte liaison quelques années auparavant, au nez et à la barbe de Simon) pour ne pas souhaiter assister à la suite. Il ferma doucement la porte et s'évapora dans le commissariat pour ne pas souffrir des déflagrations.

— Simon ! Comment as-tu pu ?

L'inspecteur savait qu'il ne servirait à rien de parler tant que sa fille n'aurait pas terminé. Ses diatribes pouvaient durer plusieurs minutes, comme s'étouffer au bout de quelques phrases. Mais le plus important restait de ne pas la couper, cela équivaudrait à essayer d'éteindre un incendie avec de l'essence…

— Comment as-tu pu laisser les *restaveks* partir ainsi sans me prévenir ? Tu sais ce que l'État va en faire, de ces gamins ? Il va les abandonner dans la rue ou les replacer dans une autre famille en touchant un pourcentage ! *Fout tonè !* Je t'avais dit de m'avertir si cela arrivait ! Nous aurions pu les interroger et tenter de retrouver leurs parents ! Tu es de la police, tu es censé être du bon côté !

Elle se déplaçait dans la pièce comme un taureau en colère, la mâchoire crispée, ses mains battant l'air comme des coups de fouet. C'est à sa mère, Vanessa, qu'elle ressemblait à cet instant. Leur vie commune avait été émaillée de trop de disputes (une des raisons qui l'avaient poussée à se réfugier dans les bras d'un mulâtre) et la posture de sa fille bruissait comme le hoquet discret d'une colère transmise de génération en génération.

Nul doute que Vanessa aurait été fière d'elle.

Simon laissa le silence panser l'humeur de sa fille. Il observa son visage fin se radoucir, ses mains se calmer. Ses longs cheveux retombaient derrière ses épaules avec grâce. Il préférait quand elle les attachait, sa nuque élancée lui faisait alors penser à l'élégance et à la rareté d'un cygne noir.

Ils t'auraient empoisonnée aussi, ma fille, songea-t-il, *comme ta grand-mère. Au pays de la laideur, la beauté est une malédiction…*

Rachelle expira bruyamment (elle agissait de même, enfant, quand elle n'obtenait pas ce qu'elle désirait) et lança un sourire timide en guise d'excuse. Si ses colères étaient soudaines, elles s'effaçaient également rapidement. Il suffisait de survivre et d'attendre la fin de la tempête.

— Je suis désolée, P'pa, mais tu aurais dû me passer un coup de fil, il est trop tard maintenant pour les récupérer, déplora-t-elle.

— Je sais, Rachelle, consentit Simon, mais c'est le règlement. Je ne peux pas enfreindre la loi. Ils devaient être remis à un organisme officiel. Peut-être… peut-être que ces gosses se souviendront qu'ils ont des parents et l'indiqueront.

— Tu sais qu'il y a peu de chances qu'ils les écoutent. Ces gamins vont retourner dans la rue, déposés au hasard dans la capitale ou alors laissés dans un orphelinat.

— Ne sois pas si pessimiste. Le système peut aussi les aider. Si tu veux, j'appellerai demain pour savoir exactement où sont passés les enfants. Mais je ne peux rien faire de plus. Ton association n'est pas officielle, tu le sais. Si tu interfères dans le processus étatique, ils risquent de te tomber dessus.

Rachelle accusa le coup.

Son père avait raison, Raise Children's Hope n'avait pas obtenu l'aval des autorités. Haïti reconnaissait l'importance de bon nombre d'organisations étrangères, mais accordait difficilement sa confiance aux initiatives locales. Elle autorisait l'installation des organisations humanitaires les plus célèbres et des associations religieuses sans hésiter parce que celles-ci, en plus d'apporter une médiatisation importante, généraient des profits substantiels. Car bien sûr, pour chaque levée de fonds et appel aux dons internationaux, une partie était reversée aux politiciens véreux du pays, seul moyen selon eux de permettre à ces organisations d'opérer sans craindre quelques « incidents ». Une vieille pratique connue de tous depuis le départ pour la France de Baby Doc, le fils et successeur du dictateur Papa Doc. Durant son règne, celui-ci avait détourné plusieurs millions de dollars sans que les ONG avertissent quiconque, car chacun y trouvait son compte, ces associations consolidant leur présence sur l'île et leur visibilité médiatique, attirant ainsi de nouveaux dons.

Bien sûr, dans ce libéralisme et cette marchandisation de la pauvreté, il existait des organisations, étrangères ou non, qui œuvraient de manière honnête. Mais, malheureusement, celles-ci n'avaient pas toutes pignon sur rue.

La jeune femme s'assit face à son père. Elle jeta un regard vers la porte close et sourit en comprenant que Manus avait préféré battre en retraite.

— Comment vas-tu, P'pa ? demanda-t-elle en posant sa main sur la sienne.

Simon aurait aimé la rassurer. Lui dire que oui, les cauchemars dans lesquels il voyait sa mère à quatre pattes sur le sol, à vomir du sang et à recroqueviller ses doigts de douleur telles les griffes d'une tourterelle agonisante, avaient cessé.

Ou lui annoncer que, des années plus tôt, on lui avait présenté le corps de Vanessa à la morgue, intact, visage reposé, et non pas en partie dévoré par des poissons et des crustacés carnassiers comme ces cadavres exposés à la une des journaux.

Et que non, il ne craignait plus de mourir et de ne pas lui avoir assez dit « je t'aime ».

Il se contenta de lui présenter les deux origamis posés sur le bureau.

Il parla de la mort pour éviter de parler de la vie.

— Ça t'inspire quelque chose ?

— Des cercueils en papier, répondit-elle en haussant les épaules.

— Exact. Des cercueils retrouvés sur deux scènes de crime différentes. Des crimes affreux, des victimes droguées pour assister à leur exécution sans pouvoir ni bouger ni parler.

— Merde… La retraite doit te sembler bien loin…, souffla-t-elle en se saisissant d'un des deux origamis.

— Plutôt, oui.

Rachelle exécuta les mêmes gestes que son père quelques minutes plus tôt. Elle retourna la construction, étudia ses différents pans à la recherche d'un détail, mais ne vit que la croix dessinée au crayon. Elle secoua le cercueil pour vérifier que rien n'y était enfermé. C'est alors qu'elle eut une idée.

— Il faut le déplier.

— Pardon ?

— Il faut le déplier ! Peut-être qu'il y a un message à l'intérieur !

— On l'aurait vu à travers, prétexta Simon en fronçant les sourcils.

— Pas forcément, ce papier est assez épais et opaque. On tente ?

Simon attrapa le second cercueil et l'examina à son tour. Rachelle avait raison, il était impossible de voir au travers.

— Tu saurais le replier, si jamais nous ne découvrions aucun indice ?

— P'pa, n'oublie pas que je travaille avec des enfants ! Je suis imbattable à la marelle, à colin-maillard et au pliage de papier, le rassura-t-elle.

— Bien, allons-y, mais attention de ne pas le déchirer. J'ai l'impression de voir un point de colle sur le côté.

Ils prirent chacun un origami et commencèrent à l'ouvrir avec le plus grand soin. Simon tira doucement sur le côté droit du cercueil, là où il avait deviné le point de jonction de deux couches de papier. La feuille supérieure se détacha, dévoilant un autre point de colle, au sommet cette fois-ci, qui lâcha à son tour. Un troisième scellement se dévoila, ultime rempart qui ne tint pas plus que les autres et qui permit à Simon de déplier dans son intégralité la feuille de papier.

— Merde…, prononça faiblement l'inspecteur.

Ce qu'il venait de découvrir le transporta dans son enfance, à Miragoâne, un soir de fête des Morts.

— Baron Kriminel, murmura-t-il en montrant l'inscription à sa fille.

Les deux mots avaient été tracés d'une écriture déséquilibrée, presque enfantine.

— Ici aussi, indiqua Rachelle en lui tendant son papier. Ce n'est pas bon ça, P'pa... C'est du vaudou, et du très mauvais...

14

Paris, septembre 2009

— Comment ça, partir avec Sybille ?

Je fixais ma femme avec incompréhension. Mon esprit se mit à bouillir, envahi par les doutes. Et si Hélène avait eu raison au sujet de la mauvaise influence de Sybille ? Qu'avait-elle raconté à ma femme pour l'ensorceler à ce point ?

— Le mois prochain. Je vais partir avec elle, insista-t-elle.

— Mais… je t'aime, qu'est-ce que cela veut dire, je n'ai jamais cessé de…

Ce fut à Méline de me regarder en fronçant les sourcils. Puis elle fut prise d'un fou rire qui dura une trop longue minute, aussi déplacé et malvenu qu'un grondement de tonnerre dans un ciel d'été.

— Non, mon amour, ce n'est pas ce que tu penses… Oh, mon Dieu, j'en ai mal à l'estomac ! s'exclama-t-elle en posant les mains sur son ventre.

— Bon sang, Méline, explique-toi ! lançai-je, le visage rougi par la colère et la frustration de ne rien comprendre.

— Je ne te quitte pas pour Sybille, grand bêta ! Comment as-tu pu croire cela ? Je t'aime et je veux passer le reste de ma vie avec toi, c'est pour ça qu'il faut que je parte quelque temps.

— Mais pourquoi avec elle ? Je sais que tu as traversé des moments très difficiles, je peux prendre une semaine de congé… Nous pourrions visiter Barcelone si tu le souhaites, tu m'en parles si souvent.

— Non, mon ange, ce n'est pas aussi simple. J'ai besoin de partir seule, de me retrouver, de tirer un trait sur toutes ces merdes qui m'arrivent. Mon père, ma mère, les études avortées, mon travail qui ne me plaît pas…

— Qu'est-ce que Sybille a à voir avec ta résilience ? En quoi peut-elle t'aider plus que moi ? pestai-je, vexé de ne pas être celui en qui Méline voyait une solution.

— Elle n'y peut rien, du moins beaucoup moins que toi. Tu es la personne la plus importante à mes yeux, n'en doute jamais. Sybille n'est qu'un moyen, une occasion.

— Comment cela ?

— Elle m'a proposé de rejoindre son association en tant qu'infirmière. C'est un profil très recherché. Il ne s'agira que d'une mission d'un mois. J'en ai besoin, Vincent, je le sens au plus profond de moi. Il faut que je me déconnecte de mes drames personnels, il faut que je les évacue, et le meilleur moyen est de me plonger dans autre chose, dans d'autres eaux boueuses. « Pour renaître, il faut d'abord mourir », ajouta-t-elle en citant l'incipit d'un de nos livres préférés, *Les Versets sataniques* de Salman Rushdie.

— Va dire ça à Orphée et Eurydice, rétorquai-je, amer.

Le couple mythique avait eu sa chance de retour. Il suffisait qu'Orphée ne se retournât pas. Mais bien sûr il le fit, abandonnant Eurydice aux enfers, entraînant sa mort définitive et par là même celle de leur bonheur.

— S'il te plaît, comprends-moi, je dois mourir. Pas littéralement, ne fais pas cette tête, mais « la fille de… », « l'étudiante déçue », « l'infirmière à mi-temps », tout cela doit être effacé. Juste un mois, mon amour, cela passera vite, tu me manqueras horriblement, mais je ne veux pas y penser. Aide-moi à aller mieux…

Son fou rire ne me sembla jamais aussi loin. J'eus d'ailleurs peine à croire qu'il s'était vraiment produit. Car à peine cette dernière phrase prononcée, ce furent des sanglots qui animèrent le visage de Méline. Des sanglots si sincères, si douloureux que mes larmes leur répondirent sans que j'en aie conscience. Je serrai ses deux mains dans les miennes, impuissant, l'esprit tourmenté par ses paroles, le cœur malade de sa souffrance.

— Je veux cet enfant avec toi, tu sais, nous en avons parlé après le décès de mon père. Je le veux de toute mon âme, Vincent. Mais j'ai besoin d'exorciser tous mes malheurs avant… Je ne veux pas absorber la joie qu'il me donnera et l'assombrir avec mes douleurs. Je dois renaître, et j'ai besoin de toi pour y arriver.

— Qu'est-ce que je peux faire ? lui demandai-je en essuyant mes joues d'un revers de manche.

— Accepter.

— Et où comptes-tu disparaître pendant un mois ?

J'envisageai une destination suffisamment proche pour de temps en temps m'y rendre et passer quelques jours avec Méline. Cette possibilité rendait la décision moins difficile, et j'étais persuadé que Méline avait pris en considération ce critère, qu'elle ne serait éloignée que de quelques centaines de kilomètres, juste une poignée d'heures d'avion ou de train…

— À Port-au-Prince, murmura-t-elle en me regardant dans les yeux, anéantissant ainsi l'espoir qui venait de jaillir dans mon esprit. En Haïti.

15

Haïti, décembre 2009

— Du mauvais vaudou ?

Rachelle continuait de fixer les feuilles de papier, l'air grave. Contrairement à son père, elle n'avait jamais repoussé le folklore haïtien. Sans pour autant se plonger dans les arcanes de la religion, elle croyait à un monde des esprits et à un certain pouvoir vaudou. Il lui était arrivé une fois de consulter un prêtre vaudou, un *houngan*, ou plutôt une *mambo*, son équivalent féminin, sans raison particulière, juste pour parler et pour évoquer sa mère (sujet dont il était très difficile de discuter avec Simon). Rachelle en était ressortie légèrement groggy, trouble qu'elle avait imputé aux odeurs âcres d'encens et à la quasi-obscurité dans laquelle elle et la prêtresse étaient restées pendant près d'une heure.

Mais elle dut admettre, une fois ses perceptions physiques clarifiées, que les paroles entendues l'avaient touchée bien plus qu'elle ne l'aurait cru. Ainsi, comme la plupart des habitants de l'île, elle devint une croyante passive, ne participant à aucune des manifestations ou cérémonies vaudoues, mais gardant en elle suffisamment de foi pour s'intéresser au sujet et le prendre au sérieux.

— Oui, P'pa, du très mauvais. Tu sais qui est Baron Kriminel tout de même ?

— Oui, admit Simon, c'est l'une des incarnations de Baron Samedi.

— Exactement ! s'étonna Rachelle.

— Je suis haïtien, ne l'oublie pas, pas besoin d'être catholique pour savoir qui est Jésus-Christ…

Baron Samedi était le lwa des morts. Il régnait sur la famille des Guédé, des esprits bruyants et grossiers, et veillait sur les cimetières, vêtu de son chapeau haut de forme et de son smoking. Simon ne le connaissait que trop bien. Il avait vu un homme habillé de la sorte à l'entrée du cimetière de Miragoâne. Ce Baron Samedi, au visage maquillé et grimé en crâne nu, lui avait adressé un clin d'œil avant que le jeune garçon ne se détourne et ne se réfugie contre son père. D'autres images lui revinrent, ces ombres, pareilles à des possédés, qui hurlaient, crachaient et vitupéraient à voix haute, et il sentit un picotement dans son dos tandis que son cœur accélérait son rythme.

— Mais Baron Kriminel, continua Rachelle, c'est autre chose. C'est l'esprit de la vengeance, de la cruauté. C'est l'incarnation violente de Baron Samedi, il est aussi brutal que les Guédé sont bruyants.

— Alors quoi ? Tu crois qu'un esprit aurait tué ces gens ?

— Tu sais très bien que non. M'intéresser au vaudou ne me convertit pas en croyante. Simplement, je pense que celui qui a écrit ces mots a invoqué l'esprit Kriminel, et qu'il agit en son nom. Et dans ce cas, ce n'est plus du vaudou, mais de la magie noire.

— Et quelle est la différence ? demanda avec ironie l'inspecteur.

— Il ne s'agit plus de religion mais de sorcellerie, de pratiques consacrées au meurtre, à la vengeance violente, à la zombification…

Simon se figea.

La tétrodotoxine, la drogue du zombi.

Présente dans les deux corps qu'il avait retrouvés la semaine dernière.

— Ça va ? lui demanda Rachelle, intriguée par son silence.

— Oui… oui, un détail m'est revenu…

— Tu veux me parler un peu plus de cette affaire ? Elle a l'air de te perturber.

— J'aimerais, mais je ne peux pas, lui répondit-il, souriant faiblement.

— Très bien, soupira-t-elle en se levant. En tout cas, si tu penses que ces meurtres sont liés à cette magie noire, cela diminue ton axe de recherche. Très peu de prêtres la pratiquent car, si elle est mal incantée, elle peut se retourner contre l'ordonnateur. Seuls les plus puissants l'utilisent.

— Mon cœur, je n'ai pas l'intention de suivre cette voie, et d'ailleurs je ne saurais même pas par où commencer !

— Comme tu veux, c'est toi le boss ! Mais ne te laisse pas influencer par ta haine du vaudou, P'pa, cela ne ramènera jamais grand-mère. Malheureusement.

— Je sais, Rachelle, je sais.

— Si tu changes d'avis, dis-le-moi. Je connais une prêtresse, et une puissante ! lui proposa Rachelle.

— J'espère que ce n'est pas une amie proche, la railla-t-il.

— Je file, mais n'oublie pas d'appeler demain pour les enfants. Promis ?

— Promis.

— Oh, et dis à Manus que ce n'est plus la peine qu'il se planque.

16

Paris, octobre 2009

Un mois.
Du 28 octobre au 30 novembre.
Un mois et deux jours.

Je ne cessais de penser à ces dates. Après l'annonce de ce voyage, nous avons cessé d'en discuter durant une semaine, une sorte de *pax romana*, une trêve entre deux belligérants qui ne comprenaient même plus leur combat. Sybille ne se montrait plus, sans doute consciente que sa présence parmi nous n'aurait fait qu'attiser le feu de ma rancœur. Je lui en voulais d'avoir mis cette idée fixe dans la tête de ma femme tout comme je m'en voulais de ne pas avoir été plus attentif à Méline. Peut-être Sybille avait-elle voulu bien faire, trouver un moyen de relancer la joie de vivre de son amie ? Mais dans ce cas, pourquoi ne m'en avait-elle pas parlé ? Était-ce Méline qui l'avait dissuadée de le faire ? Pour quelle raison ? Les interrogations et les doutes devinrent trop nombreux, alors je brisai le silence et relançai le sujet. Des deux côtés, les négociations reprirent, moi, tentant de la ramener à la raison, de lui expliquer que l'on pouvait s'en sortir ici, ensemble ; elle, me suppliant de la comprendre.

Elle gagna.

Un soir, vaincu, je décidai de ne plus la retenir. Je fis bonne figure en admettant que oui, un mois (et deux jours), ce n'était rien, et que si cette séparation lui paraissait nécessaire, je rongerais mon frein en pensant à son retour et à notre futur à tous les trois, la possibilité d'un enfant revenant à chaque fois dans nos discussions. La voir chercher son passeport dans les tiroirs de la maison, la regarder lire le *Guide du routard* (« Tu savais que la monnaie de Haïti était la gourde ? ») et faire le tri dans ses vêtements me faisait souffrir, mais je n'en laissais rien paraître. Même le jour où je la conduisis à l'aéroport, pas une larme ou un reproche ne s'échappèrent de ma tristesse.

— Sybille m'attend là-bas, tu n'as pas à t'inquiéter, elle passera me prendre à la sortie du terminal de Port-au-Prince.

— Fais attention à toi. Je t'aime.

Méline disparaissait déjà, happée par la file d'attente qui se dirigeait vers la zone d'embarquement. Seulement, au moment de tendre son passeport et sa carte d'embarquement à l'hôtesse, elle revint vers moi pour me donner un long baiser. Ses yeux brillaient.

— Promets-moi de ne jamais nous égarer, mon Orphée…, me souffla-t-elle au creux de l'oreille.

— Je te le promets, répondis-je, la gorge serrée.

17

Haïti, 3 janvier 2010
Neuf jours avant le séisme

Simon et Manus passèrent le mois de décembre à craindre que de nouveaux corps ne soient découverts. Ils redoutèrent le moindre appel, le moindre grésillement de la radio, la moindre une des journaux.

Mais que ce fût à Port-au-Prince ou à Pétion-Ville, aucun organe tranché ou regard transpercé d'une broche en acier ne fut signalé. Les deux hommes passèrent les fêtes en pensant que cette affaire leur échappait, et, d'une certaine manière, chacun en fut soulagé. Les corps avaient été rapatriés dans leurs pays d'origine, les familles, qui avaient un temps menacé la police de poursuites si elle ne trouvait pas le ou les coupables (ce que leurs avocats leur déconseillèrent étrangement par la suite), faisaient désormais leur deuil, et très vite plus personne ne parla de ces meurtres, ni le responsable de la police, ni les journaux, ni les avocats.

Seulement, tout s'écroula un lundi.

Simon reçut un coup de téléphone de Jean, le médecin légiste. L'inspecteur avait maintes fois tenté de le joindre durant la semaine qui avait suivi leur conversation à propos de la tétrodotoxine, mais à chaque fois il s'était heurté à ce message vocal : « Jean, directeur et propriétaire de la société Jean-Terre, n'est pas disponible actuellement ! Eh oui ! Même les vivants ont besoin de vacances ! Laissez un message après le biiiiiiip de votre électrocardiogramme et je vous rappellerai ! »

— Inspecteur Bélage…

— Simon, c'est Jean, j'ai tes résultats ! exulta le légiste.

— Mes résultats ! Bordel de merde, c'était il y a trois semaines ! s'insurgea Simon.

— Je sais, mon ami, Cité-Soleil m'apportait tellement de clients que je n'ai pas eu le temps de te les faire suivre ! Mais crois-moi, cela valait la peine d'attendre !

— Vas-y…

— Ils sont identiques ! clama Jean, d'une voix de prophète apportant la bonne parole.

— Comment ça ?

— Les résultats des doses et de la composition de la tétro : ils sont rigoureusement identiques pour les quatre corps ! Tu sais, le mélange à zombi n'est pas facile à élaborer. Le dosage doit être parfait, car trop élevé, il tue la victime, et trop faible, il ne l'immobilise pas suffisamment, lui expliqua Jean. De plus, les composants sont multiples. Des morceaux d'os humains, des extraits végétaux, des boyaux d'animaux… Il faut être un spécialiste pour connaître cette recette !

Simon raccrocha.

Que devait-il faire de cette information ? Changeait-elle quelque chose au fait, accepté par tout le monde (les familles des victimes, l'État, lui-même), que l'assassin n'avait pas été appréhendé et que plus rien ne viendrait relancer l'affaire ? L'inspecteur resta toute la matinée retranché dans son bureau à tenter de prendre une décision. Rouvrir le dossier signifiait remuer la terre toujours fraîche de ces cadavres pour les remettre à l'air libre. Ce serait raviver la flamme de crimes irrésolus et afficher en grand dans les journaux du monde entier l'amateurisme de la police de Haïti.

— Au moins, nous n'avons pas eu à pratiquer un ramassage, tempéra Simon en soufflant tel un vieux moteur Diesel.

Vers midi, il avala un sandwich au *mamba* et un soda avant de se décider à rouler un peu dans la ville. Depuis quelques jours, une vague de cambriolages troublait le calme indolent de sa juridiction. Les nuits riches et blanches de Pétion-Ville en étaient perturbées et plusieurs des propriétaires avaient écrit une lettre au chef de la police pour s'en plaindre. À la suite de cela, la consigne émise par la hiérarchie se résumait en quatre mots : présence sur le terrain. Face au manque de personnel, Manus et Simon devaient patrouiller seuls, chacun dans un véhicule. Le pays changeait, et Simon ignorait si la présence imposante des Casques bleus en était le poison ou le remède. Alors que la vie avait repris son cours dans les rues dorées de Pétion-Ville, les révoltes à Cité-Soleil se multipliaient, transformant la commune en un camp d'insurgés dont les frontières étaient contrôlées par les forces étrangères. Une marmite hermétiquement close où bouillait une violence mâtinée de colère et de haine.

Simon ressentit l'envie soudaine de se transporter dans sa ville natale, Miragoâne, et de descendre la rue principale sur son vélo pour ressentir cette impression de liberté propre à l'enfance qui lui manquait tant.

Un crépitement électrique l'extirpa de sa mélancolie. L'odeur des souvenirs, un mélange de poussière chauffée par le soleil, d'huile de bateau et d'effluves marins, s'évanouit comme la flamme d'une bougie que l'on viendrait de souffler.

— Inspecteur Bélage, j'écoute, prononça-t-il à regret dans le microphone de sa radio.

— Chef, je… je suis à PV.

— Moi aussi, Manus, je maraude dans les limbes de vies parfaites, ironisa Simon.

— Chef, un agent vient de me contacter, enchaîna Manus.

— Et ?

— Et… il y a eu un meurtre.

— *Li pas vre, mèd!* pesta Simon. L'année parfaite n'aura duré que trois jours… Donne-moi les coordonnées et j'arrive. En attendant, qu'il établisse un périmètre de sécurité et qu'il préserve la scène, ordonna-t-il en activant le gyrophare.

— Ce n'est pas possible.

— Comment ça ?

— Il ne veut pas entrer, le prévint Manus.

— Qu'est-ce que tu racontes ?

Qu'un policier refuse d'entrer dans un quartier dangereux comme Cité-Soleil n'était pas chose rare et, à vrai dire, Simon le comprenait. Quel agent risquerait sa peau pour un salaire minable alors que des militaires internationaux, avec tous leurs moyens et matériels, pouvaient se frayer un chemin à travers les balles sans ciller ? Mais là, il s'agissait d'un crime déjà commis, en plein cœur d'un quartier non considéré comme une zone rouge…

— Manus, demanda calmement Simon en plissant les yeux, pourquoi cet agent refuse-t-il d'entrer dans cette maison ?

— Parce qu'il y a un cercueil en papier déposé sur le pas de la porte, chef, et il dit que ce n'est pas du bon vaudou…

Lai…laissez-moi aussi vous raconter l'histoire de… de cette femme, ce…cette *mambo* qui habitait de l'autre côté de la rue. Elle… elle effrayait les… les enfants, mais pas totalement.

Ils tes…testaient leur courage en pa…pariant sur celui qui se rapprocherait le plus de sa maison et oserait toucher le bois de sa porte.

Je… je fus le premier à atteindre sa porte.

Et je fus le… le premier à lui parler.

18

Haïti, 3 janvier 2010

Simon rejoignit Manus dans la cour de la maison. La grille en fer forgé de la propriété était restée ouverte, et deux agents en assuraient la garde.

L'inspecteur roula jusqu'à la grande bâtisse et gara son véhicule. Quand il en sortit, il aperçut un policier appuyé contre un mur, une cigarette dans sa main tremblante. Il fumait une roulée comme s'il s'agissait de la dernière de sa vie, le visage livide, des murmures inaudibles animant ses lèvres comme autant de prières. Simon s'approcha de lui et lut dans son regard un mélange de honte et de soulagement. Ce jeune policier savait qu'il risquait bien plus qu'un blâme pour ne pas avoir obéi aux ordres. Mais il semblait ne pas y penser. Pour lui, ne pas se frotter au « mauvais vaudou » demeurait un raisonnement instinctif, hérité sans doute de nombreuses croyances familiales, et, à ce moment-là, fuir le mauvais œil légitimait de bousculer l'ordre des priorités.

L'inspecteur se contenta de se poster devant lui et de le jauger. Il n'avait jamais eu de soucis avec cet agent. Toujours à l'heure, aucun abus d'autorité à lui reprocher… *Pourquoi ? Pourquoi les croyances rendent-elles les hommes fous, même les plus courageux ? Pourquoi les poussent-elles à empoisonner celles qu'ils souhaitent tant aimer ?*

Simon laissa l'homme finir sa cigarette. Ils auraient le temps de discuter de tout cela une fois au poste. Il se dirigea vers l'entrée principale, passa le perron et pénétra dans le hall où Manus l'attendait. Des bandes de sécurité avaient été disposées le long d'un chemin virtuel qui menait droit à l'arrière de la maison.

— Il n'osait même pas le regarder, précisa Manus en tendant le cercueil en papier. Un vampire aurait été moins effrayé par un crucifix.

Simon retourna l'objet. Identique aux autres, papier épais, une petite croix dessinée au crayon. Et certainement « Baron Kriminel » inscrit à l'intérieur…

— Allons-y.

Les deux hommes se rendirent dans la chambre à coucher. Un autre agent se tenait devant l'entrée, arrivé en renfort à la suite de l'appel désespéré de son collègue. À ses yeux rougis et à son trouble palpable, Simon comprit que la scène qu'ils allaient découvrir ne serait pas belle à voir.

— Patrice, à quelle heure es-tu arrivé ? demanda-t-il en sortant son carnet et un stylo.

— Il y a vingt minutes, dès que Louis m'a appelé.

— Où est le personnel ?

— Dans la cuisine, chef, je leur ai dit de rester là en vous attendant.

— Tu as bien fait. Nous allons entrer. Préviens la BPST. Avec un peu de chance, les experts auront reçu leurs précieux kits, lui ordonna Simon.

— Oui, chef. Par contre, à l'intérieur… c'est l'horreur, le prévint le policier.

— Je sais, Patrice, je sais.

Manus ouvrit la porte et avança dans la pièce, suivi par Simon. Sur leur front, en un mimétisme parfait, des rides d'incompréhension se dessinèrent en une fraction de seconde.

— Il n'y a qu'une victime, remarqua l'inspecteur. Les autres pièces ont été fouillées ?

— Oui, Patrice s'en est chargé après avoir parlé à la gouvernante.

— Le couple n'est donc plus un critère, remarqua Simon. Mais sinon, il semble que le tueur ait frappé une troisième fois.

Le corps de l'homme avait été disposé sur le sol, dos contre le lit. Les deux mains tranchées, ainsi que le pénis et la langue, qu'elles détenaient. La mise en scène était trop précise pour n'être qu'un hasard. *Jean trouvera vraisemblablement de la tétrodotoxine dans les veines du cadavre*, pensa Simon. Des tam-tams et des voix incantatoires s'élevèrent quelque part dans sa mémoire. Un homme grimé en Baron Samedi, le visage talqué d'un masque de crâne, lui murmura « meurtres rituels » à l'oreille. La température de la pièce s'éleva, comme régie par un thermostat virtuel, et Simon sentit des gouttes de sueur sinuer sur son front tel le serpent maléfique de Mami Wata.

— Chef, ça va ?

— Oui… oui, c'est juste que… je pensais qu'on en avait fini avec tout ça.

— Je vais m'occuper du reste si vous voulez. Pour le personnel, il y a des *restaveks* et des *lapourças*, je les ai aperçus en arrivant. Peut-être que…

Les *lapourças*. Des *restaveks* féminins. Des jeunes filles vendues pour travailler elles aussi, mais pas seulement. Très souvent, elles devaient assouvir d'autres désirs que celui de l'asservissement. Elles étaient aussi « là pour ça », pour ces portes de chambre fermées, pour ces râles de plaisir que poussaient leurs maîtres, pour ces pulsions sexuelles qu'elles comprenaient à peine…

Simon remercia mentalement Manus de présenter et le problème et la solution sans pour autant les nommer. La subtilité rafraîchissante de sa dernière phrase arracha un sourire entendu à l'inspecteur. Tous les deux savaient qu'ils ne survivraient pas à une seconde colère de Rachelle.

— Oui, c'est ça, les enfants étaient déjà partis à notre arrivée. Téléphone à Rachelle, et qu'elle arrive avant la BPST…

Manus sourit à son tour. Les gamins qui travaillaient ici ne seraient, pour une fois, pas abandonnés comme des chiens.

Une goutte d'eau dans l'océan, songea-t-il en sortant son portable, *mais une victoire quand même.*

Simon n'attendit pas d'être retourné à sa voiture pour ouvrir le cercueil qu'il venait de sortir de la poche intérieure de sa veste. Il déplia le papier et fronça une nouvelle fois les sourcils, cette fois-ci pas d'étonnement, mais de peur. Car, alors qu'il s'attendait à lire les mêmes mots que sur les deux précédents origamis, ce qu'il découvrit lui glaça le sang :

Tu as perdu.
La malédiction est accomplie.
Amitiés de Baron Kriminel

19

Paris, novembre 2009

Les premiers jours furent les plus difficiles.

L'absence et le manque de Méline résonnaient dans chaque silence, dans chaque pièce où elle ne se trouvait pas, dans chaque appel téléphonique qui n'était pas le sien.

Puis les jours se succédèrent, me rapprochant du moment où j'allais la retrouver, et c'est à cela que je m'accrochais, à ce temps qui ne passait pas assez vite, mais qui était cependant devenu mon allié. Elle m'appelait trois fois par semaine, me décrivant Haïti comme un pays de soleil et de sang, comme un ogre affamé de ses propres enfants. Elle vanta la gentillesse des gens, me parla de l'extrême pauvreté, de ces sourires lumineux qui jaillissaient de visages que l'on aurait pu croire résignés, mais qui étaient en fait animés par la volonté de ne jamais abdiquer. Je sentais sa voix baisser et se retrancher dans les non-dits quand je lui posais des questions sur les orphelinats qu'elle visitait. Elle se contentait de réponses évasives, comme pour me protéger des horreurs qu'elle y découvrait.

Soudain, il n'y eut plus d'appels.

Durant six jours.

Je ne sus comment interpréter ce silence. Certes, elle m'avait prévenu qu'il était parfois difficile de trouver du réseau, que, dans certaines régions reculées, les maisons n'avaient ni eau courante ni électricité.

Mais six jours…

Alors, j'attendis.

Le sixième jour se déroula comme les précédents. Des heures fades à lutter contre son silence, des gestes ralentis, presque inutiles, Maria Callas comme ersatz de sa présence, des pensées sombres chassées par d'autres plus sereines, *pas de réseau, oui, c'est évident, comment puis-je douter de cela ?*

Vers 19 heures, quelqu'un frappa à ma porte. J'abandonnai ma lecture (un roman de David Mallet) et, un instant, j'eus le fol espoir qu'il s'agisse de Méline, qu'elle soit rentrée plus tôt que prévu de son voyage et me fasse la surprise d'arriver à l'improviste. Mais quand j'ouvris la porte et me retrouvai face à deux policiers, l'espoir fit rapidement place à la désillusion, puis à l'incompréhension. C'est stupide à dire, mais, avant même qu'ils ne parlent, je me sentis coupable. J'ignorais pourquoi. Peut-être les regards curieux des voisins et des passants… Peut-être le silence lourd et effrayant des deux hommes… Ou ce sentiment de ne pas avoir suffisamment insisté auprès de ma femme afin qu'elle ne parte pas…

— Oui ?

— Monsieur Préjant ? me demanda le plus âgé.

— Oui, répondis-je en souriant maladroitement.

— Pouvons-nous entrer un instant ?

— Que se passe-t-il ?

— Ce serait mieux d'en discuter à l'intérieur, insista l'autre policier.

Nous nous installâmes dans le salon. Le regard du plus jeune des agents était fuyant, comme si le fait d'accrocher le mien risquait de lui apporter une quelconque maladie.

— C'est à quel sujet ?

— Vous êtes bien le mari de Méline Préjant ?

— Oui, mais elle n'est pas là, elle est…

— Nous le savons, monsieur, c'est pour cela que nous sommes ici.

— Comment ça ?

Le policier se racla la gorge et pesa chacun de ses mots :

— Nous avons reçu un appel de l'ambassade française de Haïti. Votre femme a eu un accident, il y a cinq jours. La voiture dans laquelle elle se trouvait a raté un virage. Le véhicule est tombé dans un ravin…

— Qu…quoi, mais… comment va-t-elle ? Où est-elle ? C'est pour cela que je n'avais pas de nouvelles !

— Monsieur Préjant, avez-vous quelqu'un, un ami, de la famille, qui pourrait venir ce soir chez vous ?

— Quoi ?

— Il serait bon que vous ne restiez pas seul.

— Mais… où est Méline ?

— Monsieur, je suis désolé… votre femme n'a pas survécu à l'accident.

20

Haïti, 5 janvier 2010

Comme Simon s'y attendait, le meurtre fit la une de tous les journaux. Il fut convoqué par son supérieur qui lui demanda des explications et ordonna que le meurtrier soit arrêté, coupable ou non, ramassage autorisé.

Pétion-Ville se referma sur elle-même. Des systèmes de sécurité supplémentaires furent installés par les propriétaires. Les rues se vidèrent une fois la nuit tombée. Le jour, des aboiements en plus grande quantité furent poussés par les nouveaux chiens qui se figeaient derrière les grilles d'entrée, tels des cerbères écumants. Les policiers durent redoubler leurs maraudes, appréhender au moindre doute, frapper à la moindre obstruction.

Seul Simon savait que toutes ces précautions ne servaient plus à rien. Le message à l'intérieur du troisième cercueil était assez clair. Il n'y aurait pas de nouvelles victimes, la partie était terminée. Ainsi, il laissa toute cette pathétique panique s'emparer des rues et des maisons sans broncher, sans ouvrir la bouche pour expliquer. Car ce qu'il souhaitait avant tout, c'était arrêter l'assassin, attraper celui qui s'était payé sa tête, qui avait joué avec lui au point de lui adresser un message railleur.

Amitiés de Baron Kriminel…

Rachelle fut quelque peu désarçonnée lorsqu'il lui demanda son aide. Simon savait que sa fille connaissait beaucoup de monde, beaucoup plus que lui. Elle vivait dans la capitale bien avant qu'il n'y soit muté, aimait les cocktails et les soirées mondaines de la haute société haïtienne dans lesquels elle se rendait pour tenter de rallier le plus de monde possible à son association et aux problèmes des enfants des rues. Son carnet d'adresses lui permettrait de passer les obstacles et les longueurs procédurales.

— Ces victimes doivent être liées d'une manière ou d'une autre, lui expliqua-t-il. Les portes se ferment, personne ne m'aide. Pour beaucoup, je suis déjà un incapable. Les habitants de Pétion-Ville éludent mes questions, les banquiers refusent de m'accorder l'accès aux comptes des victimes sans l'aval d'un juge… Tous refusent d'être mêlés à cette affaire de vaudou ! À croire que ces légendes les effrayent autant que lorsqu'ils étaient gamins !

— P'pa, tu es un très bon flic, trop bon pour ce pays et ses croyances. Je vais voir ce que je peux faire. J'ai beaucoup d'amis qui ne demandent qu'à me rendre service…

— La beauté peut être une malédiction ou une bénédiction, sourit tristement Simon.

— Il faut savoir utiliser ses atouts ! chanta Rachelle en minaudant.

— J'ai autre chose à te demander, déclara le policier.

— Je t'écoute.

— N'en parle pas à Manus. Je ne souhaite pas qu'il soit mêlé à tout cela.

La jeune femme fut surprise par cette requête. Cependant, elle connaissait les sentiments paternels que Simon avait développés pour son collègue. Depuis le début, son père ne tarissait pas d'éloges sur son ancien amant. Parfois même, quand ils sortaient encore ensemble, elle raillait Manus à ce sujet. « Ça fait quoi de sortir avec ta sœur ? Tu l'appelles papa ou chef quand vous êtes seuls en patrouille ? » Et à chaque fois, Manus levait les yeux au ciel et l'embrassait pour la faire taire.

— Vraiment ? Pourquoi ? lui demanda-t-elle malgré tout.

— Il est jeune, sa carrière n'est pas terminée. J'ai demandé à mon chef de l'occuper sur d'autres tâches. Je peux accepter d'être pointé du doigt, mais je n'ai pas envie qu'il pâtisse de mon échec.

— Tu la sens si mal, cette affaire ?

— Ce que je sens, c'est que tout est beaucoup plus complexe que la simple magie noire. Et je ne veux pas que Manus trempe là-dedans.

— OK, P'pa, silence radio.

— Tu sais, c'est un bon garçon, sérieux, honnête, il aurait fait un excellent mari…

Rachelle sentit son visage s'empourprer. Était-ce un test ? Son père connaissait-il la vérité ?

Le cœur de la jeune femme s'emballa. Bien sûr que Manus aurait fait un bon mari, d'ailleurs, cette idée lui avait traversé l'esprit durant leur relation. Mais Rachelle ne voulait pas d'une vie posée. Ce qu'elle voulait avant tout, c'était sortir les enfants des orphelinats clandestins, et pour le moment il lui était impossible de se concentrer sur autre chose. Manus l'avait bien compris. Elle se souvenait encore des derniers mots qu'il lui avait dits avant de la quitter : « Tu as trop d'anges à sauver pour te consacrer à un diable comme moi. Préviens-moi quand tu seras apaisée, j'attendrai… »

— Je vais continuer d'enquêter de mon côté. Tiens, voici les photocopies du dossier, lui dit-il en tendant un paquet de feuilles dactylographiées. Cache-les dans un endroit sûr.

— P'pa… est-ce que tout va bien ?

Simon attendit avant de répondre. Il avait le sentiment que le tueur se dissimulait dans son ombre, que tous ces crimes n'arrivaient pas par hasard, que par un jeu cruel du destin il se trouvait au milieu d'un ouragan que lui-même n'avait pas senti arriver. Simon en était persuadé. Tout comme il avait été persuadé, ce funeste soir où il fixait de ses yeux emplis de panique le Dr Julien, que sa mère mourait.

Non Rachelle, tout ne va pas bien. Cette île ne va pas bien. Les enfants que tu tentes de sauver ne vont pas bien. Mais j'ignore quoi faire, alors je te demande de l'aide…

— Oui, ma chérie, ne t'inquiète pas pour ton vieux père, mentit-il en lui lançant un sourire fatigué. Et tu sais ce que l'on dit, *moun mouri pa pè santi*, seuls les morts n'ont pas de soucis…

Le surlendemain, Rachelle donna rendez-vous à son père dans un bouge de Port-au-Prince. La pièce, surchauffée par le soleil et le manque de ventilation, était parcourue d'effluves poussiéreux et rances, semblables aux relents de regrets éternels. Le sol en terre battue, à la surface aussi tachetée que la peau d'un dalmatien, proposait un patchwork d'éclaboussures – sang, alcool, crachats infectés – que les clients foulaient sans le moindre intérêt pour leur histoire. Derrière le bar, le propriétaire des lieux étudiait ses ongles avec attention, comme surpris de leur apparition soudaine à l'extrémité de phalanges noires et rachitiques. La jeune femme savait qu'ici ils seraient tranquilles, qu'aucun autre policier ou membre du gouvernement ne se risquerait à boire un verre dans ce bar bien trop éloigné de Pétion-Ville.

Simon arriva un quart d'heure plus tard, les yeux rougis par le soleil et une nuit trop courte.

— Salut, trésor, lui lança-t-il en l'embrassant sur le front. Tu ressembles à une rose perdue dans un champ d'orties, ajouta-t-il en observant les tables et leurs occupants.

— Je ne risque rien ici, je connais le propriétaire. Je l'ai aidé à retrouver son fils il y a cinq ans. Un ramasseur l'avait embarqué et revendu à un orphelinat.

— Et j'imagine que ce ramasseur ne met plus les pieds dans le quartier maintenant, ironisa Simon.

— Il ne met plus un pied devant l'autre serait plus juste, sourit Rachelle.

— Qu'as-tu trouvé ? enchaîna le policier pour ne pas s'attarder sur ce qu'avouait à demi-mot sa fille.

— J'ai fait appel à un ami journaliste.

— Un journaliste ?

— Oui, mais ne t'inquiète pas, c'est un indépendant. Pour lui aussi, c'est difficile, et il comprend tout à fait dans quelle position tu te trouves. Il a fait quelques recherches sur les victimes, et ce qu'il a trouvé est intéressant, annonça-t-elle en faisant glisser une feuille sur la table crasseuse.

Il s'agissait d'un article de presse remontant à plus d'une trentaine d'années. Sur la photo en noir et blanc, un groupe se tenait devant une énorme bâtisse de style haïtien. Simon reconnut au centre de la troupe l'ancien dictateur Jean-Claude Duvalier. Autour de lui, tout sourires, une dizaine de personnes, la plupart blanches et vêtues de costumes, fixaient l'objectif avec fierté.

« Ouverture d'un nouvel orphelinat sous l'égide de notre président », titrait l'article.

Rachelle déplaça sa chaise pour se poster aux côtés de son père. Elle désigna d'un doigt le président.

— Ici, c'est Baby Doc, je pense que tu l'avais reconnu.

— En effet, difficile d'oublier un visage si tristement célèbre…

— À sa gauche, tu as ton premier couple, les Vernier. Plus en arrière, les Devaucoux. Et là, à l'extrémité droite, la dernière victime, Philippe Grandin. Tous se connaissaient, comme le prouve cet article. Ils avaient participé financièrement à la création d'un orphelinat, le 12 août 1980.

— Et cet homme ?

— Le directeur de l'établissement, M. Nervillier.

Simon dévisagea l'ensemble des personnes présentes sur le cliché. Malgré les sourires apparents, une étrange atmosphère se dégageait de la photo. L'imposante maison semblait se pencher au-dessus de la troupe comme pour y déposer son ombre. Tel l'œil d'un cyclope, une fenêtre en forme d'ogive surplombait l'immense façade de l'institution. À travers les vitres inférieures, on devinait des visages d'enfants, à peine assez grands (l'inspecteur les imagina dressés sur leurs pointes de pied) pour pouvoir observer l'extérieur.

— Un orphelinat… Voilà donc le lien. Tu connais cet établissement ?

— Oui, mais je ne l'ai jamais visité pour la simple et bonne raison qu'il est fermé depuis plus de vingt ans.

— Un orphelinat officiel inauguré par le président lui-même et fermé quelques années seulement après son ouverture ? Que s'est-il passé ?

— Je l'ignore, regretta Rachelle. Il y a eu un accident dont très peu de personnes osent parler. Mais je sais parfaitement où il se trouve. À la frontière de la capitale et de Cité-Soleil.

— Comme à la frontière des morts et des vivants, soupira Simon.

— Tu ne crois pas si bien dire. Tu te souviens de cette *mambo* dont je t'ai parlé ? Elle habite juste en face. Quand je me suis rendue chez elle, j'ai remarqué l'orphelinat, pas pour la grandeur de l'édifice, mais simplement parce qu'il ne présente aucune dégradation volontaire. Un vrai miracle ! Toutes les maisons abandonnées autour n'ont plus de vitres ni de portes, des graffitis ou des débuts d'incendie ont abîmé les façades, les haies des jardins ont toutes été éventrées par des chauffards ivres. Mais à l'exception de la fenêtre la plus haute, l'orphelinat a été épargné, comme si personne n'osait s'en approcher réellement.

— L'article n'indique pas le nom de l'établissement.

— C'est exact. Mais quand je me suis étonnée de voir un tel édifice toujours intact, la *mambo* a dit quelque chose qui m'a mise immédiatement mal à l'aise : « C'est normal, très chère, il s'agit d'un endroit sacré. Personne ne s'approche de la Tombe joyeuse. »

— La Tombe joyeuse ?

— Oui, étrange nom pour un orphelinat, non ?

— Emmène-moi là-bas, demanda Simon.

21

Paris, décembre 2009

Absent.

Voilà le terme, voilà l'état dans lequel je me trouvais alors que le cercueil minuscule de Méline descendait lentement dans sa tombe.

Absent. Depuis plusieurs jours. Depuis la venue de ces deux policiers, depuis leurs explications et mon incompréhension. Depuis l'arrivée de sa dépouille en provenance de Haïti.

Jusqu'à aujourd'hui.

La pluie dardait le vieux cimetière de ses épines glacées. Quelques filets d'eau ruisselaient à travers l'herbe, glissant le long de ravines et se faufilant tels des serpents jusqu'au trou béant. Je n'ai qu'un souvenir diffus de l'enterrement. Le ciel gris, les nuages indolents, cette pluie…

Et le froid, au-dehors comme au-dedans.

Méline et Sybille ont trouvé la mort cinq jours avant que les policiers français ne viennent me l'apprendre. Elles circulaient dans un véhicule de l'association, dans le sud de l'île, non loin du pic la Selle, quand elles ont perdu le contrôle de la voiture et se sont écrasées plus d'une centaine de mètres plus bas. Selon le rapport établi par la police de Haïti, elles étaient déjà mortes et n'avaient pas souffert quand le 4 × 4 a pris feu. Je ne suis pas dupe, ce ne sont là que des mots, des suppositions, des refuges dans lesquels je dois me glisser pour ne pas devenir fou. Mais l'éventualité d'une fin différente reste envisageable. Et si elles avaient été conscientes lorsque les flammes avaient commencé à lécher l'intérieur du véhicule ? Et si elles avaient senti, coincées dans la carlingue déformée et rapetissée par les tonneaux, la chaleur brûler lentement leur peau, leurs cheveux, sans pouvoir s'échapper ? L'auraient-ils inscrit dans leur rapport ? Les policiers venus m'annoncer le drame auraient-ils insisté sur ce fait comme ils l'ont fait avec la version officielle en me répétant qu'elles n'avaient pas souffert, encore et encore, tel un placebo visant à endormir ma propre souffrance ?

Voilà à quoi je pense le soir, quand le sommeil me fuit.

Combien de temps a duré leur agonie ? Dans un dernier sursaut de vie, Méline m'a-t-elle reproché de ne pas avoir tenu parole, de nous avoir laissés nous égarer ?

Étant donné la géographie du lieu de l'accident, les secours n'ont pu atteindre le véhicule que des heures plus tard, un paysan du coin les ayant avertis en voyant s'élever dans le ciel une colonne de fumée noire. Les dépouilles ont été extirpées de leur cercueil d'acier, une enquête a été menée, des tests ADN réalisés. Les enquêteurs ont retrouvé, à quelques mètres de l'incendie, des affaires personnelles leur indiquant, bien avant les résultats, l'identité des victimes. Quatre jours plus tard, une fois les rapports terminés et les conclusions définitives tirées, les décès ont été enregistrés auprès de l'ambassade française de Haïti, qui a joint le commissariat du lieu d'habitation de Méline.

Et finalement, on a frappé à ma porte…

Voilà dix jours que j'erre dans l'appartement. Je n'ai pas envie de sortir. J'aimerais pleurer, hurler, tomber à genoux et maudire la terre entière, mais je n'y parviens pas. Toute cette bile de douleur reste coincée en moi, comme ces regrets qui ne disparaîtront jamais. Je m'en veux, je lui en veux, j'en veux à Sybille. Je me réjouis qu'elle aussi soit décédée. Je ne suis pas fier de ce sentiment, mais c'est le seul qui me soulage un tant soit peu. Si elle s'en était tirée, si elle était revenue de ce voyage sans Méline, j'ignore ce que j'aurais été capable de faire. C'est cette femme qui l'a attirée là-bas, c'est elle qui l'a condamnée et je suis certain que c'est elle qui conduisait le véhicule et qui a fauté.

Sybille est le serpent qui a mordu la cheville de Méline, c'est elle qui l'a précipitée aux enfers…

Je regarde les photos. Je pleure, enfin.

« La vie est belle » est un concept publicitaire. C'est un slogan murmuré par les solitaires, les poètes, les insouciants, ceux qui n'ont aucune Méline à admirer ni aucune mort à redouter.

J'essaye de comprendre. J'envoie des mails à l'association, aux responsables. Tous se confondent en excuses, en politesses faussement endeuillées. « C'est une tragédie, nous sommes navrés. Le véhicule ne présentait aucun problème, toutes nos voitures sont régulièrement contrôlées, nos rapports le confirment, c'est une erreur humaine, une malheureuse erreur humaine… »

Mes parents prennent des nouvelles. Ils savourent leur retraite au Portugal et ne se déplacent que très rarement en France. Ils étaient en croisière le jour de l'enterrement. « Viens nous voir quand nous rentrerons, viens passer quelques jours au soleil, il faut faire ton deuil mon chéri… »

Les paroles perdent de leur fluidité, de leur substance. Les mots me parviennent déformés puis repartent en baissant la tête, déçus par leur propre inutilité.

Méline.

Le temps passe et tu t'éloignes un peu plus.

9 janvier, 23 h 07.

La sonnerie du téléphone fixe résonne dans le silence vespéral de l'appartement. Je me lève du canapé où j'ai pris l'habitude de dormir (surtout après avoir bu une demi-bouteille de whisky comme ce soir) et décroche :

— Allô ?

— Orphée et Eurydice…

— Allô ? répété-je, n'ayant pas saisi les paroles murmurées par cette voix que je devine féminine.

— Oui… allô, vous êtes monsieur Préjant ?

— Oui, qui êtes-vous ?

— Vous êtes bien le mari de… Méline ?

L'interlocutrice possède un accent intrigant, exotique. L'enfer n'aurait pu envoyer meilleur messager.

— Oui… bordel, qui êtes-vous et pourquoi appelez-vous à cette heure ?

Je hausse le ton. Entendre une personne inconnue prononcer le nom de ma femme, ce prénom que je n'ose plus murmurer, que je ne peux plus envisager, me met hors de moi. Le fait de l'écouter me torture, les larmes coulent… La douleur ne s'assèche jamais vraiment…

— Je sais pourquoi Méline est morte, affirme alors mon interlocutrice. Ce n'était pas un accident… La police se trompe. Vous devez venir ici, je ne peux pas vous l'expliquer au téléphone.

— Je vais raccrocher, si jamais vous rappelez, je préviens la police.

J'articule cette phrase le plus calmement possible. J'ai l'impression de rêver, de me trouver dans un mauvais film ou d'être trop soûl pour réellement vivre cette conversation. *Si ça se trouve, il n'y a personne au bout du fil. Suis-je en train d'imaginer cet instant ? Vais-je à mon tour prononcer des paroles incompréhensibles, comme les parents de Méline ?*

Mais la voix, bien réelle, m'extirpe de ces pensées :

— Monsieur Préjant, je ne vous veux aucun mal, au contraire, j'essaye de comprendre, tout comme vous…

— Comprendre quoi ! Méline est morte dans un accident de voiture, c'est assez clair, non ?

— Non, justement, ce n'est pas clair et je pense avoir découvert la vérité.

— Po…pourquoi cela vous intéresse-t-il ? Vous êtes journaliste ? Ou alors vous essayez de m'extorquer de l'argent, c'est cela que vous voulez ?

— Non, monsieur Préjant, je ne veux pas d'argent, je veux que vous dormiez en paix…

— Allez vous faire foutre !

Je hurle à présent. Les larmes redoublent. Je n'ai qu'une envie, raccrocher et cracher mon malheur sur celle qui a construit mon bonheur… Méline… tu es celle qui nous a égarés…

Mais une main invisible maintient fermement le combiné contre mon oreille et m'oblige à écouter la suite.

— Je ne peux pas vous convaincre uniquement par téléphone. Il faut que vous veniez sur place pour comprendre.

— Vous êtes assez folle pour penser que je vais me déplacer pour vous rencontrer et écouter vos conneries ? Et d'ailleurs, que je vienne où exactement ?

— À Haïti.

Je reste quelques secondes sans voix. Haïti. Pourquoi ce pays tourne-t-il autour de moi comme une bête affamée ? Que veut-il de plus qu'il ne m'ait déjà pris ? Je revois Sybille prononcer ce nom, dans la maison familiale, attablée avec Méline et Hélène. L'enthousiasme de ma femme, les doutes de sa mère… Et finalement, cette destination inscrite sur le panneau numérique de l'aéroport.

— Vous vous foutez de moi ?

— Non, croyez-moi, je n'en ai ni le cœur ni l'envie.

— Pourquoi ? Méline est là, enfermée dans une boîte pour l'éternité, que voulez-vous que j'aille foutre dans ce pays maudit…

— Monsieur Préjant, avez-vous déjà entendu parler des six de la Tombe joyeuse ?

Vo…vous comprenez à présent, non ?

Vous a…avez toutes les pi…pièces du puzzle. Sauf une. A…alors il est temps de vous raconter le plus terrible de l’histoire.

Ils é…étaient six enfants invendables, qui… qui craignaient une sorcière et redoutaient la… la nuit.

Sss…six enfants qui su…survivaient en s’occupant les uns des autres.

Six enfants recroquevillés dans la Tombe joyeuse…

LA TOMBE JOYEUSE

1

Haïti, 1984

Le camion ralentit. Cela faisait plus de deux heures que le chargement affrontait les affres des routes haïtiennes et que la mécanique criait son mécontentement. Dans l'habitacle, les silhouettes de Maury et Félicien dansaient à chaque ornière que les suspensions rouillées avalaient lourdement. Leurs têtes se frôlèrent à plusieurs reprises.

— T'es certain ? demanda Maury en scrutant l'obscurité.

— Oui, affirma le conducteur. C'est l'adresse qu'on m'a donnée, c'est le bon quartier.

— Si les flics ou un gang nous chopent, il faudra payer.

— Je sais, je sais, maugréa Félicien en se concentrant sur les défauts de la route. Mais ils ne peuvent rien contre nous, n'oublie pas pour qui on travaille…

La lumière jaunâtre des phares n'éclairait que partiellement l'horizon, n'alertant qu'au dernier moment sur la présence d'un nid-de-poule ou d'un chien errant allongé sur le bitume encore tiède du soleil de la journée.

Ils avaient préféré éviter Pétion-Ville et la police, ce qui augmenta la durée du trajet d'une bonne demi-heure.

De plus, les deux hommes ne se sentaient pas à leur aise dans ce dédale de rues éclairées. Leur mission nécessitait de se faufiler sans être vus, même si, en cas de complication, il était toujours possible de s'arranger. Mais payer un flic signifiait perdre une part considérable de leur gain. Et cela, il en était hors de question.

Le véhicule bifurqua le long de Boisrond-Canal. Félicien se concentra davantage. Selon les indications, ils ne devaient plus être très loin. Ce n'était pas la première fois qu'ils travaillaient pour cet homme, mais jamais ils ne s'étaient rendus directement sur place. Il s'agissait d'une commande spéciale, cela, ils l'avaient compris dès les premiers mots du client (et dès les premiers chiffres, bien plus élevés que d'habitude), qui nécessitait une livraison discrète et à domicile.

— Là-bas, regarde, lança Félicien après quelques minutes de silence, soulagé.

Une immense bâtisse se dessina dans les ténèbres. La lune pleine brillait au-dessus et sa lumière rendait la façade blanchie à la chaux presque phosphorescente.

Une tombe... géante, pensa Maury en découvrant le lieu de livraison. Une chair de poule aussi étonnante (la température extérieure stagnait à vingt-deux degrés) que rare (il avait grandi à Cité-Soleil, un lieu qui vous immunise contre la peur) parcourut ses avant-bras et le haut de son crâne.

Le moteur du camion sembla faiblir un peu plus, comme effrayé lui aussi. Il hoqueta en crachant une fumée sombre puis s'immobilisa devant la haute grille.

— C'est bon, on peut souffler maintenant, murmura Félicien en retirant la clef du démarreur.

Maury ne sut s'il s'adressait à lui ou au camion. Ce qu'il comprit cependant, c'est qu'il avait besoin de quelques secondes pour respirer, non pas à cause de la fatigue accumulée par le trajet et par le chargement de la livraison, mais parce qu'un poids invisible pesait lourdement contre sa poitrine. Il détourna un instant son attention de l'orphelinat et ferma les yeux jusqu'à ce que le poids disparaisse en partie.

— Allez, plus vite on en aura fini…, souffla-t-il en descendant de la cabine.

Au même moment, une lumière extérieure éclaira le porche. À l'unisson, les deux hommes tournèrent la tête et fixèrent l'entrée. La massive porte en bois demeura cependant close, comme dans l'expectative d'un signal.

Félicien fit le tour du camion, frappa la carlingue à plusieurs reprises en criant des ordres en créole. Maury le rejoignit à l'arrière. À cet instant, tous les deux priaient pour qu'il n'y ait pas eu de casse durant le transport. Cela pouvait arriver. Il fallait alors agir rapidement et trouver le dépôt à ciel ouvert le plus proche pour éviter d'autres complications.

Maury attrapa une clef dans la poche de son short et déverrouilla le cadenas. Il n'y eut aucun bruit. *Mauvais signe*, se dit-il en levant la barre de sécurité. Un homme était sorti de la maison et attendait patiemment sur les marches. Sa silhouette longiligne et dominatrice se dessinait dans la pénombre, tel un Baron attendant ses offrandes. Félicien se demanda à quel moment le client était apparu. Il se demanda également par quelle magie celui-ci était sorti de la maison sans troubler le silence de la nuit…

Les portes arrière s'ouvrirent et leur grincement déchira la quiétude du quartier. Tout autour, des taudis, des semblants de construction, des cabanes fabriquées avec ce que la rue offrait comme matériaux.

D'autres tombes.

Éteintes.

Résignées.

Les deux hommes furent soulagés. La cargaison se révéla intacte, hormis les traces de fatigue, de faim et de soif. Mais à ce stade-là, des détails. Félicien attendit que les enfants s'éveillent totalement. Il observa leurs regards emplis d'inquiétude, de crainte et de colère.

Des signes vitaux, songea-t-il, *des signes vitaux comme n'importe quels autres.*

— Allez ! Bougez-vous, vous êtes arrivés !

Les six gosses restèrent immobiles. Leurs corps déjà frêles semblèrent rapetisser. Félicien grimpa à l'intérieur du camion. Il n'aimait pas cet endroit. Il n'aimait pas conduire des heures en craignant à chaque carrefour de croiser une patrouille de police. Il n'aimait pas ce travail et il détestait les remords qu'il chassait à coups de rhum une fois rentré chez lui (une bicoque qu'il exécrait tout autant que la femme qui y vivait avec lui). Il frappa les gamins sur la tête pour les réveiller et les chasser. L'un d'entre eux se leva et ce fut comme un signal. Tous l'imitèrent. La grappe d'enfants se glissa hors du camion. L'odeur de sueur et d'urine stagna quelques instants avant de s'échapper avec eux.

Les deux hommes observèrent la ribambelle d'enfants se diriger docilement vers l'homme figé sur le porche. Ils refermèrent le camion et marchèrent dans leur sillage.

— Pas de soucis ? leur demanda-t-il.

— Non, monsieur, aucun. Ils sont tous en bonne santé, affirma Félicien. (Puis, comprenant son erreur, il ajouta :) Selon vos souhaits, bien sûr.

— Ce n'était pas une commande facile, intervint Maury. Ce qui explique le délai. Mais une fois de plus, nous avons répondu à vos exigences.

— J'en suis conscient, messieurs. Tenez, voici le reste, comme convenu.

Le directeur de l'orphelinat leur tendit une enveloppe. Maury s'en saisit et la glissa rapidement dans sa poche. Inutile de compter. Le Baron ne trichait jamais.

— Merci, messieurs, nous nous reverrons bientôt. En attendant, je compte sur votre discrétion… Et oubliez le fait même d'être venus ici.

— Bien sûr, affirma Maury, conscient que l'homme qui se tenait devant lui était quelqu'un d'important et de potentiellement dangereux.

N'avait-il pas posé aux côtés de Baby Doc lors de l'inauguration de cet orphelinat ?

Félicien et Maury se retournèrent et remontèrent avec soulagement dans leur camion. Le plus jeune, alors que son beau-frère insérait la clef dans le contact, eut soudainement la certitude que le camion ne démarrerait pas. Il jeta un dernier regard en direction de l'orphelinat dans lequel les enfants entraient un par un, et son attention se figea sur cette fenêtre située tout en haut, cet œil oblique et solitaire qui le fixait comme un chien scrute celui qui doit le nourrir.

— *Fout toné !* pesta Félicien avant d'entendre avec soulagement le moteur du camion s'ébrouer.

Cassons-nous d'ici, ma maison et même ta sœur me manquent…

Quelques instants plus tard, la rue redevint silencieuse et innocente.

Les six venaient d'être livrés à destination.

2

Lucien, sept ans

Haïti, 1984

Lucien chercha son pantalon à tâtons.

À peine 6 heures du matin et il pouvait sentir la chaleur du soleil frapper le toit de tôle. Il s'habilla en essayant de faire le moins de bruit possible. Sa mère et ses deux sœurs dormaient dans la pièce d'à côté, séparée par une fragile cloison en bois de récupération. Il avança prudemment, bien que connaissant la configuration de la pièce par cœur, et attrapa le bâton en bois qu'il déposait toujours au même endroit. De son bras droit il écarta la couverture qui pendait comme un rideau de théâtre, traversa la minuscule cuisine (un simple réchaud posé sur le sol en terre, deux bassines en plastique à côté et un meuble en Formica que sa grande sœur avait déniché dans une poubelle en rentrant un soir de son travail, dans lequel sa mère entreposait la vaisselle) puis sortit dans l'air saturé de Bolosse.

Il atteignit le chemin de terre, longea le ruisseau odorant et entendit les bruits de la rue principale s'élever lentement. Encore quelques mètres et il arriverait au carrefour, son lieu de travail. Ses sandales heurtèrent quelques pierres imprévues qui lui écorchèrent les orteils. *Voilà*, se dit-il en touchant la surface rugueuse du bâtiment, *j'y suis*. Il sortit de son sac un coussin crasseux et le déposa sur le sol. Le garçon déplia une affiche cartonnée sur laquelle sa plus jeune sœur avait tracé, d'une écriture déjà bien affirmée pour son âge, ces quelques mots : *Aveugle, une pièce pour mangé*.

Lucien s'assit, le soleil lui caressant le visage (l'ombre apparaîtrait vers midi et comme d'habitude il profiterait de cette fraîcheur pour dormir quelques minutes avant de déplacer son coussin), et ouvrit la main.

Dix minutes à peine après s'être installé, le jeune garçon devina une présence. Immédiatement, il tendit une main pour récolter la pièce. Il était encore un peu tôt pour les touristes, certainement un habitant du quartier, mais en tout cas pas cette femme si gentille au parfum reconnaissable entre tous. Sa main resta ouverte et inutile un trop long moment pour ne pas s'en inquiéter.

— Une pièce pour manger, quémanda-t-il alors, en bougeant un peu plus les doigts.

Il sentit une odeur âcre devenir de plus en plus présente. D'un geste de défense, il balaya le vide devant lui à l'aide de son bâton, mais, aussitôt, son geste fut immobilisé.

— C'est pour ton bien, gamin, laisse-toi faire…

L'odeur se rapprocha et se colla contre ses narines. Le mouchoir resta fermement collé sur son visage, jusqu'à ce que Lucien perde connaissance.

Lorsqu'il se réveilla, l'enfant ne comprit pas immédiatement où il se trouvait. Puis il tâta le sol et les murs, analysa les mouvements chaotiques, le bruit puissant, les odeurs d'huile et de carburant. *Un camion*, conclut Lucien en essayant de se lever, mais un soubresaut le propulsa vers la tôle latérale du véhicule contre laquelle il se serait douloureusement écrasé si deux bras puissants ne l'avaient pas retenu à temps.

— Doucement l'ami, vaut mieux rester assis.

— Qu'est-ce… qu'est-ce que je fais là ? On va où ? demanda Lucien en sentant les larmes arriver.

— J'en sais rien. Et eux non plus.

La voix était ferme, assurée, mais jeune. *C'est un gamin comme moi*, se dit-il, quelque peu rassuré.

— Eux ?

— Oui, on est six en tout. Tu es le dernier à te réveiller.

Lucien leva le bras et dirigea sa main vers le visage de celui qui lui avait évité une belle bosse. Cependant, l'inconnu lui attrapa délicatement le poignet.

— Vaut mieux pas, mon ami, vaut mieux pas… Je m'appelle Victor, contente-toi de ça pour l'instant. Je vais te présenter les quatre autres…

3

Haïti, 5 janvier 2010

La Tombe joyeuse.

C'est donc toi.

Simon observa la photo du journal qu'il tenait à la main. Parmi la douzaine de personnes qui posaient devant l'orphelinat, cinq avaient été retrouvées tuées et découpées à la mode vaudoue. Il chercha dans leurs sourires et dans leurs regards un indice quelconque, mais leurs visages figés par le photographe ne reflétaient que la fierté de poser avec Baby Doc.

Le policier compara alors la photo avec la maison qui se dressait devant lui. Mis à part le jardin qui n'avait plus rien de sa splendeur d'antan (une simple étincelle aurait suffi à enflammer cet amas de ronces, de plantes grimpantes et de fleurs séchées), la rouille qui rongeait la grille et quelques lézardes sur les murs, la maison semblait imperturbable. Rachelle se posta à côté de son père et posa à son tour un regard presque admiratif sur l'édifice.

— Je ne t'avais pas menti, P'pa, c'est quelque chose cette maison, non ?

— Oui, c'est certain, admit-il en étudiant chaque détail de la façade.

Son regard partit de la porte en bois à la peinture écaillée par le temps, remonta le long de la coursive, dépassa le deuxième étage pour s'arrêter sur la fenêtre brisée, juste au-dessous du toit.

Que s'est-il donc passé ici ? se demanda-t-il sans être certain de vraiment vouloir connaître la réponse.

— Il faut que j'accède aux comptes bancaires des victimes, lança-t-il soudainement. Tous ces gens étaient de riches investisseurs. Ils ont inauguré l'endroit avec le président, lui ont serré la main, ont trinqué au champagne avec lui et maintenant leurs corps reposent six pieds sous terre. Tout cela sent l'argent sale à plein nez. Tu connais quelqu'un qui pourrait m'aider ?

— Non, regretta Rachelle après un court instant de réflexion. Qu'as-tu en tête exactement ?

— C'est assez flou, mais, connaissant l'ancien dictateur, on pourrait facilement imaginer un système de blanchiment d'argent ou un trafic quelconque. Peut-être que de l'argent n'a pas été versé, ce qui expliquerait la fermeture soudaine de l'endroit… et cette vendetta.

— Fort possible, approuva Rachelle. Les orphelinats sont depuis très longtemps des plateformes de contrebande, de blanchiment ou de trafics en tout genre. Les propriétaires des établissements, les rabatteurs, les revendeurs, les clients… de nombreuses personnes participent à ces commerces parallèles. Même les militaires étrangers et les organisations humanitaires trempent dedans. Pas toutes, certes, mais le ver est dans le fruit.

— Ce n'est pas dans mes attributions, tu le sais, une organisation officielle se charge de ces enquêtes, admit Simon qui avait eu à maintes reprises cette discussion avec sa fille.

Longtemps, elle avait vu en son père le chevalier blanc capable de régler le problème de ces milliers d'enfants. Mais rien n'était simple à Haïti.

— Je sais P'pa, ce n'était pas un reproche, simplement un constat contre lequel je me bats chaque jour. Mais dans ce cas, s'il s'agit d'une vendetta, pourquoi les assassiner si longtemps après la fermeture de la Tombe joyeuse ?

— Je l'ignore. Mais les comptes bancaires pourraient dévoiler quelques pistes.

Simon fixa une nouvelle fois l'orphelinat. Depuis qu'ils étaient arrivés sur les lieux (Rachelle avait insisté pour ne pas utiliser le véhicule de service de Simon, « trop provocateur dans le coin », selon elle), une impression étrange sur laquelle il était incapable de mettre un nom tenaillait le policier. Il se sentait fragile dans l'ombre de la bâtisse. L'inspecteur se demanda si sa fille ressentait elle aussi ce frisson le long de son cou. Il se détourna de la Tombe joyeuse et scruta les alentours. Des taudis à perte de vue, des toits de tôle enflammés par le soleil, des terrains asséchés et sans vie. Seule une petite maison, pas plus grande que les autres, mais mieux entretenue, sortait du lot. Située de l'autre côté de la rue, sa petitesse paraissait narguer l'envergure de la Tombe joyeuse. Ce qui frappait immédiatement, c'étaient les incantations et les signes vaudous dessinés sur les murs blancs.

— C'est la maison de la *mambo*, intervint Rachelle. C'est depuis cette fenêtre que j'ai observé la Tombe joyeuse pour la première fois.

— Rachelle… Je ne t'ai pas tout raconté.

Pas plus qu'il ne comprenait cette compression sourde à l'intérieur de sa poitrine, Simon ne sut pourquoi il décida de tout révéler à sa fille. Peut-être l'endroit exerçait-il sur lui une sorte de *pouvwa*, une force invisible qui le poussa à décrire ce qu'il voulait garder pour lui… Ou bien était-ce cette peur (car il le savait à présent, tandis qu'il fixait les signes religieux incrustés dans la chaux de la maison, il s'agissait bien de peur) qui l'alertait sur la suite possible des événements, tout comme elle l'avait alerté des années plus tôt de la mort imminente de sa mère…

— Je ne t'ai pas tout dit au sujet de ces crimes, continua-t-il. Il n'y a pas seulement les cercueils en papier et les messages… Les scènes de crime sont particulièrement sanglantes.

— Tu m'as dit que c'était violent.

— Oui, mais cette fois, cela va au-delà de simples corps criblés de balles ou battus à mort.

— De quel genre de violences parles-tu alors ? s'inquiéta Rachelle en se rapprochant de son père.

— Des sexes coupés, des mains tranchées à la machette et des tiges en métal enfoncées dans les yeux.

— *Bondye mwen*… Il s'agit bien de crimes rituels ! s'exclama Rachelle qui ne put retenir un regard en direction de l'habitation recouverte de messages.

— C'est ce que l'on veut me faire croire…

— Comment ça, ce que l'on veut te faire croire ? Déjà les cercueils en papier le laissaient présager, mais là, il n'y a plus aucun doute !

— Non, Rachelle, il ne s'agit pas de magie noire. Ces crimes cachent autre chose.

— Tu n'es pas objectif ! s'emporta la jeune femme. Tout ça à cause de ce qui est arrivé à grand-mère ! Le vaudou fait partie de nous, il existe. Si tu n'es pas capable de mettre le passé de côté, tu ferais mieux de laisser tomber cette affaire. C'est dangereux, tu comprends ? Du vaudou, du mauvais vaudou ! Il vaut mieux l'accepter avant de continuer. Comment veux-tu combattre un ennemi si tu refuses son existence ?

Simon soupira lourdement. Sa fille avait peut-être raison quant à son rejet de la religion haïtienne, mais elle se bornait à se fier aux apparences. Il restait persuadé qu'il s'agissait d'autre chose et que toutes ces mises en scène et artefacts religieux n'avaient pour but que de le diriger vers une mauvaise piste. Il n'aurait su l'expliquer clairement, mais il en était intimement convaincu.

— On fait quoi maintenant ?

— On entre dans la Tombe joyeuse, affirma Simon.

— Comme ça ? Tous les deux ? s'étonna Rachelle.

— Nous n'avons pas fait le trajet simplement pour la beauté de son jardin, ironisa Simon en poussant la grille qui s'ouvrit dans un râle de douleur.

Rachelle sentit un frisson la parcourir alors que son père avançait dans le jardin. Elle le trouva soudainement fatigué, comme si la Tombe joyeuse aspirait ses forces au fur et à mesure qu'il s'en approchait. Elle eut envie de le rejoindre pour lui intimer de faire demi-tour, de quitter cette ombre, cette rue, ce quartier avant que la maison ne prenne entièrement possession de leurs âmes. Seulement, elle savait très bien à quelle réaction elle aurait droit en retour. Et elle aurait beau lui parler de *vévés*, de lwas et d'esprits des morts, le rationalisme de son père ne serait nullement ébranlé. Son chagrin éternel était le socle de ses croyances, et aucune créature échappée d'un quelconque panthéon ne pourrait jamais s'asseoir aux côtés du souvenir de sa mère.

Pourtant, Simon arrêta subitement sa progression. Il se tenait à quelques mètres du porche en pierre quand il se détourna de la maison pour fixer l'extrémité de la rue. Intriguée, Rachelle se tourna elle aussi pour découvrir ce qui fronçait ainsi d'inquiétude le visage de son père. Tapi dans l'ombre d'un mapou, cet arbre magique selon la tradition vaudoue, un homme les surveillait sans bouger. Sa peau très sombre se fondait parfaitement dans l'obscurité végétale et, sans la machette qu'il tenait dans la main droite (et qu'il balançait avec nonchalance sous le soleil doré, faisant ainsi apparaître de manière sporadique des éclairs de lumière sur la lame), elle n'aurait jamais compris ce que son père regardait.

— P'pa, ce n'est peut-être pas le bon moment…

Simon marchait déjà vers elle quand l'inconnu sortit de sa tanière. Sa longue silhouette s'immobilisa à quelques mètres d'eux, mais les cercles menaçants de la machette continuèrent leur danse provocatrice. Un sourire mutin se dessina lentement sur son visage ridé, mais l'homme ne prononça pas un mot.

— Ça doit être un gardien. Ce qui expliquerait l'état presque intact de la maison, supposa Simon en rejoignant sa fille.

— Gardien ou pas, ce type n'a pas l'air très amical. Depuis combien de temps est-il là ?

Elle se demanda si ce Baron Cimetière de la Tombe joyeuse était présent lors de sa précédente venue, quand elle avait rencontré la *mambo*.

— Il vaut mieux partir, Rachelle. Je reviendrai de manière officielle, ce sera plus prudent.

Une fois le moteur démarré, Simon vérifia dans son rétroviseur que l'homme à la machette ne s'approchait pas du véhicule.

Mais tout ce qu'il vit fut un arbre solitaire et une grille qu'il ne se souvenait pas d'avoir fermée.

4

Victor, dix ans

Cité-Soleil, 1984

Victor quitta la cabane et s'engouffra dans la rue principale de Boston. Ce quartier central de Cité-Soleil s'éveillait lentement, mais les odeurs puissantes que charriaient les égouts (de simples rigoles creusées dans la terre) s'intensifiaient déjà avec la chaleur naissante. Le gamin traversa ce cimetière d'espérance comme tous les matins, baissant le regard quand il croisait les caïds du quartier, arme à la main comme s'il s'agissait d'une simple cigarette.

Le « business » de Victor, celui qui leur permettait, à lui et à sa grand-mère, de se nourrir sans avoir à fouiller les poubelles, était simple : il se rendait dans des lieux touristiques pour mendier. Une solution presque élevée au rang de première activité nationale. À l'exception de certaines rues et de certains événements (comme l'année précédente lors de la venue du pape), les flics laissaient faire, même si plusieurs d'entre eux exigeaient en retour une part du butin. Comme Victor ne se débrouillait pas trop mal, il pouvait se payer ce luxe que beaucoup d'autres gamins lui enviaient. Car, si le marché de la mendicité infantile se trouvait particulièrement encombré, il pouvait compter sur un atout de taille : la longue balafre qui barrait son visage noir, comme un éclair dans la nuit. Elle partait du haut de son front, hoquetait au niveau de l'œil, continuait son chemin le long de sa joue pour descendre en diagonale jusqu'à son menton. Son origine variait selon ses interlocuteurs. De blessure provenant d'un conflit entre voisins, elle pouvait devenir tour à tour incident de machine dans une usine, chute d'un berceau ou même de provenance inconnue, mais sans aucun doute vaudoue. Le gamin adaptait ses explications selon le profil du client (femme, homme, couple avec enfants…) et savait même les réciter en anglais (anglais approximatif, mais suffisamment élaboré pour que la main se dirige vers le porte-monnaie).

Mais ce que Victor ne précisait jamais, c'était la genèse réelle de cette cicatrice. L'évoquer, c'était un peu comme libérer un fantôme. Et Victor, malgré les deux années écoulées, ne parvenait toujours pas à s'en souvenir sans trembler.

Sa peau s'était cicatrisée bien plus vite que son âme.

Il atteignit la porte sud de Cité-Soleil et salua d'un geste de la tête un des gardiens du gang de Blasius, le plus redoutable des chefs. Beaucoup de légendes couraient sur sa cruauté. On murmurait qu'il mangeait des animaux encore vivants, qu'il s'exerçait au tir sur des cibles humaines, choisies au hasard lors de ses déplacements dans Cité-Soleil, qu'il exigeait des rentes de tous les habitants du quartier sous peine de représailles et enrôlait des gamins de force, quitte à tuer les parents. Son dernier fait d'armes s'était produit quelques semaines auparavant. Son gang avait kidnappé un gamin dans une rue de Pétion-Ville, un mulâtre. Les parents avaient payé la rançon de mille dollars et s'étaient pointés au rendez-vous indiqué par Blasius. Quand il était sorti de sa voiture muni d'un sac de sport, les parents avaient d'abord cru que le chef souhaitait plus d'argent. Mais quand ils l'avaient vu ouvrir le sac et en sortir un bras d'enfant, ils avaient compris qu'ils ne reverraient plus jamais leur fils. Un des sbires de Blasius leur avait alors tiré chacun une balle dans la cuisse. Non pas pour qu'ils souffrent ou par plaisir sadique, mais simplement pour qu'ils ne puissent pas s'enfuir sans avoir vu la surprise que leur réservait le meurtrier. Le chef avait sorti délicatement la tête tranchée à hauteur du cou du gamin, l'autre bras, les jambes et le reste du corps, qu'il avait disposés sur le sol. Les parents hurlaient de douleur et de chagrin. Blasius s'était alors mis à rire, de ce rire puissant et inhumain que tout Cité-Soleil connaissait. Puis, après avoir jeté les morceaux de cadavre aux corbeaux affamés, Blasius était remonté dans la voiture et avait disparu, ignorant les pleurs et les hurlements des parents.

Victor accéléra le pas pour quitter Cité-Soleil et n'eut le sentiment de respirer librement qu'après avoir laissé quelques mètres entre lui et le bidonville. Encore quelques minutes de marche et Victor arriverait à destination, une rue ombragée et fréquentée dans laquelle il réalisait ses plus gros bénéfices. Parfois, il était obligé de chasser d'autres gamins. Les territoires de mendicité ne se gagnaient pas facilement, il fallait jouer des poings pour les obtenir et les garder. Mais il avait juste à préciser d'où il venait – Boston, territoire de Blasius – pour que les concurrents revoient leur plan d'action. Et si cela ne suffisait pas, Victor n'avait rien contre une bagarre pour asseoir un peu plus son aura.

Tous les matins, quand il partait de la cabane, sa grand-mère lui demandait invariablement où il allait. Et, tous les matins, il expliquait sans hésiter qu'il se rendait au travail, dans une décharge où il triait les métaux. La vieille femme acquiesçait en souriant et prononçait toujours ce conseil, qui à chaque fois tiraillait un peu plus le cœur du gamin : *Pito ou travay pase ou mande*, c'est mieux de travailler que de mendier.

Victor n'aimait pas mentir à sa grand-mère. Mais il jugeait qu'il valait mieux qu'elle reste dans l'illusion.

À Haïti, le savoir n'est pas une bénédiction. L'ignorance protège bien plus. Il ne voulait pas qu'elle sache que son petit-fils mendiait pour payer le loyer et qu'à l'occasion, il rendait quelques services aux gangs de Cité-Soleil.

Le gamin arriva finalement à destination. Il s'assit à quelques mètres du restaurant à touristes (*les gens donnent plus une fois le ventre plein*) et guetta les chalands. C'est à ce moment qu'il se rendit compte que deux hommes assis sur un banc, de l'autre côté de la rue, l'observaient avec intérêt. Peut-être des policiers. Ou des membres d'un gang, il était parfois difficile de différencier les deux sans la présence d'uniformes. Tous possédaient le même regard empli de haine envers les gosses. Pour les adultes, les gamins des rues n'étaient que des rats qui proliféraient beaucoup trop vite. Des rats sales et puants, des inutilités obséquieuses qui, en vieillissant, devenaient soit des problèmes, soit des rivaux. Alors, quand on grandissait dans les rues, il fallait ruser, se faire discret, rapetisser un peu plus en quelque sorte, jusqu'à devenir invisible.

À contrecœur, Victor se releva et décida de disparaître une heure ou deux. Ces deux hommes ne lui inspiraient pas confiance et rester là, face à eux, le mettait mal à l'aise. Il bifurqua d'un pas faussement léger vers une rue parallèle où le passage, bien que moins fréquenté, pouvait tout de même lui rapporter un peu. Il pesta contre les inconnus. Sa journée ne serait pas aussi rentable, et il ne pouvait pas se le permettre. Le loyer, l'argent versé à Blasius pour qu'il n'arrive rien à sa grand-mère, la nourriture… Une solution se dessina dans son esprit, mais il la chassa comme une mauvaise pensée. Détrousser les badauds n'était pas son fort. Il était trop nerveux, trop pressé, et les rares fois où il s'y était risqué n'avaient été que des fiascos et des allers-retours au commissariat pour se faire tabasser.

C'est en atteignant le coin d'un immeuble que Victor entendit le crissement d'un caillou sous une semelle. Ce bruit venait de derrière lui et sa première réaction fut de s'étonner de ne pas avoir perçu plus tôt cette présence. Le gamin se retourna et toisa les deux hommes.

— Si vous me touchez, enculés, Blasius et ses hommes vous égorgeront ! bluffa Victor en prenant son air le plus dur (celui qui faisait fuir les gamins qui tentaient de lui piquer son emplacement).

Mais un poing rapide et puissant vint s'abattre sur sa tempe gauche, envoyant le côté droit de sa tête heurter le mur de ciment. Le choc fut si violent que Victor perdit immédiatement connaissance.

Maury et Félicien ramassèrent le corps du gosse, ravis de leur prise, et s'amusèrent de la menace proférée par leur proie.

5

Haïti, 5 janvier 2010

— Demande à ton journaliste s'il peut trouver les noms des autres personnes présentes sur la photo. Je vais essayer de forcer le barrage des banques.

Simon et Rachelle s'étaient séparés sur ces dernières paroles, sans ajouter quoi que ce soit quant à l'apparition de l'homme à la machette, ni sur la peur infantile ressentie face à la Tombe joyeuse. D'ailleurs, aucun d'eux n'était capable de savoir lequel de ces événements avait été le plus effrayant.

Rachelle rentra chez elle, se servit un verre de vin et tenta de chasser les images fugaces qui ne cessaient de revenir, aussi désagréables et opiniâtres qu'un moustique affamé. Afin de se débarrasser au plus vite de ce sujet, elle téléphona à son ami, qui ne mit pas longtemps à trouver les réponses à ses questions.

Le lendemain matin, vers 11 heures, la jeune femme rejoignit son père au commissariat et lui donna les renseignements demandés.

— Merci, Rachelle, et remercie cet homme pour moi.

— De rien, P'pa, je lui dirai. Et de ton côté ?

— Des silences gênés, des « on ne peut pas vous donner ces informations aussi facilement, il nous faut une demande juridique » et des « bon courage, inspecteur ».

— C'est un bon début, ironisa-t-elle en tentant de détendre l'atmosphère.

— Rachelle ?

— Oui, P'pa ?

— C'était sérieux… Toi et Manus ?

— Co…comment…

— Vous pensiez vraiment que je ne me doutais de rien ?

Simon la fixait avec une certaine malice. Avaient-ils été à ce point candides ? L'amour leur avait-il voilé la réalité jusqu'à penser que leurs œillades, leurs sourires et leurs gestes n'étaient perceptibles que par eux-mêmes ?

— Écoute… c'est compliqué, se justifia-t-elle avec maladresse, mal à l'aise.

— Un conseil, ma puce : quand on aime quelqu'un, il n'y a pas de demi-mesure. Il faut se vouer corps et âme à cet amour. Manus est quelqu'un de bien, un des rares hommes dignes de confiance que j'aie rencontrés ici, sur cette foutue île. Vous gérerez cela, j'en suis persuadé, mais ne te renferme pas, nul n'est responsable de notre passé sinon nous-mêmes…

— Pourquoi parles-tu de cela maintenant ? Qu'est-ce qui se passe ? s'inquiéta Rachelle.

— Je suis fatigué, voilà tout. Et vieux. Je pense que je vais me reposer un peu cet après-midi, potasser tout cela à la maison, comme quand tu étais petite, tu te souviens ?

— Oui, P'pa, je me souviens.

À la suite du décès de Vanessa, son père s'était recroquevillé sur lui-même et s'enfermait continuellement dans le bureau de leur ancienne maison, à Miragoâne. Parfois, le soir, avant d'aller se coucher, Rachelle s'asseyait sur ses genoux, silencieuse, et se blottissait contre lui pendant qu'il relisait ou annotait des dossiers en cours. Cette période avait été une étape douloureuse. Sa mère lui manquait et elle pouvait lire sur le visage de Simon (dans ses silences aussi, ses sourires feints, ses regards perdus) qu'elle n'était pas la seule à souffrir. Mais ces quelques instants passés sur ses genoux, à ne rien dire, juste à partager sans en parler le deuil d'un être cher, se révélaient précieux. À aucun autre moment de sa vie Rachelle ne se sentit aussi proche de son père. Ils étaient deux naufragés, orphelins de la figure de proue qui régissait leur vie. Sans qu'il le sache, les bras de Simon furent un précieux radeau auquel la jeune fille s'accrochait pour ne pas sombrer davantage. Et elle comprit rapidement qu'il en était de même pour lui.

— On se voit demain ? hasarda-t-elle, une étrange boule coincée dans le ventre.

— Oui.

Simon quitta le commissariat en précisant qu'il ne serait pas disponible pour le reste de la journée. Il appela Manus par radio et éluda ses questions. Il le prévint juste qu'ils feraient le point après avoir réglé quelques détails.

Une fois assis dans son bureau, l'inspecteur ouvrit le dossier qu'il avait emporté discrètement du commissariat et examina les noms fournis par Rachelle. Il n'en connaissait aucun, cependant un patronyme attira son attention. Simon était persuadé d'avoir croisé ce nom récemment, mais il n'arrivait pas à se souvenir à quelle occasion.

Nervillier, le directeur de l'orphelinat.

Ce nom ne lui était pas inconnu, il n'en démordait pas. Il était certain de l'avoir entendu, murmuré ou lu récemment. L'inspecteur fouilla dans sa mémoire, excité par l'idée de tenir une piste concrète.

C'est alors qu'il se souvint.

Oui, en effet, cela ne remontait pas à très loin. Mais il n'y avait aucun lien possible. Simon avait lu ce patronyme dans un dossier arrivé au commissariat pour une simple signature. Il ne s'agissait nullement d'une affaire de meurtre, juste d'un accident de voiture dans lequel deux jeunes femmes avaient trouvé la mort.

— Le même patronyme, mais pas la bonne personne, pesta Simon en griffonnant quelques phrases sur une feuille de papier.

Quoi qu'il en soit, il lui faudrait retrouver cet ancien directeur, même si cela semblait difficile. Il doutait que ce Nervillier fût toujours vivant. Le dernier message contenu dans le cercueil était clair : le meurtrier, ce Baron Kriminel comme il s'autoproclamait, avait atteint son but. Et si son but était de tuer les personnes présentes sur la photo (hormis le président et son entourage), Nervillier pourrissait sans aucun doute dans un endroit inconnu avec son sexe tranché dans la main. Si cet ancien directeur habitait dans une autre province de l'île, les chances que la nouvelle de sa mort soit remontée jusqu'à Simon étaient quasi nulles.

« Ce qui se passe ailleurs ne nous regarde pas vraiment » demeurait un dicton très appliqué dans la population haïtienne. Simon se dit qu'il serait toutefois judicieux de passer quelques coups de fil à ses collègues des différents secteurs.

Il dirigea ensuite son attention sur les deux militaires présents sur la photo. Il attrapa une loupe dans un tiroir et la plaça au-dessus de leurs visages. *Peut-être une vingtaine d'années, vingt-cinq tout au plus, certainement des tontons macoutes…*

En se penchant sur le deuxième officier, il ressentit une désagréable sensation. Simon chercha dans sa mémoire une date, un événement, un lieu capables de justifier ce sentiment de déjà-vu. En vain. Pourtant, ce regard puissant et la symétrie anguleuse de ce visage, il aurait juré les avoir déjà croisés, peut-être pas à cette époque mais…

— Merde ! pesta Simon en rapprochant la loupe du militaire. Je te connais, j'en suis certain…

Soudain, le souvenir de son excursion avec Rachelle lui apporta la réponse : la même violence latente, la même posture malgré les années écoulées, droite et belliqueuse, tapie dans l'ombre d'un arbre…

Cet enfoiré…

L'inspecteur resta quelques secondes immobile, captivé par ce qu'il venait de comprendre.

C'est lui, c'est l'homme silencieux de la Tombe joyeuse, celui qui nous a menacés avec sa machette... Des années en plus, mais la ressemblance est criante. Se pourrait-il que... ?

Des liens se tissèrent aussitôt dans son esprit : *Cet homme présent sur la photo et qui maintenant semble veiller sur la Tombe joyeuse... la machette dans sa main et les membres découpés des victimes... des victimes qu'il connaissait puisqu'il pose à leurs côtés sur la photo…*

Des liens ténus, certes, mais qui mis bout à bout constituaient une possible piste, ce qui suffit à nourrir l'enthousiasme de l'inspecteur.

Et si c'était cet ancien militaire qui tuait toutes les personnes ayant participé au financement de l'orphelinat ? Obéit-il à des ordres, à une vendetta ? Cela reste une éventualité, se tempéra-t-il, *mais c'est la seule que je possède, et plus j'y pense, plus elle me semble crédible... Qui d'autre qu'un ancien macoute pourrait assassiner avec autant de violence ?*

Simon eut envie de joindre Rachelle pour lui présenter son hypothèse, mais décida finalement d'attendre un peu. Il était trop vieux et avait trop d'expérience pour agir sans pouvoir prouver ses dires. Il devait réunir toutes les pièces du puzzle, comprendre qui était vraiment cet homme, accéder aux comptes bancaires des victimes, retrouver (entier ou en morceaux) l'ancien directeur et ensuite, oui, seulement ensuite, il pourrait exposer sa théorie à Manus, à Rachelle et à ses supérieurs.

Le brouillard se dissipait. Pour la première fois depuis des mois, Simon sourit d'un sourire sincère. À présent, il savait quoi faire et surtout vers qui diriger son enquête. La piste qu'il espérait depuis si longtemps se dessinait en effaçant la possibilité de crimes rituels.

Prends-toi ça dans la gueule, vaudou de mes deux !

Après cette découverte, il réfléchit une vingtaine de minutes à toute son hypothèse et ne trouva aucune faille. Il écrivit quelques phrases sur une page puis rangea le dossier dans sa cachette habituelle.

En fin d'après-midi, il profita d'être chez lui pour rattraper des heures de sommeil. *Demain sera une journée chargée, autant prendre des forces maintenant.* Il ferma les volets et s'allongea sur le vieux canapé en tissu usé du salon. Il ne fallut pas plus de dix minutes pour qu'il s'endorme. Dans ses rêves tourmentés apparurent tour à tour Thérèse, Vanessa et finalement Rachelle. Ses trois divinités accompagnèrent son sommeil où se mêlèrent des Haïtiens à quatre pattes dans un cimetière, des danses endiablées et la silhouette imperturbable de la Tombe joyeuse. À un moment, l'homme à la machette fit une apparition. Mais son visage ne renvoyait plus l'assurance et la menace.

Juste la peur.

Quand Simon se réveilla, ce qu'il remarqua en premier fut l'obscurité. La nuit venait de tomber, mais il ne s'en voulut qu'à moitié d'avoir autant dormi. Cette affaire le hantait depuis des semaines, il n'allait pas se reprocher ce repos. Il se releva difficilement (*foutue vieillesse*) et se dirigea vers la cuisine pour se préparer à dîner. C'est à cet instant qu'il remarqua un autre détail : son arme de service. Il se souvenait de l'avoir laissée sur la table en arrivant.

Seulement, elle ne s'y trouvait plus.

Simon fouilla un instant sa mémoire, mais ne se rappela pas l'avoir posée ailleurs.

— Vous… vous avez beau…beaucoup dormi.

Simon se figea en entendant la voix qui provenait de derrière lui. Il se retourna doucement, mais son geste fut aussitôt freiné par une mise en garde.

— No…non, restez où… où vous êtes si…sinon je tire.

— Qui êtes-vous ? demanda l'inspecteur en restant immobile.

— Ce…cela n'a pas d'importance.

Au-dehors, le son puissant et désagréable d'une mobylette au moteur trafiqué parcourut la rue. Après quelques secondes, il s'éloigna lentement et le silence nocturne reprit son droit, émaillé par la stridulation des grillons.

— Que voulez-vous ? interrogea le policier.

— Je… je voulais sim…simplement le…les venger, bégaya l'inconnu.

— Venger qui ? Écoutez, je suis certain que l'on peut trouver une solution, reprit Simon d'une voix calme.

S'il avait voulu me tuer, il l'aurait déjà fait, se dit-il en écartant les bras en signe de coopération.

— Je vais me retourner et nous allons parler calmement, d'accord ?

— No…non, vo…vous ne bougez pas ! Vo…vous ne comprenez p…pas… Vo…vous n'auriez ja…jamais dû vous rendre à la Tombe joyeuse.

— J'ai donc vu juste. C'est vous qui les avez tués, qui leur avez tranché les mains et le sexe avec votre machette… Tout cela pour de l'argent ? Hein ?

— No…non, tout cela po…pour les six.

— Les six ? Qu'est-ce que cela…

Simon devenait de plus en plus nerveux. L'homme qui le menaçait ne lui donnait que peu d'informations, difficile de comprendre sa motivation et d'en évaluer la dangerosité. Pour l'instant, le faire parler semblait la meilleure solution. Mais pour une raison inconnue, son bégaiement le mettait mal à l'aise. Il espérait juste que l'index que cet homme devait poser sur la gâchette de sa propre arme de service ne soit pas aussi instable.

— Qui sont les six ? Les personnes sur la photo ? demanda-t-il en tentant de gagner le plus de temps possible.

— Non, là, ce sont l…les six coupables, pas les six victimes.

Simon devina presque de la moquerie dans le ton de sa réponse. Six coupables. Six victimes. Mais de quelles victimes voulait parler cet homme ? Qu'est-ce que les anciens amis de Duvalier avaient pu faire pour que des années plus tard, elles réclament vengeance ?

— Alors expliquez-moi. Si je dois mourir, autant que je sache ! Les anciens propriétaires n'ont pas payé ce qu'ils devaient à Duvalier, c'est cela ? Où étiez-vous pendant tout ce temps ? En prison ? En exil en France avec votre patron ?

— Cr…croyez-vous au vaudou, inspecteur ?

Simon sentit un frisson parcourir l'intégralité de son corps. Il ferma les yeux en un geste de résignation. *Ce pays ne peut pas survivre à travers ses croyances*, pensa-t-il. *Si les motivations des hommes ne sont guidées que par les paroles des morts, c'est que cette île n'appartient déjà plus aux vivants…*

— J'emmerde le vaudou ! lâcha-t-il, presque surpris par ses propres paroles. Le vaudou m'a volé bien plus qu'il ne m'a apporté ! Des foutaises, des élucubrations… Voilà ce qu'est le vaudou !

— Vous ne… ne pouvez pas dire cela ! hurla l'homme tapi dans l'ombre.

— Vous allez me dire que c'est le vaudou qui a tué à votre place et abandonné ces corps que j'ai retrouvés derrière vous ! Et sans doute le vaudou a-t-il tué le directeur Nervillier et…

Plus aucun mot ne parvint à sortir de la bouche de Simon. Il resta ainsi, paralysé par ce qu'il venait de comprendre.

— Merde, murmura-t-il finalement pour lui-même.

Au loin, le bruit de la mobylette s'éleva comme le son d'une fusée d'artifice fonçant vers le ciel.

— Ce n'est pas possible…

Le ronronnement malade du moteur intensifia sa présence pendant que Simon repoussait avec terreur la vérité qui éclatait dans son esprit.

— Comment…

— Il… il fallait laisser la Tombe joyeuse en… en dehors de ça, le coupa l'inconnu.

Le vrombissement du moteur envahit la pièce. La complainte du pot d'échappement couvrit les bruits de la nature et des hommes, telle la trompette biblique annonçant l'Apocalypse, et embauma l'endroit de vapeurs d'huile et d'essence.

C'est à ce moment que l'inconnu appuya sur la détente pour masquer partiellement la détonation. Le corps de Simon chuta lourdement contre la table en Formica qui se disloqua et s'éparpilla sous l'impact.

Le corps de l'inspecteur eut un dernier soubresaut avant de s'immobiliser complètement, visage tourné en direction du mur de la chambre.

En direction du portrait de Rachelle.

6

Haïti, 1984

— Je te présente Sélène et Doriane, elles sont sœurs, annonça Victor.

Lucien hocha la tête et tendit les bras. Il ne sentit que le vide de l'espace qui le séparait de l'autre paroi du camion. Mais soudain, des doigts timides vinrent à sa rencontre et lui caressèrent la main.

— Sélène et Doriane, répéta-t-il.

— Leurs parents les ont vendues, affirma Victor, c'est ce qu'elles m'ont raconté.

Les deux jeunes filles hochèrent la tête, avec une certaine tristesse au fond du regard.

— Comment t'appelles-tu ? prononça une voix fluette qui, pour une raison inconnue, résonna dans le cœur de l'enfant.

— Lucien. Je suis aveugle depuis ma naissance, ajouta-t-il par pur réflexe.

— Il n'y a que des choses horribles à voir ici, rétorqua Doriane, d'un timbre que Lucien jugea plus mature, plus meurtri. C'est peut-être une bonne chose de ne rien voir.

— Pourquoi on est ici ? demanda le garçon en respirant un peu mieux.

Le fait de ne pas être seul (et surtout en compagnie d'autres enfants) le rassurait.

— Aucune idée, Lucien, intervint Victor. Nous sommes dans un camion et il n'y a que nous. Mais nous avons été enlevés par les mêmes hommes, c'est une certitude.

Instinctivement, Victor porta la main à sa tempe encore douloureuse. Il serra les dents en imaginant ses deux bourreaux s'en prendre à un gamin fluet et aveugle comme Lucien.

— Moi, c'est Mickaël, lança une autre voix. J'étais chez moi quand ces hommes sont arrivés. Ils ont discuté longtemps avec mon père puis sont venus me chercher. Je pense que j'ai été vendu, mais mon vieux m'a dit que c'était pour moi, que j'allais travailler et gagner de l'argent… et aller à l'école aussi, c'est ce qu'il m'a dit. Je l'aimais bien mon père, même s'il disait que je parlais trop. Et qu'il se moquait de mes taches.

— Quelles taches ? demanda Lucien en tendant la main en direction de la voix.

— Des taches blanches, partout sur mon visage et mon corps. Elles poussent comme de mauvaises herbes. Mon père disait que c'était un sort vaudou jeté par un ancien amant de ma mère.

Lucien s'arc-bouta pour toucher le visage de l'enfant, mais un soubresaut du camion (suivi d'un juron provenant de la cabine) l'obligea à rester assis. Le silence dans lequel se retrancha chaque enfant s'imposa comme une nécessité. Écouter les autres décrire leurs malheurs les renvoyait à leurs propres souffrances.

— Sélène et Doriane, c'est quoi votre… problème ?

— Comment sais-tu qu'elles ont un problème ? Tu nous as entendus dans ton sommeil ou quoi ? s'étonna Victor.

— Tu ne veux pas que je touche ton visage, donc j'en déduis que tu as honte de quelque chose, une marque peut-être, ou une déformation. Mickaël a des taches et le sixième enfant ne s'est toujours pas manifesté, j'en déduis qu'il est muet. Et moi, je suis aveugle. Je pense que nous avons tous une différence, que nous ne sommes pas comme les autres enfants.

— La vache, t'es pas con toi ! s'exclama Mickaël en sifflant d'admiration.

— Nous sommes jumelles, déclara non sans fierté Doriane.

— Jumelles, s'étonna Lucien. *Marassa ?*

— Tu connais le vaudou ? sourit Sélène.

— Oui, ma mère était très croyante. Mais je ne comprends pas, les enfants jumeaux sont très respectés, ils possèdent de grands pouvoirs.

— Oui, reprit Doriane. C'était le cas. Pour notre anniversaire, le quartier entier nous apportait des cadeaux. Notre mère peignait nos cheveux avec attention et nous appelait ses petits anges. Chaque soir, elle nous embrassait et nous promettait de jolis rêves. Mais elle est tombée enceinte, d'un garçon, notre petit frère…

— Un *dossou*, souffla Lucien.

Comme Émile, comme ce voisin qui était devenu le petit dieu du quartier à la seconde où il avait poussé son premier cri, trois ans après ses frères. Émile, qui grandit en même temps que lui, qui se moqua ouvertement de son handicap devant des adultes trop terrifiés pour le réprimander. Car un *dossou*, celui qui naissait après des jumeaux ou jumelles, possédait autant de pouvoir qu'eux, sinon plus, car lui, il ne les partageait pas avec un double gémellaire.

— Quand notre petit frère est arrivé, nos parents n'ont plus fait attention à nous. Ils nous interdisaient de le prendre dans nos bras, de l'embrasser. Un matin, il n'a pas crié comme il le faisait d'habitude. Notre mère est allée voir et s'est mise à hurler. Sélène et moi, nous nous sommes levées. Notre frère était mort. Sa peau ressemblait à de la cire. Notre mère s'est tournée vers nous avec des yeux de diable, elle nous a frappées, insultées. Notre père s'est réveillé à son tour. Nos parents juraient que c'était notre faute, qu'on lui avait jeté un sort pour garder notre rang de *marassa.* Ils nous ont frappées encore et encore et, si on ne s'était pas échappées de la maison, ils nous auraient tuées comme des rats. Voilà. Après, il y a eu la rue…

Le camion ralentit son allure jusqu'à s'arrêter complètement.

— Vous croyez que nous sommes arrivés ? murmura Sélène, une crainte palpable dans la voix.

Mais aussitôt le moteur émit un grognement et la carlingue reprit ses mouvements chaotiques. D'une certaine manière, les enfants furent rassurés. Ils avaient beau ignorer leur destination et la raison pour laquelle ils se trouvaient enfermés dans ce camion, le fait d'être ensemble endormait leurs craintes.

Lucien garda le silence et repensa à toutes ces histoires. Il ne savait laquelle était la plus terrible. Et surtout, il se demanda pourquoi on pouvait s'intéresser à eux alors que leurs propres familles ne demandaient qu'à s'en débarrasser. *Peut-être que ces hommes vont nous jeter dans le trou qui va aux enfers ?* songea-t-il en se recroquevillant sur lui-même.

Pour la première fois depuis son réveil, le garçon eut envie de pleurer. Il savait parfaitement que c'était impossible, car les autres risquaient de se moquer de lui (bien qu'une petite voix dans sa tête lui affirmât le contraire) et, pris au piège dans ce camion, il ne pourrait fuir la honte. Comme en écho à sa détresse, son estomac émit un grognement significatif. Il n'avait rien mangé depuis le matin, depuis que les deux hommes l'avaient enfermé à l'arrière du véhicule, mais il ignora cependant la complainte. Car à bien y réfléchir, ce n'était pas le manque de nourriture qui lui comprimait le ventre. La peur creusait son estomac bien plus que la faim.

C'est au moment où il sentit sa volonté faillir qu'une voix inconnue se fit entendre depuis l'extrémité de la plateforme. Une voix qu'il croyait prostrée dans le silence, condamnée à se taire :

— Je… je suis le… le sixième… Je… je m'appelle Da…Damien et… et je ne su…suis pas muet.

7

Haïti, 6 janvier 2020

Ce furent Manus et Philippe, un jeune stagiaire, qui découvrirent le corps.

Ce matin-là, les deux hommes devaient sillonner ensemble les rues de la ville. Seulement, lorsque Manus s'étonna de ne pas croiser Simon au commissariat et de ne pas l'entendre décrocher son téléphone, il demanda à Philippe de patienter avec lui quelques instants, le temps de joindre Rachelle pour savoir si elle savait où se trouvait son père. Le jeune policier observa le visage de son responsable se troubler durant l'appel.

— Ce n'est pas normal, constata Manus en raccrochant. Rachelle ignore où est son père.

— Peut-être une panne de réveil ? proposa Philippe.

— Non, tu ne connais pas Simon, il n'est jamais en retard. On va passer chez lui, juste pour vérifier.

Lorsqu'ils arrivèrent devant la maison, ils trouvèrent la porte d'entrée entrouverte.

Manus donna sa position au central puis descendit du véhicule et poussa discrètement la porte, suivi par Philippe.

— Chef ?

Manus pénétra dans le couloir de l'entrée pas à pas, son arme de service dans la main.

— Chef? C'est moi… Manus…

Toujours rien, sinon le silence et une odeur lourde qui grignotaient l'atmosphère comme un monstre affamé.

— Simon… Vous êtes…

Le reste de sa phrase se perdit quelque part dans l'air tiède de Haïti quand il découvrit le corps de Simon allongé sur le sol, sa tête endormie sur un lit de sang. Manus se pencha nerveusement au-dessus de lui, vérifia son pouls et ordonna à Philippe de demander de l'aide par radio.

Trente minutes plus tard, la maison de Simon devint le théâtre des différentes procédures policières. Un médecin vérifia le décès avant que le corps de Simon ne fût recouvert par le drap de son propre lit. Des agents délimitèrent une zone réglementaire et laissèrent leur place à la police scientifique. Patrice et Maxime arrivèrent avec l'intégralité de leur kit et ne purent réprimer leur surprise quand ils relevèrent le drap.

— Merde… C'est Simon.

— Fait chier…

Les deux agents enfilèrent leurs gants en silence, lancèrent un regard plein de regrets à Manus puis se mirent au travail. Ce jour-là, il n'y eut aucune blague ni excès d'orgueil. Ils se retrouvaient face à un cadavre de policier… C'était comme s'ils observaient leur propre mort.

Rachelle fut prévenue peu après les secours. Manus s'y colla. Ses doigts tapant nerveusement contre sa cuisse, il l'appela et parla sans détour. Il connaissait assez la jeune femme pour savoir qu'elle pouvait entendre la vérité sans circonvolutions inutiles.

— Rachelle, il… il est arrivé quelque chose. Simon a été tué. Rachelle ?

Elle avait bien entendu, il le savait. Son silence était une réponse.

— Où est-il ?

— Chez lui. J'ai découvert son corps en arrivant.

— Comment ?

— Rach… ce n'est pas…

— COMMENT ? cria la jeune femme à travers le téléphone.

— On lui a tiré une balle derrière la tête, souffla Manus.

— J'arrive.

Deux jours plus tard, la dépouille de Simon Bélage fut enterrée dans le cimetière de Miragoâne, aux côtés de ses parents et de la tombe vide de son ancienne femme.

Le port où avait travaillé son père n'était plus qu'un ancien souvenir. Il ne restait de cet endroit que des carcasses en acier, des squelettes de l'ancienne exploitation dont la grue de débarquement demeurait le parfait symbole. Haute d'une dizaine de mètres, ses os rouillés ne soutenaient plus de charges depuis bien longtemps, si ce n'était celle des adolescents qui les escaladaient sans se soucier du danger pour ensuite se jeter dans la mer. Même les anciens préfabriqués qui formaient jadis les bureaux et les lieux d'accueil du personnel avaient été démontés et pillés.

La rue principale qui remontait du port en direction de l'église (celle-là même que Simon avait descendue en sens inverse pour frapper à la porte du médecin une cinquantaine d'années auparavant) ressemblait à un décor de cinéma désaffecté. Des chats s'étiraient sur les trottoirs ombragés à la recherche de fraîcheur tandis que des herbes sauvages s'élevaient à travers les fissures du ciment. De sinueuses craquelures fendillaient les façades des maisons, telle la matérialisation des souffrances étouffées et résignées de leurs propriétaires. Seul un long silence ponctué par des aboiements lointains hantait cette rue où, autrefois, la femme du boucher avait l'habitude de sortir sa chaise en bois et de la placer contre le mur de chaux pour observer la vie couler tranquillement.

Mais tout cela avait disparu. Le décor, les figurants, les dialogues… Aucun lwa, aucune incantation salvatrice n'avait épargné à Miragoâne les blessures causées par le temps. Aucun antidote contre les disparitions d'enfants, les désirs d'ailleurs et la vieillesse qui meurt seule.

Une foule dense assista à la cérémonie où, comme demandé par Rachelle, toute référence au vaudou fut bannie. Le prêtre catholique récita son homélie sous un soleil railleur qui assomma un peu plus la foule de collègues présents ainsi que les quelques habitants qui se souvenaient du défunt comme « le fils de Lucius ».

Manus se tint près de Rachelle, surveillant du coin de l'œil sa souffrance muette. Jean, le légiste et propriétaire de la société Jean-Terre, insista pour offrir un cercueil en bois massif, bien loin du standard en carton qu'il revendait, et ne put retenir un juron quand il prit réellement conscience – alors que le cercueil atteignait le fond de la sépulture – que plus jamais il n'aurait Simon au bout du fil. Même Patrice et Maxime se tinrent silencieux.

Après que la foule se fut délitée, Rachelle resta un long moment assise sur le sol à caresser la terre qui venait d'engloutir son père. Manus, posté en retrait, surveillait la jeune femme, prêt à la prendre dans ses bras si nécessaire, car – cela l'inquiétait particulièrement – la fille de Simon n'avait toujours pas exprimé sa tristesse, hormis par quelques larmes discrètes et rapidement ravalées.

— Rachelle, parle-moi, la pria-t-il en quittant le cimetière.

— Il n'y a rien à dire.

— Que se passe-t-il ?

— Je viens d'enterrer mon père, voilà ce qui se passe, Manus !

Le jeune homme comprit que la crise n'était pas loin. Ils étaient seuls, le crépuscule teintait Haïti d'une couleur faussement rassurante.

— Pourquoi me mettez-vous de côté ? Pourquoi ?

— Comment ça ? s'étonna Rachelle en passant la grille.

— Ne fais pas l'innocente ! Ton père m'a retiré de l'affaire, le commissaire me demande de m'occuper des cambriolages et toi, tu ne m'adresses qu'à peine la parole !

Alors voilà, se dit-elle, *maintenant tu exiges des explications ! Toi dont le silence accompagnait nos soirées, toi qui m'as quittée sous prétexte que je n'arrivais pas à penser à autre chose qu'aux enfants quand nous nous retrouvions chez moi ! Toi qui as toujours fui les explications, mes révoltes et mes colères quand je te lançais au visage que la police de ce pays ne protégeait pas ses propres gosses !* Pitit se richès malere ! *Les enfants sont la richesse des pauvres ! Combien de fois m'as-tu tourné le dos quand je t'ai rappelé ce vieux proverbe ? Combien de fois as-tu écarté les bras en guise d'impuissance avant de te cacher, comme le faisait mon père, derrière des excuses à la con ? Et maintenant tu veux savoir ? Le savoir n'est pas une bénédiction ici, tu le connais aussi ce dicton ? Non ? Alors tant pis pour toi ! Tu la veux vraiment la vérité ? La voilà !*

— C'est mon père qui a demandé à son supérieur de te retirer de l'enquête, pour te protéger ! lança Rachelle en se tenant droite devant Manus, défiant l'incompréhension qui pointait déjà au fond de son regard. Et moi… je… je suis perdue, voilà tout ! J'ai envie d'être seule, de pleurer Simon, mais je n'y arrive pas, car je suis en colère après lui ! Il n'a pas voulu écouter les voix du vaudou et maintenant il est là, dans ce cimetière, sans que j'aie pu le prendre une dernière fois dans mes bras ! Ce n'est pas toi le problème, Manus ! C'est mon père, ma grand-mère et cette île maudite ! S'il avait, ne fût-ce qu'un instant, entendu les mises en garde, il serait encore là ! Tu savais ce qu'il y avait de marqué dans les cercueils en papier ?

— Comment ça, dans les cercueils en papier ? s'inquiéta Manus.

— Oui, à l'intérieur, une fois le papier déplié, il y avait une mise en garde ! Ça aussi tu l'ignorais, hein ? Mon père n'en a fait qu'à sa tête, simplement parce qu'il ne voulait plus croire au vaudou, parce que cette religion lui avait déjà pris sa mère et qu'il refusait de l'affronter !

— Mais qu'est-ce que…

— Il avait peur, Manus, tout simplement ! Il a toujours eu peur, depuis cette nuit où grand-mère s'est retrouvée à vomir du sang ! Et il avait peur pour toi aussi, c'est pour cela qu'il t'a écarté ! Il n'a pensé qu'à te protéger alors que c'était lui la cible. *Fout tonè !* C'était un gosse qui a grandi avec cette peur endormie en lui et, lorsqu'elle s'est réveillée, lui aussi a pensé à un gamin, et il a refusé que ce gosse risque sa carrière de policier !

Manus ne sut que répondre. Il se sentit subitement inutile. Il essaya de se calmer, mais sa main entière se mit à s'agiter. Les tremblements ne se calmèrent que lorsque Rachelle disparut dans sa voiture.

Derrière lui, le gardien du cimetière ferma la grille puis cracha sur la terre de son propre pays.

8

Haïti, 1984

Damien commença à raconter son histoire, mais ses paroles furent immédiatement interrompues par l'extinction du moteur. L'arrêt brutal surprit les enfants qui durent s'accrocher les uns aux autres pour ne pas finir sur le sol en acier du fourgon.

La peur qui avait été endormie par les malheurs de chacun refit surface et posa sa main squelettique contre la bouche des six. Pas un n'osa parler et tous se tournèrent vers les portes arrière quand ils entendirent le verrou claquer. Le pignon métallique grinça puis les portes s'ouvrirent d'un coup. La silhouette des deux hommes se dessina dans la lueur blafarde d'un lampadaire, telles des ombres chinoises menaçantes.

— Allez, on descend, magnez-vous ! ordonna un des hommes en sautant dans le camion.

Victor amorça le mouvement. En voyant le plus costaud d'entre eux se lever, les autres enfants firent de même.

— Viens, Lucien, accroche-toi à moi.

Lucien tendit la main et attrapa le bras de son voisin. Il se leva prudemment, regrettant de ne plus avoir son bâton pour se diriger avec moins d'hésitation.

— Attention, le prévint Victor, il faut sauter du camion, environ un mètre. Attends, je vais te tenir.

— C'est... c'est qu...quoi cette mai...maison ? bégaya Damien en découvrant la silhouette imposante de la Tombe joyeuse.

— J'en sais rien, répondit Doriane en serrant la main de sa sœur. Mais on nous attend.

En effet. Immobile sur le porche, un homme en costume pointait son regard dans leur direction. Malgré la pénombre, la jeune fille crut entrevoir un sourire se dessiner sur son visage quand ils passèrent la grille de la propriété. Mais elle n'en était pas persuadée, les battements inquiets de son cœur troublaient sa perception. Lucien avançait à tâtons, balayant l'espace de sa main droite tandis que sa main gauche se cramponnait au bras de Victor, comme il le faisait d'habitude avec sa canne de fortune.

— Ne t'inquiète pas, lui murmura celui-ci, ça a l'air chouette ici. Je reste près de toi. Quoi qu'il arrive, je reste près de toi.

Tour à tour, ils interrompirent leur avancée en se présentant devant l'homme en costume. Chacun d'eux reçut un sourire et un « Bienvenue », d'une voix douce.

— Avancez, les enfants. N'ayez pas peur, vous serez bien ici, les invita-t-il.

— Qu'est-ce qu'on fait là ? demanda Victor.

— Vous allez pouvoir grandir, jeune homme. Et ne plus vous perdre, lui précisa le directeur de manière assez énigmatique.

Les enfants passèrent le porche et atteignirent la grande porte en bois. Celle-ci s'ouvrit alors et une femme apparut, habillée comme ces servantes que l'on ne croise que dans les grandes maisons. Ses cheveux noirs étaient coiffés en chignon et à son tour elle offrit aux six un sourire empli de bienveillance.

— Ne restez pas dehors, venez, leur intima-t-elle avec douceur.

La Tombe joyeuse (ce nom ne leur était pas encore connu, mais le serait rapidement) se dévoila alors aux regards des enfants. Ils se retrouvèrent dans un grand hall, d'où un large escalier en bois sculpté serpentait en direction d'une gigantesque coursive circulaire. Des lampes disposées dans la pièce éclairaient soigneusement l'atmosphère d'une lumière dorée. Les gamins avancèrent un peu plus sur le tapis lie-de-vin qui recouvrait une grande partie du sol, comme hypnotisés par la demeure et ses secrets.

Ce que remarqua Victor (et ce qu'il décrivit immédiatement à Lucien qui lui avait lâché le bras sans qu'il s'en aperçoive), ce fut le piano droit qui dormait à droite de l'entrée. Le garçon se souvint de ce restaurant « pour riches » près duquel il s'asseyait pour mendier. La musique du pianiste qui y travaillait s'en échappait par les fenêtres et s'élevait dans la nuit indifférente de la capitale. Très souvent, Victor avait fermé les yeux en écoutant les notes danser. À chaque fois, les mélodies l'entraînaient loin de Haïti, par-delà les mers, sur un bateau qu'il s'imaginait arpenter non plus en tant que gamin des rues, mais en tant que touriste fortuné. Même si ces jours passés à rêver impactaient sérieusement ses bénéfices (car la musique ne lui fermait pas seulement les yeux, mais aussi l'esprit et la volonté de tendre encore et encore la main pour quémander de l'argent),

Victor ne pouvait résister à la tentation. Il s'y était rendu chaque jour durant trois mois, enregistrant malgré lui les enchaînements du musicien au point de pouvoir prédire quelle chanson suivrait la précédente. Et tous les soirs, lorsqu'il rentrait dans son quartier de Cité-Soleil, épuisé et affamé, les notes de piano l'accompagnaient discrètement jusqu'à le bercer la nuit venue.

Seulement, un jour, alors qu'il se dirigeait vers le restaurant, il découvrit l'immeuble complètement noirci par les flammes. Plus aucune trace des fenêtres, du toit et du mobilier. Selon les habitants du quartier, un incendie s'était déclaré dans la nuit et, le temps que les pompiers arrivent, le feu avait déjà ravagé une grande partie du bâtiment, restaurant y compris.

— Sans doute un problème de gaz, maugréa un voisin dont les yeux brûlés par le soleil disparaissaient sous une fine pellicule translucide.

— Mouais, se contenta de répondre le garçon qui, bien plus au fait des réalités de la rue que ce vieillard bien loti, soupçonnait un règlement de comptes ou une action policière pour non-paiement de pots-de-vin par le patron de l'établissement. Victor pensa un instant à Blasius. Mais il repoussa rapidement cette idée. S'il avait été le commanditaire de l'incendie, le roi de Boston ne se serait pas contenté de laisser les flammes s'élever. Il aurait apposé sa signature, sans aucune crainte ni pudeur, en pendant le propriétaire au fronton de son restaurant.

Blasius ne faisait jamais dans la discrétion.

Par la suite, Victor partit travailler dans une autre rue et n'entendit plus jamais le son d'un piano, si ce n'était celui qui survivait dans ses souvenirs.

Maintenant, à quelques mètres de l'instrument, il ressentit la joie si simple mais si merveilleuse de l'enfant qui retrouve un jouet (non, bien plus qu'un jouet, une peluche ou un ballon ne sont jamais *que* des jouets, ils sont une présence, un ami…) qu'il croyait disparu à jamais.

Sélène et Doriane, quant à elles, admirèrent les tableaux accrochés sur les murs. Les peintures représentaient des enfants jouant dans un jardin ou dans des pièces qui devaient sans nul doute être celles de cette maison. Des couleurs chatoyantes échappées des sourires juvéniles irradiaient sur les toiles telles des explosions de feux d'artifice. Les fillettes se dispersèrent dans la pièce et levèrent le visage vers chacune des peintures. Elles se souvinrent des feutres qu'elles avaient un jour reçus pour leur anniversaire. Les deux sœurs avaient passé des heures à dessiner dans leur chambre, à se créer un monde coloré bien loin du jaune sableux et terne que le soleil saupoudrait au-dessus d'elles. Elles aussi avaient tracé de leurs mains malhabiles des visages, des maisons et des arcs-en-ciel, mais jamais rien de comparable. Elles eurent l'impression que chaque tableau pouvait s'animer et prendre vie. Que les enfants figés pour l'éternité par le pinceau pourraient sortir du cadre pour se joindre à elles et leur révéler les secrets de cette maison. Que les couleurs éclateraient au-dessus d'elles tels des ballons gonflés de confettis, recouvrant de paillettes dorées cette maison et son jardin, jusqu'à cette bâtisse réfugiée de l'autre côté de la rue, juste en face, celle qui s'était furtivement éclairée quand ils étaient sortis du camion.

Lucien, lui, écoutait.

Il écoutait le silence de ses amis.

Il surprit leur enchantement à travers ce silence et les quelques soupirs d'émerveillement qui s'échappaient de leurs lèvres sans qu'ils en aient conscience. Il ressentit également la quiétude qui somnolait dans la pièce. Le garçon se sentit à son tour imprégné de douceur, bien loin des bruits pollués de la rue, de ces klaxons, ces injures, ces crachats et ces sons douloureux qui parfois lui faisaient serrer un peu plus les paupières. Ici, il n'y avait que le silence. Doux et apaisant.

— Comme une tombe, se surprit-il à murmurer.

— Min…mince, c'est po…pour nous ? s'extasia soudainement Damien.

Dans un coin de la pièce, une table avait été dressée. Des bananes, de la viande froide, des gâteaux y avaient été disposés, ainsi que des jus de fruits. Déjà l'odeur avait intrigué la petite bande lorsqu'elle avait pénétré dans la maison, mais les lumières autour de la table n'avaient alors pas encore été allumées, leur donnant l'impression que ces effluves n'étaient qu'un fantasme, la résultante des dernières heures passées sans rien avaler.

— Oui, répondit le directeur en posant une main sur l'épaule du garçon. Vous devez avoir faim après un si long trajet. Allez vous servir, ensuite je vous accompagnerai à votre chambre.

Mickaël ne se fit pas prier et poussa Damien de l'épaule pour se ruer en direction du festin qui lui tendait les bras. Jamais il n'avait vu autant de plats. Lui qui d'habitude se contentait d'un sandwich ou, les mauvais jours, de ce qu'il trouvait dans les poubelles proches des lieux touristiques peinait à en croire ses yeux.

— *Fout tonè !* s'exclama-t-il, aussitôt repris par la femme qui déjà leur coupait des morceaux de viande :

— Non, jeune homme, pas de jurons sous ce toit ! Mais vas-y, régale-toi !

Les enfants dévorèrent tout ce qui pouvait l'être sans se soucier de la manière. Des taches de gras et de sauce maculèrent leurs lèvres. Ils mélangèrent les goûts et les plats – le sucré et le salé se croisant parfois dans la même bouchée –, ingurgitèrent à une vitesse qui laissait penser que tous ces plats risquaient de disparaître d'un moment à l'autre, rotèrent de plaisir et mangèrent jusqu'à ne plus pouvoir avaler quoi que ce soit.

Quand les enfants furent repus, le directeur attendit quelques minutes que leurs estomacs se remettent, puis il les invita à se lever pour découvrir leur chambre.

À la file indienne, la petite troupe le suivit. Ils montèrent l'escalier en ayant le sentiment de marcher sur de la pierre tant celui-ci leur parut solide. Le bois épais absorba le bruit de leurs pas comme s'ils n'étaient que des caresses duveteuses déposées sur sa surface, aussi spectrales qu'anecdotiques. Lucien posa une main sur la rampe en chêne et compta machinalement les marches. Derrière eux, la salle au tapis lie-de-vin s'éloigna lentement, puis les lumières du rez-de-chaussée s'éteignirent et tout disparut, comme si ce repas, ces tableaux et ce bien-être n'avaient été qu'un mirage chassé par la nuit. Ils atteignirent le premier étage et longèrent un couloir sur lequel donnaient plusieurs portes closes. Les enfants furent tentés de demander ce qui se trouvait derrière ces portes, mais aucun d'eux n'osa perturber l'avancée du directeur qui atteignait déjà la deuxième portion de l'escalier.

— Par ici, nous sommes bientôt arrivés ! chuchota-t-il.

Ils continuèrent leur ascension dans l'ombre de l'adulte. Celui-ci jetait de temps à autre des regards en arrière pour vérifier que tout le monde suivait, absorbant l'enthousiasme des enfants comme un vampire se nourrirait du sang de leurs gorges innocentes.

Le deuxième étage se dévoila. L'escalier (vingt-trois marches, selon le décompte de Lucien) déboucha sur un couloir haut de plafond, dont les lampes disposées ici et là ne parvenaient que difficilement à tamiser l'obscurité. Sur chacun de ses côtés, disposées tout le long jusqu'à l'unique porte, des statues en bois foncé se tenaient fièrement sur leurs socles.

La taille de ces sculptures, qui dépassait celle d'un adulte, impressionna les enfants. Ils passèrent devant elles en silence, tels des croyants devant le parvis d'une église. Leurs ombres dansèrent un court instant contre les silhouettes statufiées, leur donnant une fugace illusion de mouvement.

— Regardez, on dirait Baron Samedi avec son chapeau et son costume, murmura Sélène. Et cette femme avec son serpent autour du cou, je l'ai déjà vue aussi !

Victor décrivit à Lucien les différents personnages vaudous représentés dans ce couloir.

— Il y en a six, lui précisa-t-il en observant tour à tour les statues, comme nous ! Je n'en connais qu'un ou deux, admit-il en taisant le sentiment désagréable que lui inspirait la présence de ces représentations.

— Allez, ne tardez pas, vous aurez le temps d'admirer tout cela demain…

Le directeur attendit que les enfants le rejoignent à l'extrémité du couloir, puis il sortit une longue clef de la poche de son veston et l'enfonça dans la serrure.

— Voici votre chambre ! annonça-t-il fièrement en poussant l'épaisse porte en bois peinte de la même couleur que le tapis du rez-de-chaussée. Venez, entrez !

Ce qui, à la construction de la maison, ne devait être qu'un immense grenier, avait été aménagé en dortoir. Les poutres sombres et circulaires, qui semblaient avoir été découpées dans les mâts de puissants navires négriers provenant d'Europe, parcouraient la pièce puis disparaissaient dans les murs latéraux. Six matelas recouverts de draps et de coussins jonchaient le sol, prêts à accueillir les enfants. Ce simple agencement les remplit de joie. Eux qui ne connaissaient, en guise de couche, que les nattes de feuilles de bananier tressées, celles qui cassaient le dos et nouaient les muscles, n'en revenaient pas.

— Bordel, des matelas ! cria Mickaël en sautant sur le premier d'entre eux. Des vrais matelas !

Les uns après les autres, ils choisirent un lit et affichèrent sans s'en rendre compte un sourire béat durant de longues secondes.

Victor dirigea Lucien et l'installa non loin de lui tandis que les deux filles disparaissaient de l'autre côté du paravent en bambou qui avait été installé pour les séparer des garçons.

— Me…merde… Il y a de…deux salles de bains ! lâcha Damien, décontenancé par la présence de baignoires en céramique, de lavabos et de W-C.

Lui qui, dans sa cabane, devait se contenter d'un seau se sentit soudain stupide à essayer de comprendre quel était le fonctionnement d'une véritable baignoire.

— Je crois que pour ce soir, nous pouvons faire l'impasse sur la propreté, suggéra le directeur, un léger rictus au coin des lèvres. Par contre, demain matin, après le petit déjeuner…

— Ne me dites pas qu'il y aura un petit déjeuner, un déjeuner et un dîner, intervint Victor en songeant encore aux merveilleux plats qu'ils venaient de dévorer.

— Non, mon petit, corrigea le responsable en parcourant du regard la longue cicatrice qui dormait sur le visage du garçon, je ne te le dis pas. Car en plus de ce que tu viens d'énumérer, il y aura également un goûter…

Les enfants se glissèrent entre leurs draps et sourirent à la nuit.

Le directeur attendit que chacun fût installé, les salua et disparut derrière la porte qu'il referma en faisant claquer la serrure. Une fois les lumières éteintes, tous se pelotonnèrent entre leurs draps propres, avec le délicieux sentiment d'avoir été retirés de l'enfer pour emménager au paradis. Ils ressentirent alors l'immense fatigue que l'excitation et la peur avaient bâillonnée jusqu'ici.

— C'est quoi cet endroit ? demanda Lucien après quelques minutes, d'une voix somnolente.

Mais il n'obtint aucune réponse, et les respirations feutrées de ses cinq camarades l'accompagnèrent jusqu'au sommeil.

Vers minuit, Lucien fut réveillé par une sorte de claquement sec provenant du couloir. Plongé dans un demi-sommeil, sa première idée fut que ce bruit émanait d'une des sculptures en bois.

Il les imagina prendre vie et se mouvoir dans l'obscurité de la maison, tels des lwas condamnés à n'être libérés de leur carapace de bois qu'après minuit. Peut-être viendraient-ils ici pour prendre possession de leurs corps et les transformer à leur tour en statues ? Il chassa cette peur ridicule en pestant contre son imagination. *Je ne connais pas cette maison, elle possède ses propres bruits comme n'importe quelle maison*, se rassura-t-il en changeant de position. Seulement, la sensation d'être observé se fit plus grande et il crut même percevoir un léger souffle. Lucien se concentra en serrant les paupières, comme si ce simple geste lui permettait d'ouvrir davantage ses oreilles. Il hésita à tâtonner l'espace autour de lui pour trouver Victor et le réveiller. Son ami pourrait le rassurer, vérifier la pièce et peut-être se risquer à jeter un coup d'œil dans le couloir… *Mais non, imbécile, la porte est fermée à clef. Il n'y a personne ici, sinon tu aurais entendu la serrure se déclencher…*

… *Pourtant, j'ai senti une présence*, se répondit-il à lui-même, *j'en suis persuadé.*

Après quelques minutes de veille silencieuse, Lucien ne surprit plus aucun son. Seul le bruit régulier d'une goutte d'eau s'échouant sur la céramique de la baignoire résonnait jusqu'à lui.

Alors, lentement, comme à regret, il se laissa bercer par les bras de la Tombe joyeuse…

9

Haïti, 8 janvier 2010
Quatre jours avant le séisme

Rachelle rentra sur Port-au-Prince, une boule de tristesse bien ancrée dans sa poitrine.

Elle décida de se rendre chez Simon afin de nettoyer la maison et de faire un premier tri de ses affaires. Son père était toujours locataire et elle savait que le propriétaire ne tarderait pas à se manifester pour reprendre son bien. De plus, elle ne souhaitait pas attendre que les policiers fouillent avant elle. Il n'était pas rare que des objets de valeur disparaissent ainsi.

Elle décolla les rubans jaunes de la police et ouvrit à l'aide de sa clef. L'odeur métallique du sang lui sauta à la gorge. Le drap qui recouvrait le corps avait été laissé sur le sol pour absorber le sang. Gorgé de plasma, il ressemblait plus à un tissu originellement teinté en vermeil qu'à un drap à la blancheur immaculée. Quand elle pénétra dans le bureau, ses épaules s'affaissèrent et ses barrages cédèrent. Ce même bureau auprès duquel elle s'était si souvent réfugiée, dans sa maison d'enfance, à Miragoâne. À l'époque, la pièce avait toujours représenté pour elle un abri où retrouver son père, où l'observer pendant des heures, parfois en s'endormant sur le vieux canapé installé dans un coin, sans jamais se lasser ni s'ennuyer. Si Rachelle n'avait qu'un instant de vie à retenir de son père, ce serait celui-ci : lui, penché au-dessus de son bureau, concentré sur un dossier, levant de temps à autre son visage pour lui adresser un sourire rempli d'amour. Elle lui répondait alors immédiatement par un petit clin d'œil mal maîtrisé, et tous les deux retournaient à leur immobilité, nourrissant le temps de ce parfait amour qui n'avait nul besoin d'être prononcé pour exister.

Elle éclata en sanglots, debout au milieu de ses souvenirs, et laissa sa tristesse trop longtemps retenue exploser. Elle resta ainsi un long moment, les poings serrés, à revivre ces moments disparus, à murmurer son prénom, à se reprocher de ne pas avoir plus profité de lui.

Rachelle s'assit finalement derrière le bureau de Simon. Elle posa les mains sur le plateau en bois, ferma les yeux pour ressentir l'ancienne présence de son père puis expira bruyamment.

— Embrasse Maman et Mamie pour moi, souffla-t-elle comme épitaphe à son chagrin. Dis-leur de bien veiller sur toi…

La jeune femme attendit encore quelques instants avant de se relever. Elle se dirigea vers la cuisine, mais s'arrêta subitement avant de quitter la pièce. Mis à part les livres et un vieux poste de télé, le bureau ne cachait rien de précieux pour quiconque ne connaissait pas son père et ses habitudes. Mais depuis son enfance, elle avait été témoin de ses gestes et savait que Simon possédait un endroit secret, une cachette où elle le voyait très souvent déposer des dossiers sur lesquels il travaillait. Et la jeune femme qu'elle était devenue savait que son père n'avait jamais perdu cette manie malgré son déménagement.

« Ce n'est rien, juste des photocopies, mais il est plus prudent d'en posséder. Tu sais, Rach, dans ce pays, la police est gangrenée par la corruption. Il n'est pas rare que des dossiers concernant des affaires "sensibles", en lien avec des personnes de pouvoir, disparaissent sans qu'on les revoie jamais », lui avait-il expliqué un jour qu'elle s'étonnait de cette habitude. Bien sûr, c'était avant qu'elle ne travaille dans une ONG et qu'elle ne découvre à quel point Haïti donnait raison à son père...

Elle se retourna et marcha jusqu'au canapé sur lequel elle s'allongeait plus jeune. Elle déplaça le guéridon où trônait une lampe sans abat-jour, et releva la moquette. Juste en dessous, elle souleva une des larges lattes du parquet d'origine et la déposa contre le mur.

— La trappe à mystères, murmura-t-elle en souriant à cette formule qu'elle utilisait gamine pour définir la cachette vers laquelle son père se penchait si souvent. Je n'ose imaginer la tête du propriétaire quand il verra que tu as découpé son parquet !

Dans le creux des fondations, elle trouva plusieurs dossiers. Elle reconnut immédiatement celui du dessus, cette chemise cartonnée de couleur rouge qu'elle avait elle-même apportée à Simon quelques jours plus tôt, au commissariat. Rachelle se redressa et retourna s'asseoir derrière le bureau. Elle ouvrit le dossier qui ne contenait que quelques pages : celles avec les renseignements fournis par le journaliste, l'article avec la photo de l'orphelinat et deux pages sur lesquelles son père avait ajouté des notes.

Elle lut avec attention la liste écrite par Simon.

Le tueur drogue ses victimes et les découpe.
Les mains, le sexe. Des aiguillons dans les yeux.
Ces personnes ont probablement vu ce qu'elles n'auraient pas dû. Ni toucher (relations sexuelles, infidélités ?).
Victimes riches, sans descendance. Vérifier les testaments.
Pourquoi utiliser la drogue du zombi ?
Pourquoi ces cercueils dignes d'un mauvais folklore...
Crimes rituels ou mise en scène ?

D'autres notes suivaient :

Se renseigner sur les militaires. Fouiller dans les comptes bancaires (Rachelle doit bien connaître quelqu'un pour m'aider). Nervillier, le directeur de l'orphelinat. Est-il mort sans que la police le sache ? Serait-il une des victimes, un des six ? Se renseigner auprès des autres commissariats.

Puis l'écriture devenait plus nerveuse, comme pressée d'apposer les mots par peur de les oublier :

Nervillier. J'en suis certain, ce nom est présent dans le dossier des deux corps retrouvés en décembre. Ceux de l'ONG... Quel est le lien ?

Rachelle fronça les sourcils en lisant ces dernières notes. Elle comprit à quel accident son père faisait allusion. Même si les organisations gouvernementales présentes sur Haïti ne servaient pas toujours les mêmes objectifs, elles faisaient partie de la même famille, et quand un malheur arrivait à l'une d'entre elles, toutes étaient touchées. Les corps de deux membres d'une ONG avaient été retrouvés au fond d'un ravin, pris au piège dans leur voiture. Un simple accident selon les conclusions de l'enquête, mais, depuis, les organisateurs et leurs équipes avaient interdiction de se déplacer avec un seul véhicule. À l'époque, certaines rumeurs prétendaient qu'il s'agissait d'un assassinat opéré par un gang de Cité-Soleil pour effrayer les organisations étrangères. Un nom avait d'ailleurs circulé dans les journaux à sensation : Blasius, le chef de Boston. La réputation de cet assassin rayonnait bien au-delà des frontières de son territoire, et naturellement les soupçons s'étaient dirigés vers lui. Mais la police avait refusé de se pencher sur cette piste (par peur, arguèrent les journaux, ou parce qu'il s'agissait simplement d'un accident et que Blasius ne se serait jamais contenté d'une si classique mise en scène, se défendirent les enquêteurs).

La fille de Simon poursuivit sa lecture, mais s'arrêta subitement. Les phrases inscrites par son père lui glacèrent le sang.

> *Le militaire qu'on a croisé à l'orphelinat hier, c'est lui ! C'est celui qui est sur la photo ! La machette ! Les corps ont été découpés.*

Elle parcourut les notes du policier à voix haute, comme pour les ancrer un peu plus dans la réalité.

Rachelle prit alors conscience du danger qu'ils avaient couru en se rendant sur place. La sensation désagréable qu'elle avait ressentie devant la grille lui revenait comme un boomerang. *Et si nous étions entrés dans la maison, que se serait-il passé ? Nous a-t-il suivis ? Est-ce lui qui s'est faufilé jusqu'ici pour assassiner mon père ? Qui y a-t-il donc de caché à l'intérieur de cette Tombe joyeuse ?*

Elle accusa le coup de ces révélations. Elle eut envie de se lever et de retrouver cet homme pour lui loger une balle en plein front. Non, le tuer n'était pas suffisant, elle voulait le faire souffrir, qu'il ressente cette même douleur qui lui tordait les boyaux. Elle serra les poings de rage. L'idée d'appeler Manus pour le mettre au courant des dernières découvertes de Simon se fraya un chemin jusqu'à sa conscience, mais elle se souvint aussitôt des paroles de son père : « Laisse-le en dehors de ça, il risque sa carrière. »

Et maintenant bien plus, songea-t-elle en revoyant les porteurs accompagner le cercueil de Simon vers sa tombe. *Il risque sa vie, comme toi, P'pa…*

10

Haïti, 1984

Ce ne fut pas le bruit des pas du directeur dans l'escalier qui réveilla les enfants.

Ni le claquement lourd de la serrure.

Encore moins les voix lointaines qui montaient jusqu'au grenier comme des gazouillements d'hirondelles.

Non. Ce qui extirpa les six de leur sommeil profond, ce furent des couleurs.

Une myriade de couleurs qui réchauffèrent leur peau et leurs pupilles.

Lorsque Sélène et Doriane ouvrirent les yeux en un parfait mimétisme gémellaire, elles furent éblouies par un crépitement de nuances. Elles plissèrent les paupières le temps que leur vue s'accommode et se mirent sur leur séant en poussant de petits cris de joie, émerveillées par le spectacle qui s'offrait à elles.

Ce fut Lucien qui les entendit en premier. Il aurait souhaité rester un peu plus longtemps dans le rêve qu'il venait de quitter malgré lui, mais ne put lutter contre sa curiosité. La joie qu'il percevait dans l'intonation des petites filles était bien trop attirante.

— Qu'est-ce qui se passe ? demanda-t-il d'une voix pâteuse.

— La fenêtre, répondit Sélène sans se détourner, elle brille de mille couleurs !

— Tu devrais voir ça, Lucien, c'est merveilleux, ajouta la jeune fille.

— Décrivez-moi alors ! Que voyez-vous ? les supplia-t-il.

— Il y a plein de petits carreaux dessinés sur la vitre, expliqua Doriane. Il y a des personnages, des décors, une rivière, des animaux… C'est magique ! Hier soir, j'aurais juré que c'était juste un mur… mais là, le soleil renvoie des taches de couleur partout dans le grenier ! Il y en a sur toi, sur les murs, dans nos cheveux !

— Pourquoi vous parlez si fort ? pesta Victor en ouvrant les yeux.

Et lui aussi aurait juré qu'il n'y avait pas tous ces points colorés figés sur le plafond quand il s'était couché la veille au soir.

— Merde ! souffla-t-il en découvrant l'immense fenêtre enflammée par le soleil.

— Co…co…cool ! lança à son tour Damien, tandis que Mickaël restait muet devant ce spectacle.

Les taches blanchâtres qui pigmentaient sa peau d'ébène depuis sa naissance ne lui avaient jamais paru aussi ternes et insipides.

— Alors les enfants, cela vous plaît ?

Le directeur était appuyé contre le chambranle. Il avait dû assister à leur réveil et à leur émerveillement sans oser les troubler.

— Cette fenêtre a été installée dès la création de l'orphelinat. Cela fait des années qu'elle illumine ainsi cette pièce chaque matin, ajouta-t-il en adressant un clin d'œil aux enfants. C'est pourquoi je vous ai installés ici, j'étais certain que cette petite surprise vous plairait !

— Qu'est-ce que ça représente ? demanda alors Victor qui, les yeux toujours embués d'une nuit profonde, peinait à distinguer les dessins peints sur la vitre.

— L'histoire de Haïti. De l'arrivée des explorateurs et de la création de l'esclavagisme à la libération, de Toussaint Louverture au président actuel, toutes les grandes heures de votre pays sont dessinées ici, sur ces vitraux. C'est un peu comme un livre d'histoire.

— C'est magnifique ! s'extasia Sélène.

— Allez, il est l'heure de prendre le petit déjeuner, prévint le directeur. Dépêchez-vous, tous les autres vous attendent !

— Les autres ?

— Oui, Mickaël, vous n'êtes pas les seuls à profiter de cet endroit, nous aidons beaucoup d'autres malheureux…

Les six se levèrent et quittèrent à regret la pièce ensoleillée. Ils passèrent à nouveau devant les statues sombres du couloir. Le contraste violent entre la clarté colorée du grenier qu'ils venaient de quitter et le brun profond des sculptures en bois leur donna l'impression d'avoir franchi une frontière invisible séparant deux mondes opposés. La lueur du soleil peinait à percer les deux minuscules lucarnes creusées le long du corridor et les enfants durent se concentrer pour ne pas s'entrechoquer les uns avec les autres.

Ils atteignirent le premier étage (ici la lumière crue du soleil coulait depuis de vastes fenêtres, noyant chaque recoin de la maison) et remarquèrent que les portes avaient toutes été ouvertes. À travers les interstices, ils pouvaient apercevoir des matelas posés sur le sol, identiques à ceux sur lesquels ils venaient de passer la nuit. C'est alors, comme pour répondre aux questions silencieuses des enfants, que les voix, à peine audibles quelques secondes plus tôt depuis le grenier, devinrent plus précises et aiguisées. Et lorsque la petite troupe descendit la dernière portion de l'escalier en direction de la salle de vie, elle découvrit une dizaine d'autres garçons et filles, tous attablés à l'endroit exact où, la veille, un festin digne d'un conte de fées avait été disposé.

D'un geste de la main, le directeur les invita à s'installer (une table avec six assiettes et deux bancs les attendait) puis s'éclaircit la voix avant de prendre la parole :

— Les enfants, s'il vous plaît !

Toutes les petites têtes abandonnèrent leurs bouchées et se tournèrent vers lui. Il portait un costume beige en lin sans cravate et des lunettes de vue dorées. Les membres de la Tombe joyeuse ne l'avaient jamais vu habillé autrement, pas plus qu'ils ne l'avaient entendu hausser une seule fois le ton pour se faire comprendre. Pour les enfants, ce n'était pas lui qui inspirait la crainte, mais plutôt la sorcière du dehors…

— Comme je vous l'ai annoncé la semaine dernière, nous avons six nouveaux camarades parmi nous, déclara-t-il. Vous savez tous qu'ici nous accueillons ceux qui en ont besoin. Comme vous, ils vivaient dans des conditions sordides, c'est pour cela que nous les avons recueillis. J'attends de vous de la sympathie, de la camaraderie à leur égard. « Celui qui tend la main sera sauvé », n'oubliez pas. Anatole, tu seras chargé de leur expliquer le fonctionnement de l'orphelinat. Tu es le plus âgé, c'est ta responsabilité.

— Très bien, monsieur, acquiesça un garçon bâti comme un boxeur.

— Parfait, je te remercie. Maintenant, allez les saluer et terminez votre petit déjeuner. Nous devons préparer la visite de demain.

Le directeur alla s'asseoir à une table et observa du coin de l'œil la pièce tout en buvant son thé. Les garçons et les filles se levèrent et se dirigèrent en silence vers les six. Un à un, ils posèrent une tape amicale sur l'épaule des nouveaux arrivants et prononcèrent leur prénom en guise de salutation. Puis tous se rassirent et finirent leur repas. Une demi-heure plus tard, les six furent invités par la femme qui les avait accueillis la veille à utiliser leurs salles de bains et à redescendre une fois propres. Ils repartirent de la grande salle et firent seuls le chemin jusqu'au grenier.

— C'est quoi cette maison ? Tout ce luxe !

— Un... un orph...elinat, répondit simplement Damien.

— Oui, je sais ! rétorqua Mickaël. Mais qu'est-ce qu'on fait là ? On est prisonniers ?

— C'est mi...mieux que d'être dans la... la rue, non ?

— Oui, sans doute, consentit Mickaël, à demi persuadé.

— Tu... tu as p...peur ? s'inquiéta Damien en fixant son ami.

— Pas toi ?

— Je... je ne sais pas.

Les six goûtèrent durant de longues minutes le plaisir de l'eau chaude et du savon sur leur peau. Ils se séchèrent en souriant et s'habillèrent des vêtements propres qui avaient été déposés sur leurs lits pendant qu'ils se trouvaient en bas.

— Lucien, ça te pique si tu te mets du savon dans les yeux ?

La question, si elle n'était pas venue de Sélène, aurait très certainement déplu au jeune aveugle. Mais Lucien l'aimait bien. Il aimait sa voix, plus douce que celle de sa sœur, et appréciait particulièrement les minuscules pauses qu'elle laissait s'installer entre ses phrases.

— Je ne sais pas, répondit-il en souriant.

— Tu ne vois rien du tout, même pas des ombres ?

— Je vois des éclats de lumière. Mais très faibles.

— Tu sais quand il fait jour alors ?

— Oui. Je le sais aussi car je sens la chaleur du soleil sur mes paupières, précisa-t-il.

— Et la grande fenêtre, celle qui est colorée. Tu peux la voir ?

— Je la devine, mais… il y a des objets entre elle et moi ?

— Des objets ?

— Des meubles, des lits qui m'empêcheraient de l'atteindre ? précisa Lucien.

— Non, rien.

Lucien avança lentement, d'un pas incertain. Il se fia à la chaleur qui caressait sa peau et à ce minuscule feu follet qui brillait devant lui. La tiédeur renvoyée par les vitraux le guida comme une main protectrice posée sur son épaule. Après quelques pas, ses doigts rencontrèrent le verre et caressèrent ses reliefs.

— C'est du bleu que tu touches, Lucien, lui indiqua Sélène. Maintenant, du rouge… du vert…

Elle souriait à son tour. Pouvait-il déceler les couleurs simplement au toucher ?

Le garçon continua son inspection et atteignit la crémone en cuivre. Il la longea jusqu'à la base inférieure de la fenêtre. Au-dessous, le mur (et son contact lisse et froid) reprenait ses droits jusqu'au sol, sur une dizaine de centimètres. Lucien parcourut ensuite l'ouverture sur toute sa largeur, qui lui sembla ne jamais finir.

— Elle est immense, cette fenêtre ! s'extasia-t-il, ne pouvant deviner les points multicolores qui dansaient sur son visage pendant qu'il atteignait l'extrémité du verre.

— Oui, et en haut, elle forme comme une petite montagne, indiqua Sélène en posant également ses mains sur les couleurs.

— Comme une fusée ?

— C'est vrai, ça ressemble à une fusée, admit-elle. Ou à une porte aussi, une grande porte en verre à qui on aurait volé la petite marche pour y accéder. Mais on pourrait l'enjamber…

La jeune fille se pencha jusqu'à poser son front contre les vitraux.

— De là on voit… le jardin, juste en dessous. Bon sang, c'est haut…

— À quoi ressemble le directeur ? s'enquit Lucien, dont l'épaule droite touchait à présent celle de Sélène.

Il se demanda si elle avait conscience de ce contact. Il espérait que oui. Sélène s'étonna de cette question, mais à bien y réfléchir, elle se dit que c'était normal. Lucien ignorait tout des traits de chacun et, à sa place, elle aussi aurait aimé qu'on lui donne de quoi nourrir son imagination. Elle se demandait simplement pourquoi son attention se dirigeait vers cet homme plutôt que vers elle ou le reste de ses camarades.

— Il est grand, pas très gros. Sa peau est aussi blanche que les poules qui couraient dans notre jardin. Il porte un costume, et ses cheveux sont déjà gris, décrivit la jeune fille.

— Ses yeux ?

— Verts, je crois, mais je n'en suis pas certaine, il porte des lunettes.

— Tu as confiance en lui ?

— Euh… oui, je pense. Pas toi ?

Victor et Doriane se tenaient devant le grand miroir de la salle de bains. Tous les deux souriaient à leur reflet en écumant une bave épaisse et blanchâtre.

— Ça alors, j'avais perdu le goût du dentifrice, reconnut le garçon après avoir craché dans le lavabo.

— Moi aussi ! C'est tellement dégueu ! rigola Doriane.

Victor s'examina comme s'il découvrait pour la première fois son visage. Sa peau sombre brillait, ses cheveux décrassés par le shampoing luisaient d'une propreté inhabituelle. Et à présent, ses propres dents lui semblaient différentes.

— Victor ?

— Ouais ?

— Ta… ta cicatrice… Qu'est-ce qui t'est arrivé ? hasarda la jeune fille.

Le garçon fixa le miroir. Cela faisait longtemps qu'il n'avait pu la voir avec autant de netteté. *Tu croyais quoi, imbécile, qu'en frottant plus fort avec le savon elle allait disparaître comme une simple trace de crasse ?* Il hésita avant de parler. Que pouvait-il dire exactement ? Même lui ne se souvenait que partiellement de l'enchaînement des événements. Il savait à peine marcher lorsque la lame d'une machette lui avait soigneusement caressé le visage. Voilà pour la date. Mais le reste de ses souvenirs se noyait dans une masse de sensations diverses : douleur, pleurs, peur, foule autour de lui, du sang aussi, colorant la terre des rues comme ces points projetés par les vitraux de la fenêtre… Et du bruit, un mélange de hurlements et d'avertissements.

En voyant le visage de Victor se refermer, Doriane regretta sa question. Elle se brossa une nouvelle fois les dents puis lui sourit à travers le miroir.

— Désolée, Victor… Si un jour tu as envie d'en parler, je serai là, murmura-t-elle avant de quitter la salle de bains.

Un quart d'heure plus tard, Anatole toqua à la porte du grenier. Même Victor, le plus solide des six, paraissait frêle à côté de lui. Les enfants lui donnèrent quatorze ans, peut-être quinze.

— Vous êtes prêts, les six ?

Les enfants s'approchèrent de la porte, comme aimantés par l'autorité naturelle qui se dégageait du garçon.

— C'est co…comme ça qu'on no…nous appelle ? s'étonna Damien.

— Exact. Les six, c'est mieux que de vous appeler chacun par votre… problème.

— On va où ? demanda Victor d'une voix ferme.

— Je vais vous faire visiter la Tombe joyeuse.

— La Tombe joyeuse, c'est quoi ce nom ? s'étonna Doriane.

— C'est celui de l'orphelinat. La Tombe joyeuse, cet endroit où notre enfance est enterrée pour que nous puissions enfin retrouver la joie, expliqua le garçon dont une mèche de cheveux crépus barrait le front. Tous les gosses qui sont ici ont vécu des choses horribles. Tous ont souhaité grandir pour oublier. Allez, venez.

Une fois de plus, les statues sombres observèrent les enfants fouler le couloir. Sélène demanda à Lucien si elle pouvait lui tenir la main pour le guider. Le garçon ressentit une étrange chaleur l'envahir tandis que les doigts de son amie se glissaient entre les siens.

— Merci, se contenta-t-il de répondre.

Il repensa au bruit qu'il avait entendu la nuit précédente et se figea en serrant plus fortement la main de Sélène, freinant ainsi subitement son avancée.

— Qu'est-ce qui se passe, Lucien ? demanda celle-ci.

— Décris-moi les statues, s'il te plaît.

— Quoi ? Maintenant ? Mais les autres vont…

— Nous les rattraperons, tu connais le chemin… Décris-moi juste s'il y en a une qui donne une impression de mouvement, insista le garçon.

Le reste de la troupe disparaissait déjà à l'extrémité du couloir. Sélène avait beau être une jeune fille courageuse pour son âge, cela ne l'empêchait pas d'éprouver une certaine crainte à l'idée de se retrouver ici, au milieu de cet endroit mal éclairé, isolée des autres et de sa sœur.

Le directeur puis maintenant les statues... Qu'est-ce qui ne tourne pas rond chez lui ?

— Euh… elles sont en bois noir. Grandes, très grandes. Je crois qu'elles représentent des figures du vaudou. Il y a Baron Samedi avec son chapeau haut de forme.

— Est-ce qu'il y en a une en mouvement ?

— En mouvement ?

— Oui, qui donne l'impression de marcher ou courir, précisa-t-il.

— Oui, il y a celle-ci… Elle a un pied posé sur son socle, mais l'autre se trouve dans le vide, prêt à se poser sur le sol.

— Aide-moi.

Lucien s'approcha de la statue en tendant les mains. Une fois face à elle, il se posta sur la pointe des pieds et toucha son visage.

— Lucien, on devrait rejoindre les autres…

— Juste un instant, tiens-moi pour que je ne perde pas l'équilibre.

Ses doigts caressèrent les aspérités de la sculpture, fouillèrent les reliefs et tâtèrent la géographie du visage. Une fois l'image en tête, le garçon recula de quelques pas.

— Ça y est, tu as fini ? hasarda Sélène.

— Oui.

— Ça va ?

Sélène surprit le trouble que Lucien tentait de cacher.

— Cette statue… je la connais, souffla-t-il, avec une certaine émotion dans la voix.

— Quoi ?

— J'ai déjà touché son visage…

— Peut-être que ta famille en possédait une miniature, supposa Sélène, qui ne comprenait pas pourquoi son ami transpirait de peur. C'est sans doute quelqu'un de connu… un lwa ou une autre figure du vaudou…

— Non, ce n'est pas ça, insista-t-il en plissant le front, comme en proie à une subite migraine. Cette personne existe vraiment… Je l'ai déjà rencontrée…

11

Haïti, 8 janvier 2010
Quatre jours avant le séisme

Une heure plus tard, Rachelle se trouvait assise au centre de la pièce, des feuilles et des dossiers éparpillés partout autour d'elle. Elle avait relevé ses cheveux en chignon à l'aide d'un crayon.

Après avoir découvert les notes de son père, elle s'était empressée de sortir les autres dossiers de la trappe. Elle se retrouva avec des résumés d'enquêtes, des photocopies et des photos de diverses scènes de crime. Certains dossiers remontaient à des années, parfois même à l'arrivée de son père dans le commissariat. Elle se souvint de leur discussion à propos de cette manie de tout copier. Simon lui avait expliqué qu'une de ses premières enquêtes avait mal tourné pour la simple et bonne raison que les documents la concernant s'étaient miraculeusement évaporés, alors qu'ils se trouvaient à l'abri dans son bureau. Il s'agissait d'un supposé trafic d'enfants, en lien avec une organisation internationale qui venait de s'établir dans la capitale. Simon avait eu vent de rumeurs et, bien que ce délit ne fît pas partie de sa juridiction, il avait tenu à en savoir un peu plus avant d'avertir les services concernés. Seulement, après plusieurs semaines d'enquête et de détails accumulés, le dossier de l'affaire avait disparu de la circulation. Deux jours plus tard, une note interne conseillait à l'ensemble du commissariat de se concentrer uniquement sur les affaires relevant de leurs prérogatives.

Depuis ce jour, Simon prenait soin de photocopier ce qui lui semblait important et d'emporter discrètement les chemises cartonnées à son domicile.

Rachelle feuilleta les notes à la recherche d'un dossier précis. Si son père avait pensé utile de noter le nom du directeur de l'orphelinat, nom qui selon lui apparaissait également dans l'affaire des deux corps retrouvés en novembre, c'est qu'il y avait certainement un lien. Elle ouvrit une chemise violette et découvrit le compte rendu de l'accident. Le 12 novembre 2009, un véhicule appartenant à une ONG internationale avait effectué une sortie de route au sud de Port-au-Prince. Selon le constat établi par le premier policier arrivé sur les lieux, la voiture brûlait toujours lorsqu'il avait essayé de s'approcher de la carcasse afin de vérifier la présence de survivants. Le terrain accidenté ne lui avait pas permis de descendre sans risquer de chuter à son tour. Il avait alors prévenu les pompiers par radio et avait attendu en espérant que les passagers soient parvenus à s'extraire de l'habitacle avant qu'il ne prenne feu. Deux heures plus tard, une fois que les pompiers eurent réussi à circonscrire l'incendie qui menaçait de se développer, le policier avait officialisé la présence de deux corps calcinés. Les forces de police avaient récupéré ce que la voiture avait laissé s'envoler durant sa chute : des documents, un pneu de secours, des disques compacts, divers détritus, mais aussi les deux sacs à dos appartenant aux victimes. C'est ainsi qu'ils purent découvrir leur identité et joindre l'organisation pour laquelle elles travaillaient. Dans la soirée, les dépouilles furent transférées à la morgue de Port-au-Prince pour des examens complémentaires.

Rachelle prit connaissance des conclusions du médecin légiste. Selon Jean, les victimes étaient déjà mortes quand le feu s'était déclaré. Le toit et les côtés de la voiture s'étaient pliés en exerçant une pression sur les jeunes femmes, jusqu'à leur briser une grande partie des os. Les boîtes crâniennes, enfoncées à divers endroits, ne laissaient aucun doute sur la violence de l'accident et sur la rapidité des décès.

Elle lut les fiches d'identification et y retrouva le nom du directeur de l'orphelinat : Nervillier, suivi par un prénom, Méline. La deuxième victime se nommait Sybille Giner.

Un bruit provenant de la rue la fit sursauter. La jeune femme laissa le hurlement du deux-roues s'évanouir avant de continuer sa lecture. Le reste du dossier ne lui apprit pas grand-chose, si ce n'est que l'organisation qui employait les jeunes femmes s'appelait Un toit pour chacun. Rachelle connaissait cette structure qui, tout comme sa propre organisation, Raise Children's Hope, venait en aide aux orphelinats les plus démunis en leur apportant des produits de première nécessité. Seulement, contrairement à RCH, celle-ci avait obtenu une accréditation en versant une « taxe » au ministère de la Planification, ce qui lui permettait notamment d'engager du personnel étranger, de visiter légalement les établissements et d'exposer son logo aux côtés de ceux des ONG de renommée mondiale.

— Un simple achat de visibilité dans le but d'attirer le plus de dons possible et d'en détourner une partie, railla Rachelle dans le silence de la pièce.

Bien entendu, les petites mains de ces organisations ignoraient tout des combines de leurs dirigeants et croyaient fermement à la portée humanitaire et pure de leur engagement.

La jeune femme saisit une feuille marquée du sceau de l'ambassade française. L'image de la maison Laroche se fraya naturellement un chemin jusqu'à sa conscience. Elle connaissait le lieu pour passer régulièrement à proximité. Il s'agissait d'une demeure construite au début du siècle dernier, une maison majestueuse, dans le pur style *gingerbread* haïtien. Située non loin du cœur culturel et touristique de la capitale, cette villa auréolée d'un parc luxuriant détonnait violemment avec les galetas, ces logements exigus que l'on pouvait rencontrer quelques rues plus loin. Rachelle s'y était rendue plusieurs fois afin d'obtenir des aides pour son association. Mais à chaque fois elle en était repartie la tête basse, maudissant en langue originale le drapeau hissé au-dessus d'elle.

Selon le document, à la suite de la découverte des corps et de leur authentification, Simon avait lui-même signé les conclusions permettant de prévenir l'ambassade du pays d'origine des jeunes femmes. Rachelle ne comprit pas immédiatement pourquoi c'était son père qui s'en était chargé puisque le lieu de l'accident ne faisait pas partie de sa juridiction. Mais la raison apparut rapidement : le manque de personnel. Elle se souvint qu'à cette période, les forces de police protestaient dans la rue contre leur manque de moyens. Sans doute Simon avait-il dû gérer d'autres secteurs en attendant que tout revienne à la normale.

La note précisait que les proches avaient été contactés. Rachelle observa ce document en tentant d'imaginer la détresse des familles, sans y parvenir complètement. Les victimes n'étaient âgées que d'une trentaine d'années, presque son âge.

— Bon sang, quel est le rapport entre cet accident et l'homme sur la photo ? pesta-t-elle en s'étirant la nuque.

C'est alors qu'elle comprit. Un simple regard sur le listing des effets personnels retrouvés sur le site lui suffit pour entrevoir la vérité. L'inventaire était assez exhaustif. Outre les objets qui se trouvaient dans la voiture (CD, emballages divers, carte de la région, documents…), il détaillait le contenu échappé des sacs à dos appartenant aux deux jeunes femmes. Trousse de secours, paquet de cigarettes, miroir de poche, téléphone portable… Chacun de ces éléments avait été photographié comme autant de pièces à conviction nécessaires à l'identification des victimes. Rachelle observa un à un les clichés jusqu'à ce qu'elle tombe sur celui d'une feuille de papier roulée en boule comme un vulgaire détritus. Elle se leva, attrapa la loupe et étudia plus en détail la photo. Elle ne s'était pas trompée. Ses doigts se mirent à trembler. Elle lâcha la photo comme si celle-ci venait subitement de prendre feu.

— *Fout tonè…*, souffla-t-elle en ignorant les larmes qui descendaient doucement le long de ses joues. C'est impossible, ajouta-t-elle en fixant la feuille de papier jaune en partie déchirée et ornée d'une petite croix.

… *Encore un cercueil…*

… *Ce n'était pas un accident…*

12

Haïti, 1984

Anatole se révéla être un guide précieux.

Il ouvrit une à une toutes les portes de la maison, y compris celle du bureau du directeur, devant les yeux impressionnés des enfants. La cuisine, les chambres du second étage, la cave, le cellier… pas une pièce ne fut ignorée, hormis celle se cachant derrière une porte peinte en rouge, tel un signal d'alarme lové dans les profondeurs de la Tombe joyeuse, à l'extrême droite de la cave à l'odeur de bouteille de vin brisée.

— Pourquoi on ne l'ouvre pas ?

— C'est une pièce secrète remplie de démons vaudous ! expliqua Anatole en ouvrant les yeux d'horreur.

— Vraiment ? demanda Doriane qui ne savait si le garçon se moquait d'eux ou s'il était sérieux.

— Mais non ! Je blague ! Cette pièce est condamnée, tout simplement.

— Pour quelle raison ?

— Je crois que ce sont les poutres, le problème. La maison est vieille, vous savez. Personne n'est capable de lui donner un âge exact. Les poutres de cette pièce n'ont jamais été remplacées et la fuite provenant de la cuisine au-dessus a largement entamé leur solidité. Le directeur nous interdit de pénétrer plus loin tant qu'elles n'auront pas été remplacées.

— Tu… Tu y es dé…déjà allé ? l'interrogea Damien.

— Non. Cette porte était condamnée bien avant que j'arrive ici, souligna Anatole.

— Tu es ici depuis longtemps ?

— Deux ans. Je suis le plus ancien. Tous les autres ont été adoptés.

— Les autres enfants sont nouveaux, comme nous ? intervint Mickaël.

— Non, ils sont arrivés au fur et à mesure des départs. Le dernier est arrivé il y a six mois à peu près.

— Les familles viennent donc ici pour adopter des enfants, conclut Lucien.

— Ouais, c'est le principe. Vous savez, la visite dont parlait le directeur, c'est de cela qu'il s'agit, d'adoption. Des familles étrangères vont venir ici, nous observer, discuter avec le directeur et peut-être l'un d'entre nous repartira dans les jours prochains.

— Aucune famille n'a jamais voulu t'emmener ? s'inquiéta Sélène, une certaine tristesse dans la voix.

— Non, il faut croire que je suis trop vieux… ou trop costaud pour attendrir les adultes.

— Mais… je ne veux pas être adopté, pesta Victor. Il y a ma grand-mère, elle m'attend ! Je ne peux pas la laisser seule !

— Euh… je ne savais pas, avoua-t-il, mal à l'aise. Tu ferais bien d'aller en discuter avec le directeur. Il doit être au courant…

— On nous a enlevés, murmura Lucien.

Il se souvint de la voix des deux hommes, des voix froides, sans émotion.

— Enlevés ?

— Oui, j'étais dans la rue et ces hommes sont arrivés… et ensuite je me suis réveillé dans le camion.

Anatole observa les enfants un à un. *Des gamins de dix ans, à peine pour certains*, se dit-il. *Ils ne savent donc pas…*

— Vous n'avez pas été enlevés, soupira-t-il, tête basse.

Lui aussi, deux ans auparavant, avait refusé la vérité. Durant les premiers jours dans la Tombe joyeuse, il avait espéré, attendu, réfléchi à un plan d'évasion pour s'enfuir et retrouver sa famille. Puis le directeur lui avait expliqué.

— Pourquoi tu dis ça ? lança Victor.

Sa cicatrice semblait flamboyer dans l'obscurité de la cave.

— Vous avez été vendus.

Les enfants fixèrent Anatole en attendant la suite de sa phrase. Mais ils n'entendirent que le silence. Derrière leur guide, le rouge vermeil de la porte interdite sembla se moquer d'eux, et de cette vérité qu'aucun d'entre eux ne parvenait à comprendre.

— Vendus par qui ? Ce n'est pas possible ! cracha Lucien en serrant un peu plus la main de Sélène.

— Par… par vos parents, vos familles.

— Tu mens ! hurla Mickaël. Ils n'auraient jamais fait ça ! Ils n'aimaient pas mon visage et toutes ces taches, mais jamais ils ne m'auraient abandonné !

Les larmes coulaient. Sur son visage. Sur tous les visages.

— Je suis désolé, mais… parfois ils le font pour vous offrir une nouvelle vie ! Regardez cette maison ! Nous dormons sur des lits ! Des lits ! Combien d'entre vous dormaient sur un véritable matelas ?

— Non, non, ce n'est pas vrai, nos parents nous aiment, pleura Doriane en se rapprochant de sa sœur. Pourquoi ils auraient fait cela ?

— Vous êtes *marassa*. Si vous êtes ici, vous devez avoir un petit frère ou une petite sœur, un *dossu* ou une *dossa*…

— Comment le sais-tu ?

— Vos familles vous ont vendus. Les hommes qui sont venus vous prendre l'ont fait avec leur accord. Regardez-vous. Un aveugle, un balafré, des *marassa*, un garçon au visage plein de taches, un bègue… Quel avenir pensiez-vous avoir ? Ils ont fait ça pour vous aider.

Victor ne put se retenir davantage. Il se rua sur Anatole le poing en avant.

Le plus ancien des pensionnaires de la Tombe joyeuse évita en partie le coup en reculant d'un pas et agrippa Victor par-derrière pour l'immobiliser.

— Je sais, j'ai été à votre place… Moi aussi, j'ai été en colère. Mais on n'y peut rien. Nous sommes des enfants de Haïti, nos chances étaient minces depuis le début…

Victor demeurait immobile. Seuls les sanglots qu'il ne pouvait plus retenir lui donnaient un semblant de vie. Lentement, Anatole desserra son étreinte et le libéra. Le garçon sécha ses larmes d'un revers de manche puis partit en courant.

— Victor ! lança Lucien en regrettant de ne pouvoir le suivre.

— La Tombe joyeuse est un endroit sympa, ajouta Anatole en tentant de les réconforter. Vous verrez, on peut grandir ici sans avoir à voler, à mendier. Je suis désolé, je… je pensais que vous saviez… Je vais essayer de le rattraper pour discuter avec lui. Quant à vous, sortez, allez visiter le jardin, changez-vous les idées…

Puis, à son tour, il remonta à la surface.

Les cinq enfants restèrent silencieux. Groggy par la douleur de ce qu'ils comprenaient à présent.

C'est donc cela, grandir, songea Damien. *Perdre l'amour de ses parents. Je n'entendrai plus mon père, je ne le verrai plus. Je ne pourrai plus l'observer du coin de l'œil rentrer du travail et fumer sa cigarette sur le porche. Je ne sentirai plus son odeur, mêlée à celle du tabac, quand il me demandait ce que j'avais fait de ma journée, sans avoir la patience d'écouter ma réponse jusqu'au bout… Même cela me manque déjà. Si j'avais pu parler comme je pense, il m'aurait toujours aimé…*

— Allons dehors, suggéra Mickaël en observant la dépigmentation de ses mains. Ne restons pas dans ce couloir, près de cette porte, elle pue le malheur.

Le garçon ignorait encore à quel point il avait raison…

13

Haïti, 9 janvier 2010
Trois jours avant le séisme

Rachelle hésita jusqu'au lendemain.

Elle dormit sur le canapé, dans le bureau de son père. La nuit fut courte, ponctuée de larmes, de souvenirs, de colère. Elle passa une partie de la soirée à rassembler les affaires les plus importantes. Le reste serait vendu ou donné. Elle organiserait un vide-maison, laisserait la propriétaire gérer et partirait loin pour ne pas pleurer à chaque fois qu'elle verrait un badaud repartir avec un meuble ou un vêtement de Simon.

Elle entassa les dossiers de police dans un carton. Ceux-ci la suivraient, pas question de s'en débarrasser. Elle aurait aimé garder le canapé également. Cette nuit, alors qu'elle tentait de trouver le sommeil, elle avait humé l'odeur du vieux cuir élimé comme elle le faisait enfant. Les minutes suivantes furent une explosion d'images et de sensations. Elle ferma les yeux pour garder le plus longtemps avec elle cette silhouette penchée derrière son bureau, ce spectre qu'une simple odeur venait de faire apparaître dans son esprit et dont elle pouvait presque ressentir les vibrations.

Mais la magie s'évapora malgré tout et Rachelle demeura seule, en tête à tête avec l'absence…

Au petit matin, elle se réveilla d'une nuit sans saveur. À peine avait-elle ouvert les yeux que le prénom de Méline s'échappait de ses lèvres.

Si la jeune femme était la fille du directeur – ce qu'elle vérifierait en se procurant le dossier de recrutement chez Un toit pour tous –, pourquoi la tuer ? Toutes les autres victimes étaient présentes sur la photo d'inauguration de la Tombe joyeuse, alors qu'elle n'était même pas née à l'époque… Quel était donc son rôle là-dedans ?

— Mais dans quel bordel tu t'es plongé, Simon ? pesta Rachelle en étirant son dos courbaturé. Quel dieu vaudou as-tu offensé pour te trouver mêlé à cette histoire ?

La réponse à cette dernière question paraissait évidente et Rachelle le comprit rapidement. Il les avait tous offensés. Papa Legba, Erzulie Freda, Baron ou n'importe quel autre lwa… aucun n'avait jamais trouvé grâce à ses yeux. Aucune offrande, aucune cérémonie, aucune prière. Et ce, depuis sa plus tendre enfance. Son père les avait ignorés tout le long de sa vie, les refusant dans les moments difficiles, les snobant dans le bonheur, jusqu'à les refuser dans son travail, dans cette enquête…

— Et si tu t'étais trompé, P'pa ? Et si cette affaire n'était rien d'autre que du vaudou ? Les cercueils de papier, les broches, les sexes coupés… Et si les dieux t'avaient finalement rattrapé, toi le « gentil » qui refusait de croire ?

Rachelle se leva et attrapa un verre dans le meuble de la cuisine. Elle ouvrit le robinet, le remplit puis but ce qui allait constituer son petit déjeuner. *Pas le temps pour autre chose*, se motiva-t-elle. *Trouver le lien, voilà ce que tu aurais fait. Tu serais allé à la source, tête baissée, aussi obstiné que ton athéisme... Seulement je ne suis pas toi, je n'aurai pas d'uniforme ni de carte de police. Il va falloir se servir d'autre chose…*

La jeune femme quitta la maison de son père, se glissa dans son véhicule et s'engouffra dans les rues tièdes de la ville. Elle traversa le calme relatif de Pétion-Ville pour rejoindre le capharnaüm de Port-au-Prince. Des centaines de camions et de voitures engorgeaient déjà les artères poussiéreuses de la capitale. Elle se fraya un chemin à coups de klaxon et de sourires en ignorant les gestes obscènes des autres conducteurs. Une demi-heure plus tard, elle se retrouvait dans son appartement, sous la douche, à réfléchir à la prochaine étape. Le corps toujours humide, elle enfila une robe de cotonnade colorée, volontairement décolletée, et vérifia son aspect dans le miroir avant de repartir dans les artères de cette ville pantagruélique. Elle connaissait l'adresse de l'association pour y avoir postulé. À l'époque, elle n'avait pas encore créé Raise Children's Hope, et son envie impérieuse d'aider les gamins des rues l'avait poussée à frapper aux portes de nombreuses ONG officielles, le plus souvent sans succès. La plupart des employés locaux n'étaient rien d'autre que des guides qui aidaient les membres à se repérer dans les méandres puants de la ville. Mais ce que Rachelle voulait alors, ce n'était pas devenir taxi, elle voulait tenir la main des gosses et les voir sourire, prouver que les Haïtiens *aussi* pouvaient aider leurs propres enfants.

Son vieux 4 × 4 Pajero se glissa dans les rues en grondant de douleur. Le soleil agressif enflamma son pare-brise comme les silhouettes au-dehors. Rachelle bifurqua le long de la route nationale 1 en direction du nord-est. Sur sa gauche, lovés en front de mer, à cet endroit qui, lorsqu'on regarde une carte, ressemble à la gueule d'un monstre marin, les taudis de Cité-Soleil s'étendaient comme de la moisissure sur de la viande faisandée. Les cabanes confectionnées à base de planches et de toiles de jute se mêlaient à des constructions de pierre et de tôle. Cela faisait maintenant trois ans que la MINUSTAH avait repris le contrôle de la zone, mais les incidents persistaient, tels les râles d'une bête qui se refuse à mourir.

Elle rattrapa la route 8, cette voie qui coupe la capitale d'ouest en est, roula quelques minutes sur l'asphalte malade et gangrené pour atteindre l'arrondissement de Croix-des-Bouquets. Le bâtiment, une simple maison encerclée par un jardin modeste, se présenta rapidement. Un panneau indiquait l'existence de l'association, tout comme le mât à l'extrémité duquel flottait un étendard siglé de deux mains et d'un berceau.

Rachelle se gara, descendit en vérifiant une dernière fois son maquillage dans le rétroviseur et se dirigea vers l'accueil.

— Pourvu que ce soit un homme…, se répéta-t-elle comme pour attirer la chance.

Après avoir frappé à la vitre de l'accueil, elle attendit quelques secondes avant de voir arriver un adolescent en tenue. Sa peau d'un noir profond était couverte d'une fine pellicule de sueur, mais ce que la jeune femme perçut en premier fut la manière avec laquelle ses yeux caressaient sa silhouette.

Choix de robe judicieux ! se félicita-t-elle intérieurement.

— Bonjour, madame, je peux vous aider ?

— Bonjour, jeune homme ! Oui, je l'espère, lança-t-elle en se penchant légèrement.

Le réceptionniste ne manqua rien du spectacle ; son regard descendit profondément dans le décolleté qu'on lui offrait, sans même s'inquiéter d'être surpris.

— J'ai une amie qui a travaillé pour vous. Une très bonne amie, Méline…

Rachelle attendit une réaction, mais le garçon ne bougeait plus. Il fixait ses seins et ne semblait plus réceptif à autre chose. Il venait sans doute de prendre son poste dans l'association et n'avait pas connaissance de l'accident…

— Hé ? Mon garçon ? Méline ?

— Oh… oui, madame, excusez-moi, je réfléchissais…

— Elle travaillait ici, une Française. Elle a eu un tragique accident, déplora Rachelle en se redressant pour aimanter l'attention du réceptionniste uniquement sur ses paroles.

— J'en suis désolé.

— Elle dormait souvent chez moi et il me reste certaines de ses affaires que j'aimerais renvoyer à sa famille.

— D'accord… Et ?

— Et je n'ai pas leur adresse, sourit Rachelle en abaissant ses épaules.

— Je ne sais pas si je peux vous donner cette information… Je devrais peut-être demander à mon supérieur…

— Écoute, intervint la jeune femme qui n'avait guère envie d'effectuer son tour de charme à tous les hommes présents dans cette maison, je suis assez pressée et je ne pense pas que ce soit la peine de déranger quiconque. Restons entre nous, ce serait beaucoup mieux, minauda-t-elle en plissant les yeux.

Le réceptionniste sembla peser le pour et le contre. *Tu veux peut-être que je te montre mon cul aussi!* pesta-t-elle mentalement en s'étonnant de son indécision.

— Il te suffit de regarder son dossier, là, dans cet ordinateur et de vérifier le contact à prévenir en cas d'urgence.

— Oui, mais…

— Et si tu es efficace, ajouta-t-elle, décidée à le harponner dans ses filets, je pourrai revenir te voir une autre fois, pas forcément pour te demander des renseignements…

Le garçon entrouvrit la bouche en une expression ridicule. Il balaya une nouvelle fois le décolleté de Rachelle, et elle eut un instant peur qu'un filet de bave ne s'échappe de son fantasme. Après quelques secondes de mutisme, il reprit vie et posa ses mains sur le clavier.

— Méline?

— Exactement! Tu es tellement chou!

— Nom de… Merci! Nom de famille?

— Nervillier, Méline Nervillier.

— Nom de jeune fille ou de mariage?

Merde. Elle ne se souvenait pas d'avoir vu une alliance sur le listing de police. Cela ne signifiait pas qu'elle ne l'était pas, parfois il n'y avait pas que les dossiers qui disparaissaient dans les commissariats… Elle décida d'y aller au bluff.

— Elle était mariée… mais elle a divorcé juste avant de vous rejoindre, je ne suis pas certaine que son fichier ait été mis à jour.

— Bon, de toute manière, les deux noms sont obligatoires sur la fiche, c'était pour éviter de vous faire perdre du temps. Allons-y pour Nervillier alors…

L'employé tapota les informations puis après quelques secondes de silence (ponctuées d'une brève œillade lubrique) il demanda s'il devait imprimer la fiche sanitaire.

— Si tu pouvais également inscrire un numéro où te joindre, mon chou, ce serait parfait !

Vingt minutes plus tard, Rachelle se gara aux abords du parc principal de la ville pour lire la fiche sanitaire de Méline. Elle fut surprise de ne pas voir le nom de ses parents dans la case destinée aux personnes à prévenir en cas de problème. À la place, elle découvrit l'identité et les coordonnées d'un homme, ainsi que son âge et son emploi : Vincent Préjant, trente-deux ans, assistant architecte.

Son mari, sans doute, regretta-t-elle.

La fille de Simon aurait tant aimé y trouver un moyen de joindre l'ancien directeur. Le contacter, l'écouter et comprendre pour quelles raisons son père avait eu à payer de sa vie le simple fait d'avoir enquêté sur la Tombe joyeuse… Au lieu de cela, l'impasse, une fois de plus.

Rachelle sentit ses nerfs lâcher. Elle attrapa son téléphone et composa le numéro de Manus. Ses doigts tremblèrent tant qu'elle dut s'y prendre à deux fois. Mais son dernier geste resta en suspens. Elle ne parvint pas à appuyer sur la touche d'appel. Elle entendait encore son père lui faire promettre de ne pas mêler Manus à cela, de les laisser, lui et sa jeunesse, espérer des lendemains meilleurs, bien loin de ces histoires de vaudou qui n'avaient jamais vraiment servi les hommes. « Cette religion est manipulée par le pouvoir, depuis le début, se souvint-elle de l'avoir entendu dire un soir, dans son bureau. Pourquoi crois-tu que les gangs la respectent, que les politiciens l'adoptent en clamant leur conversion devant le peuple ? Le vaudou n'a jamais rien libéré, il a enfermé les esprits… Même les esclaves, avant de libérer l'île, y étaient asservis. Rappelle-toi ce qui est arrivé à ta grand-mère… Le vaudou ne connaît qu'un maître, c'est la folie des hommes. »

— Mais j'ai besoin de lui, murmura Rachelle pour elle-même.

Des larmes s'échouèrent sur ses joues tandis que les passants, curieux, observaient furtivement sa tristesse et sa beauté. Cette phrase, prononcée comme une vérité intangible, ne faisait que traduire les sentiments qu'elle éprouvait envers Manus. Et ce, depuis leur rupture. Douce, raisonnée, celle-ci avait cependant immédiatement ancré le manque dans le quotidien de Rachelle. Elle l'aimait, oui, cela, elle le savait depuis longtemps, mais elle avait toujours eu peur de s'engager. À cause des enfants, arguait la jeune femme depuis des mois, mais pas seulement. À cause de sa grand-mère, qui avait laissé derrière elle un homme et un fils rongés par la douleur. À cause de sa propre mère qui, en se noyant, avait éteint une partie du bonheur qui émanait jadis de

Simon. Tout comme ce mythe lu dans un livre qu'elle avait emprunté à une amie, cette histoire d'amour qui se terminait en enfer, ce récit grec dont elle ne parvenait pas à retrouver le nom…

— Merde ! lança-t-elle à l'intention de tous ces fantômes.

Une vague de désespoir l'envahit de nouveau, redoublant le flot de larmes qu'elle ne prenait plus soin d'essuyer. Son pouce se rapprocha du bouton d'appel, hésitant encore à trahir la promesse faite à un père défunt, quand une autre idée l'immobilisa complètement.

Je ne suis pas la seule à souffrir, se dit-elle en effaçant les chiffres sur l'écran de son portable. *Quelqu'un d'autre doit savoir ce qui s'est passé... Peut-être... peut-être même détient-il une partie de la vérité…*

Alors Rachelle reprit la fiche et composa le numéro inscrit dessus.

— Peut-être… peut-être, répéta-t-elle, telle une incantation.

À l'instant même où une voix masculine lui répondit, Rachelle se souvint du nom de ce mythe grec et ne put s'empêcher de le prononcer à voix haute, comme pour le graver à jamais…

— Orphée et Eurydice.

14

Haïti, 1984

Tour à tour, les six furent convoqués chez le directeur. Tour à tour, l'adulte leur expliqua pourquoi ils se trouvaient dans cet orphelinat et quel marché l'avait permis.

Victor fut le premier à s'asseoir dans le bureau. L'homme fumait une cigarette et arborait un visage grave, solennel.

— Anatole m'a fait part du petit incident qui s'est produit tout à l'heure.

— Je suis désolé, prononça difficilement le garçon, mais il m'a provoqué, il a raconté des conneries.

— Tu es un garçon intelligent, Victor, je l'ai su à la minute où je t'ai vu.

L'enfant se détendit légèrement, mais garda le visage baissé en direction de ses sandales en plastique.

— Tu sais, sur cette île, la vie n'est pas facile pour les enfants. Il faut se battre pour s'en sortir, et je crois savoir que tu es un battant. Mais si tu n'étais pas ici, où serais-tu ? Dans la rue à voler ou à mendier ? Dans un gang ?

— Peut-être…

— Tu crois qu'il y a de l'avenir pour toi, là-bas, sur la poussière des trottoirs ?

— Non, admit Victor en se mordant les lèvres.

— Sais-tu lire ?

Le garçon releva la tête, intrigué par cette question.

— Un… un peu…

Le directeur ouvrit un des tiroirs du bureau et en sortit une feuille qu'il lui tendit.

— Ta grand-mère sait également que dehors, il n'y a rien de bon pour toi. C'est elle qui a écrit cette lettre.

Victor se saisit de la feuille, à la fois inquiet et heureux d'avoir des nouvelles de sa seule parente. Il prit son temps pour la lire, fronçant les sourcils quand un mot nécessitait de s'y reprendre à deux fois pour bien le déchiffrer. Les dernières phrases furent les plus difficiles à intégrer. Non pas à cause de l'écriture tremblotante de la vieille dame, mais parce que ce qu'elle écrivait lui brisait le cœur.

— Anatole a eu tort, reprit le directeur, vous n'avez pas été vendus, mais placés.

— Mais… pourquoi ?

— Pour votre bien. Crois-moi, c'est un geste d'amour et non un abandon. Ta grand-mère t'aime beaucoup, Victor, c'est pour cela qu'elle a accepté de te placer ici. Elle a reçu de l'argent, suffisamment pour vivre de nombreuses années, mais surtout elle n'a plus de souci à se faire pour toi. Elle sait que tu seras heureux et que tu auras une éducation qui te permettra de trouver un travail très facilement. Ne pleure pas, mon garçon, en restant ici, en mangeant à ta faim, en ayant un toit qui ne fuit pas, tu as permis à ta grand-mère d'avoir également une vie meilleure…

« Je ne pleure pas », voulut rétorquer Victor, mais, au moment même où ces mots allaient franchir le seuil de ses lèvres, ses yeux s'embuèrent davantage et laissèrent glisser une perle humide le long de sa joue.

— Pourquoi ne m'a-t-elle rien dit ? demanda-t-il, ému et vaincu.

— Parce qu'elle t'aime. Elle savait que tu aurais refusé. Tout comme elle savait que tu ne travaillais pas dans une décharge, à trier les métaux, sourit le directeur.

Ainsi, chacun son tour, les enfants durent affronter la réalité. Leurs parents, leurs familles avaient décidé de les placer dans cet orphelinat sans même leur demander leur avis. Cette trahison planta la graine de la colère, qui se transforma, au fil des jours, en rancœur.

Les jérémiades, les complaintes perpétuelles, les tremblements, la lenteur, tous ces traits appartenant à la grand-mère de Victor éclatèrent dans sa mémoire comme autant de crachats lancés à son souvenir.

Les sœurs jumelles ne se souvinrent plus de l'époque où elles étaient aimées, presque vénérées, mais n'échangeaient à présent que sur leur existence d'après, ces longues journées où leur père les frappait et les insultait en leur reprochant la mort de leur frère.

Mickaël entendit de nouveau, avec plus d'insistance et de dégâts, sa mère critiquer les taches éparpillées sur son corps, comme s'il les avait dessinées lui-même, volontairement.

L'écho des rires moqueurs se fraya un passage jusqu'aux oreilles de Damien, et il revit ces visages secoués de grimaces, leurs lèvres tentant de reproduire le bégaiement qui les amusait tant.

Même Lucien ressentit le silence autour de lui, cette gêne qui avait tourné au désintérêt, l'isolant un peu plus du monde instable qui l'entourait.

Ils se surnommèrent à leur tour les « six », approuvant ce terme qui bruissait dans la Tombe joyeuse depuis leur arrivée. Ils se créèrent ainsi une nouvelle famille, plus juste, compréhensive, plus humaine.

Les jours passèrent et ils prirent leurs marques dans l'établissement. Le matin, tous les enfants se réunissaient dans la grande salle afin de suivre les cours prodigués par le directeur. Puis, après le déjeuner, chacun se voyait attribuer une tâche utile au bon fonctionnement de l'orphelinat. Nettoyage des chambres, entretien du jardin et du potager, cuisine… Les enfants étaient si souvent occupés qu'ils en oublièrent rapidement leur vie d'avant et les troubles de la rue. Le soir, l'intendante leur lisait quelques pages d'un livre choisi à main levée ; souvent il s'agissait de contes héroïques, issus de pays lointains, qui permettaient aux enfants silencieux et attentifs de voyager au-delà de leur île natale.

Mais la véritable surprise, celle qui occupe l'esprit nuit et jour, qui vous poursuit jusqu'à votre âge adulte, fit son apparition un après-midi, tandis que Victor et Anatole se courbaient le dos à arracher les mauvaises herbes de la cour.

— Tu vois cette maison de l'autre côté de la rue ? demanda Anatole en s'asseyant sur la terre sèche.

— Oui, répondit Victor en l'imitant.

— Tu serais capable d'aller toucher la grille ?

Le garçon observa un instant la minuscule maison. Des murs en parpaings soutenaient une toiture de tôle ondulée. Un chien miteux arpentait l'espace étroit qui séparait la bâtisse de la grille d'entrée. Mais ce qui fit plisser les yeux de Victor, ce furent les inscriptions qu'il tenta vainement de décrypter.

— Je n'ai pas peur d'un chien, se vanta-t-il. En plus, il est à l'intérieur de la propriété.

— Ce n'est pas du chien que tu dois avoir peur, rectifia Anatole, mais de la *mambo*.

Victor savait ce qu'était une *mambo*. Sa grand-mère respectait la religion et allait de temps en temps consulter une prêtresse, qui ne vivait pas très loin de leur cabane. Un jour, alors qu'il s'étonnait de cette démarche, elle l'avait grondé comme rarement : « Il ne faut jamais te moquer ou offusquer une *mambo* ! Elle a les dieux avec elle et connaît tous les secrets du vaudou, même les plus sombres… Alors attention à toi, jeune homme, si tu rigoles encore une fois de tout cela ! »

Depuis, Victor n'avait plus jamais osé ne serait-ce que sourire de ce sujet.

— Une vraie ?

— Il paraît que c'est la plus puissante du pays. Le président la consulte. Des hommes d'affaires, des criminels… même Blasius serait venu ! expliqua Anatole en fixant la bâtisse.

— Blasius ? Tu le connais ? s'étonna Victor en détournant son regard du chien à présent allongé sur la terre sèche.

— Bien sûr, on le voit de temps en temps à l'orphelinat.

— Vraiment ?

— Ben oui, tu n'as pas vu sa statue, là-haut, dans le couloir ?

— Quoi ?

Victor arbora soudainement un visage grave. Il fronça les sourcils et songea aux statues.

— Non… je n'ai pas fait attention… Je croyais qu'elles ne représentaient que des personnages vaudous.

— Pas seulement, Blasius aussi. On dirait que c'est toi l'aveugle ! s'amusa Anatole en se relevant. Ton copain Lucien l'a reconnu, lui, juste en touchant le visage de la statue !

— Lucien aussi connaît Blasius ?

— Ben oui ! Tu pourras lui demander ! Alors cette grille, tu es capable de traverser le chemin et de la toucher pendant dix secondes ? Personne n'a jamais osé, tu sais…

— Une autre fois, conclut Victor en s'intéressant à nouveau aux mauvaises herbes, une autre fois…

Après avoir rangé les seaux et les griffes de jardinage dans le cabanon situé à l'arrière de l'orphelinat, non loin du potager, Victor monta directement au dernier étage pour vérifier les dires d'Anatole. Le simple fait de marcher seul dans le couloir sombre (d'habitude ils étaient toujours au moins deux à se rendre dans leur chambre) assécha la sueur que le soleil et le travail avaient déposée sur sa peau. Il observa une à une les représentations en bois et se figea devant celle de Blasius. Une vraie violence émanait de la statue. Ses pommettes basses, ses traits anguleux, ses yeux fins et vicieux… Le garçon fut à la fois subjugué par la qualité de la sculpture et effrayé tant elle lui sembla prête à prendre vie. Il n'osa la toucher et recula d'un bon mètre.

Mais, bien plus que la surprise et la peur engendrées par cette représentation du chef de gang le plus craint de

Cité-Soleil, une question tout aussi effrayante s'imposa dans l'esprit du garçon.

Pour quelle raison Lucien avait-il rencontré Blasius ? Et surtout, comment pouvait-il l'avoir reconnu, lui qui ne voyait pas ?

15

Haïti, 9 janvier 2010
Trois jours avant le séisme

— Monsieur Préjant, avez-vous déjà entendu parler des six de la Tombe joyeuse ?

À l'écoute de ces paroles, mon sang se figea tandis que du fond de ma mémoire surgissaient les propres mots de la mère de Méline. « Ce sont eux qui l'ont tué, les six… Et ils vont venir pour moi. Ils s'en prendront à Méline aussi. »

Ma première réaction fut la colère. Je ne doutai pas un instant que cette folle ne cherchait qu'à me soutirer de l'argent et jouir de mon malheur comme un charognard se divertit de la mort de son prochain repas. J'aurais pu raccrocher, prévenir la police, mais j'ignore encore pourquoi, je ne l'ai pas fait.

Au lieu de cela, j'ai continué à l'écouter.

Après avoir capté mon attention avec ce chiffre, cette femme, Rachelle comme elle se présenta, m'expliqua avec détermination sa démarche. Elle parla de son père, de sa mort, des autres crimes, des cercueils en papier, de la Tombe joyeuse et de son directeur, des enfants, des raisons pour lesquelles il était dangereux d'exposer tout cela à la police de son pays…

Lentement, malgré moi, elle réussit à me convaincre en partie de sa bonne volonté. Mais pouvais-je partir à des milliers de kilomètres simplement sur le fondement de paroles provenant d'une inconnue ? Si sa démarche me semblait sincère, elle n'en demeurait pas moins difficile à admettre sans preuve concrète. Je profitai d'un instant de silence pour fermer les yeux et tenter de comprendre comment, en quelques minutes de discussion, l'accident de Méline s'était transformé en une conspiration liée à un orphelinat, essayant tant bien que mal de repousser cette version.

— Écoutez, Rachelle, je suis désolé, mais… je ne mets pas en doute votre sincérité, c'est juste que… que j'ai du mal à croire à tout cela. Je pense que nous ferions mieux de terminer cette conversation et de…

— Vous avez un portable ? me coupa-t-elle.

— Pardon ? Oui, bien sûr.

— Donnez-moi votre numéro.

— Je ne vois pas pourquoi.

— Accordez-moi juste un instant. Je vais vous envoyer une photo. C'est très simple : si vous ne reconnaissez personne sur cette photo, cela signifie que je me suis trompée, d'accord ?

— D'accord.

— Mais si j'ai raison, vous n'aurez plus aucune excuse pour ne pas venir ici. Je vous écoute.

Je lui donnai mon numéro, raccrochai et patientai quelques secondes. Même à cet instant, je priais pour que tout cela ne soit qu'un malentendu, une erreur grotesque qui se déliterait en découvrant la photo.

Mais ce ne fut pas le cas.

À peine une minute plus tard, mon portable vibra. J'appuyai sur l'icône *Message* et un fichier se mit automatiquement en chargement. Encore quelques secondes à espérer, à demeurer dans ce deuil que je m'évertuais à surmonter, à continuer de croire qu'il s'agissait d'un simple accident, une voiture mordant l'accotement d'une route déjà instable, quelques tonneaux meurtriers, puis les secours et les conclusions formelles de la police…

— Ce n'est pas possible, soufflai-je en découvrant la photo.

Mes jambes tremblèrent et je dus m'asseoir sur le canapé pour ne pas tomber sur le parquet. Mon regard ne quittait pas l'écran du téléphone. J'avais beau zoomer et dézoomer, la vérité restait la même, aussi repoussante et incompréhensible que cet accident qui devint alors bien plus qu'une mortelle maladresse.

Car face à moi, au milieu d'une dizaine d'autres personnes posant fièrement devant une luxueuse maison, se tenait (avec quelques dizaines d'années de moins) Paul, le père de Méline.

Mon portable vibra de nouveau, mais cette fois-ci pour m'avertir d'un appel. Je décrochai, les mains tremblantes, n'osant prononcer le moindre mot.

— Je suis navré, monsieur Préjant, mais votre femme a été tuée et je sais par qui. Il me manque simplement le pourquoi. Acceptez-vous de m'aider maintenant ?

Promets-moi de ne jamais nous égarer…

J'ai failli, Méline, nous nous sommes égarés... Mais si je dois descendre jusqu'aux enfers pour retrouver une partie de nous, je le ferai, sans hésiter.

*

L'annonce du steward me réveilla et m'extirpa du cauchemar dans lequel j'étais plongé. L'avion entamait sa descente. Au-dessous de moi, figé dans l'étendue paradisiaque de l'océan Atlantique, Haïti se rapprochait avec prudence, telle une bête aux aguets. Le voyage n'avait pas été de tout repos. J'avais miraculeusement réussi à trouver un vol partant le lendemain de Paris. Seulement, je devais m'arrêter une première fois à New York pour une nuit, puis une seconde fois pour une escale de quelques heures à Miami. Finalement, au bout de vingt-trois heures de voyage, je pus admirer l'eau turquoise sous les ailes de l'Airbus.

Vers 13 heures, les roues de l'avion foulèrent le tarmac de l'aéroport Toussaint-Louverture. À peine avais-je récupéré mon bagage sur le tapis roulant que le doute revint.

Et si personne ne m'attendait contrairement à ce que nous avions convenu au téléphone ? Et si cette femme n'avait fait que profiter de ma tristesse et de mon errance pour se jouer de moi comme d'un enfant crédule ?

Je me dirigeai vers la sortie, en direction de la station de taxis. C'est à cet endroit que nous nous étions donné rendez-vous. Une fois le sas passé, une vague de chaleur m'étreignit de toutes ses forces. Le contraste avec l'air conditionné de l'aéroport fut tel que j'eus du mal à respirer. Il me fallut quelques minutes pour m'habituer à cet air étouffant, aux odeurs et aux bruits divers qui rythmaient l'atmosphère nauséeuse de l'île. Je me débarrassai de mon sweat-shirt et attendis patiemment ce que je redoutais de plus en plus comme une arlésienne.

Plusieurs personnes vinrent me voir pour me proposer leurs services : un endroit où dormir, un moyen de locomotion, moto, mobylette, voiture anonyme ou même des bouteilles d'eau douteuses. Je refusai poliment en répondant que j'attendais quelqu'un, un prétexte dont j'avais de plus en plus de mal à me persuader. Ce ne fut qu'au bout d'une quinzaine de minutes qu'une femme apparut au coin de la rue. Sa robe multicolore attirait immédiatement l'attention, tout comme sa silhouette vers laquelle les visages des vendeurs ambulants se tournèrent tous, comme aimantés de désir.

— Monsieur Préjant, prononça Rachelle sans se soucier des œillades langoureuses qui ne cessaient d'auréoler sa présence, excusez-moi, j'ai eu du mal à trouver une place où me garer. Venez, c'est par ici.

Nous essuyâmes quelques sifflets lubriques sur le chemin jusqu'à sa voiture, un 4 × 4 de marque japonaise. Les rues bruyantes et poussiéreuses de la ville nous accueillirent une vingtaine de minutes plus tard. Aucun autre mot n'avait été échangé et, d'une certaine manière, cela me rassurait un peu de ne pas l'entendre me proposer à son tour des prestations payantes. Nous nous garâmes au fond d'une ruelle crasseuse et descendîmes du véhicule pour nous retrancher dans l'appartement de la jeune femme. Encore à cet instant, je m'attendais à tomber nez à nez avec des hommes qui, après m'avoir dépouillé, me trancheraient sans aucun doute la gorge et jetteraient mon corps dans un fossé pour nourrir les chiens.

Mais rien de cela n'arriva.

L'intérieur de l'appartement nous fournit une fraîcheur bienvenue ainsi qu'un silence rassurant. Je déposai mon sac et acceptai le verre d'eau qu'elle me proposa avant de m'asseoir sur le canapé de la salle principale. Alors Rachelle se mit à parler avec cette même voix douce et aérée que j'avais entendue pour la première fois deux jours plus tôt.

— Je vous remercie d'être venu, j'imagine que la décision a dû être difficile à prendre, prononça la jeune femme en s'installant sur une chaise.

— J'avoue que, sans la photo, je n'aurais sans doute jamais accepté de faire le voyage, admis-je. Qu'attendez-vous de moi exactement ?

— De l'aide, comme je vous l'ai dit. Avant de vous expliquer votre présence ici, il est important que je vous éclaire sur certains aspects de cette île, ajouta-t-elle.

— Je vous écoute.

— Croyez-vous au vaudou ?

— Non, répondis-je sans hésitation.

Pour moi, il ne s'agissait que de folklore, du même niveau que les légendes, celles du géant de brume, des loups-garous ou autres sorcières, simplement inventées par les hommes pour expliquer ce qu'ils ne parvenaient pas à comprendre. Du folklore à destination des touristes et des enfants.

— Le problème, continua-t-elle, est que le vaudou est ici une religion et que la plupart des habitants l'ont adoptée.

— Quel est le rapport avec Méline ?

Je n'étais pas venu jusqu'ici pour entendre parler de légendes et de vaudou. Ce voyage n'avait pour but que de comprendre ce qui était réellement arrivé à ma femme et, malgré l'attitude amicale de Rachelle, je ne me sentais toujours pas à mon aise. Même l'eau, apparemment pure, avait un goût qui me révulsait.

— Les cercueils en papier, me répondit-elle, comprenant certainement mon impatience et mon envie d'aller à l'essentiel. Ceux retrouvés sur les lieux des autres crimes faisaient partie d'une mise en scène vaudoue. Des membres coupés à la machette, des épingles en métal enfoncées dans les yeux… Les cercueils en papier lient Méline à ces meurtres, et donc au vaudou.

— Alors quoi, nous devons chasser des démons ? ironisai-je en expirant bruyamment.

— En quelque sorte… Certains hommes en sont, avec ou sans vaudou, murmura Rachelle en fixant le sol.

— Qu'allons-nous faire exactement ? J'ai besoin de concret. Je suis désolé si je vous parais brutal, mais je n'ai pas de temps à perdre.

— Très bien, consentit la jeune femme en m'offrant un regard déterminé. Nous devons comprendre le rôle de la Tombe joyeuse dans ces crimes. Ce n'est pas un hasard si les victimes ont toutes été prises en photo devant cet orphelinat. J'ignore encore pourquoi cet établissement semble être la pièce maîtresse du puzzle, mais nous allons le découvrir, croyez-moi.

— Et quoi ? Nous allons sur place visiter un orphelinat fermé depuis des décennies en espérant trouver une réponse au milieu des planches pourries ou des herbes folles ?

— Non, il y a quelqu'un qui surveille les lieux, et mon père pensait que cet homme était le tueur à la machette. On ne peut pas courir le risque, pas encore, pas avant d'avoir compris.

— Vous en doutez ?

— Qu'il s'agisse de l'assassin ? Dans ce cas, pourquoi ne nous aurait-il pas attaqués ? Il lui suffisait de nous laisser pénétrer dans la maison et de nous prendre par surprise. Le quartier de la Tombe joyeuse est désert, à part quelques baraquements alentour… Nous étions des cibles faciles pour lui. Un ancien militaire armé d'une machette et a priori capable de se faufiler dans des maisons, de déjouer les systèmes d'alarme et de maîtriser deux personnes aurait pu se débarrasser de nous sans aucun problème. Il s'est juste contenté de nous observer.

— Dans ce cas, que voulez-vous faire ? m'impatientai-je.

— Nous allons rendre visite à quelqu'un d'autre, qui connaît l'histoire de cet orphelinat bien mieux que quiconque.

— Qui est-ce ?

— Une vieille femme, une *mambo*.

— Une *mambo* ?

— Une prêtresse vaudoue, précisa Rachelle.

— Vous êtes sérieuse ? m'exclamai-je. Vous croyez vraiment qu'une prêtresse va nous aider à découvrir la vérité ? Que fait-elle de spécial, cette… *mambo*, elle lit l'avenir dans les entrailles de poulet ?

— Vous êtes peut-être sceptique en ce qui concerne le vaudou et ses légendes, Vincent, mais cela ne signifie pas qu'il n'existe pas. Ne commettez pas la même erreur que mon père…

16

Haïti, 1984

Une lueur étrange brillait au fond de leurs regards.

Une lumière peu visible, mais il suffisait de fixer leurs yeux pour comprendre que leur innocence était en train de se consumer. La famille représente le seul lien avec l'enfance. Une fois les spectres de cette vie passée évanouis, il ne reste que les souvenirs, à condition bien entendu que l'on souhaite les garder au fond de nous. Et voilà justement ce que les six ne voulaient pas : garder au fond de leur mémoire et de leur cœur les images de ces fantômes qui n'avaient pas hésité à se débarrasser d'eux en les vendant comme du vulgaire bétail.

Ils n'échangèrent que peu de phrases à ce sujet. Chacun garda ses secrets et les étouffa, jusqu'à les réduire au silence. La colère et la détermination qui les animaient flamboyaient tels des bûchers destinés à brûler le passé.

Les six étaient tous réunis dans la chambre, silencieux. Le soleil bas perçait à travers la grande fenêtre, donnant vie aux couleurs de verre. Il y en avait partout. Contre les murs, le sol, leurs bras et leurs jambes. Mickaël tentait de les éviter en se déhanchant au milieu des rayons lumineux, comme s'il s'agissait de traits mortels. Les autres le regardaient, amusés, et pariaient sur ses chances d'atteindre la fenêtre sans mourir dans des conditions atroces.

— Lucien ?

— Oui ?

Victor et Lucien étaient assis sur leurs matelas, à l'écart des rires et des encouragements.

— Tu veux venir avec moi, juste un instant ?

— Tu veux aller où ? s'enquit l'aveugle.

— Dans le couloir.

— D'accord.

Les deux garçons se levèrent et passèrent la porte. L'obscurité du couloir les accueillit. Voilà pourquoi aucun des enfants n'aimait cet endroit. À chaque fois qu'ils s'y trouvaient, ils hâtaient le pas pour le traverser le plus rapidement possible. Les ténèbres, les statues silencieuses, le craquement du parquet, autant d'éléments prêts à réveiller les peurs les plus enfouies.

Lucien avait une main posée sur l'épaule de son ami. Il se souvint de la première fois qu'il avait effectué ce geste. C'était le soir de leur arrivée à la Tombe joyeuse. Cela lui sembla si loin…

Victor l'accompagna jusqu'à la statue de Blasius puis dirigea la main libre de son ami contre le visage en bois.

— Tu le connais ? demanda-t-il en guettant sa réaction.

Lucien, en équilibre sur la pointe des pieds, caressa les aspérités et le relief de la sculpture.

— Oui.

— Tu sais qui c'est ?

— Non. Je l'ai juste rencontré une fois, pendant que je faisais la manche, admit Lucien.

— Tu lui as touché le visage ?

— Oui, c'est pour ça que je m'en souviens. Je me souviens de tous les visages que je touche, c'est ce que font les aveugles.

— Je le connais aussi, avoua Victor. D'où je viens, c'est un personnage dangereux et craint par tout le monde.

— Ah bon ?

Le garçon attrapa avec douceur la main de son compagnon et la posa sur son visage, là où sa cicatrice entamait son interminable descente.

— C'est lui qui m'a fait ça. Il m'a puni parce que ma grand-mère n'avait pas assez d'argent pour payer le loyer de notre cabane, prononça-t-il faiblement.

— Je suis désolé…

— Ce n'est rien, j'y suis habitué maintenant. Comment l'as-tu rencontré ?

Lucien raconta alors ce jour étrange où son chemin avait croisé celui de Blasius. C'était un après-midi, en été. Le garçon avait trouvé un emplacement dans les rues de la capitale. Il avait choisi cet endroit un peu par hasard. Parce que les trottoirs larges n'arboraient pas de crevasses par lesquelles il risquait de chuter, mais aussi parce que le son du piano qui s'échappait d'un bar lui permettait de penser à autre chose. Il n'était pas resté longtemps, quelques jours, car d'autres enfants le menaçaient de représailles s'il ne décampait pas d'ici la fin de semaine. Il profita de ce délai pour ne faire qu'écouter la musique, tendant la main de temps à autre, sans réelle conviction ni envie. Alors qu'il s'apprêtait à rentrer, il perçut des pas s'approcher de lui. Il ouvrit la paume, se disant que peut-être il tomberait sur un généreux touriste, mais celle-ci resta en suspens sans qu'aucune pièce ou aucun billet vienne la nourrir. Pourtant, il le sentait, la présence se tenait toujours devant lui, immobile et silencieuse.

— Une petite pièce pour manger ?

Mais là encore, il ne rencontra que le silence. Alors, d'un geste rapide, Lucien se saisit de sa canne qui dormait à ses côtés et balaya l'obscurité.

— Du calme, mon garçon, je ne vais pas te voler, prononça un homme d'une voix puissante.

— Qu'est-ce que vous voulez alors ? s'enquit le gamin, quelque peu effrayé par la menace latente qui se dégageait de cet inconnu.

— Tu aimes le son du piano ?

— Ou…Oui, monsieur.

— Tu ne peux pas rester ici, c'est le territoire des enfants de Cité-Soleil.

— Je ne reste pas, c'était ma dernière journée ici, je vais partir, expliqua Lucien, la voix tremblante.

— Bien… De toute manière, il n'y aura bientôt plus de musique ici, déclara l'homme sans plus de précision. Tu ferais mieux de te trouver un autre endroit.

— Oui, monsieur.

— Tu sais qui je suis ?

— Non… non, désolé, s'excusa le garçon, certain que sa réponse ne plairait pas à l'inconnu.

— Très bien. Donne-moi ta main, lui ordonna celui-ci.

Lucien hésita. Que lui voulait cet homme ? D'étranges vibrations émanaient de lui, de ses paroles, de ses silences. Le garçon tendit fébrilement la main. Il avait l'impression d'effectuer ce geste en direction d'un chien puissant sans savoir si celui-ci allait le mordre ou le lécher…

L'homme l'attrapa et dirigea sa paume contre son visage. Surpris, Lucien mit quelques secondes à comprendre ce qu'exigeait de lui cet adulte. Puis, lentement, en tentant de retenir ses tremblements, il caressa le visage et dessina la carte de son profil dans sa mémoire.

— Je suis Blasius, mon garçon. Un jour, nous nous recroiserons.

Puis ce Blasius sortit un billet de sa poche et le déposa dans la main du garçon.

— Va-t'en maintenant, laisse le feu éteindre la musique…

— Pourquoi il y a une statue de lui dans cette maison ? demanda Lucien d'une voix tremblante quand il eut terminé son récit.

— Je n'en sais rien, mais ce n'est pas bon signe. Je… Lucien, retourne avec les autres, je vais… je vais revenir rapidement, il faut juste que je trouve quelque chose.

— Je peux t'aider ? demanda le garçon.

— Tu l'as déjà fait. Va toucher la fenêtre, je sais que tu aimes essayer de deviner les couleurs… avec Sélène.

Les joues de Lucien s'empourprèrent légèrement. Mais il ne ressentit aucune envie de nier.

— Elle est très jolie, ajouta Victor en souriant, et elle t'aime beaucoup…

À peine trois minutes plus tard, le garçon entrait dans la chambre d'Anatole.

— Quoi de neuf, Vic ?

Le plus ancien des membres de la Tombe joyeuse était allongé sur son lit, un jeu de cartes déployé sur son torse.

— J'ai besoin de toi.

— Qu'est-ce qui se passe ?

— Le directeur reçoit les journaux tous les jours ? lui demanda Victor.

— Oui, affirma Anatole. Il les lit en fumant dans son bureau, juste avant le déjeuner.

— Qu'est-ce qu'il en fait ensuite ?

— Il les stocke à la cave. Le vieux aime bien tout garder, remarqua le garçon en haussant les sourcils.

— Viens, tu vas m'aider.

— Qu'est-ce que j'y gagne ?

Anatole s'était redressé, soudainement intéressé par l'hypothèse d'un gain facile à obtenir. Victor réfléchit quelques secondes, peu étonné par la question. Il avait souvent entendu cette requête dans la rue. Quand des gangs de la capitale le menaçaient de le dégager de son emplacement, quand les policiers lui promettaient de l'embarquer s'ils le croisaient de nouveau dans la rue à errer autour des touristes, quand Blasius lui expliquait qu'il ne pourrait pas toujours laisser sa grand-mère habiter à crédit sur son territoire… Et à chaque fois, à la fin de ces diatribes, survenait la question : qu'est-ce que j'y gagne ? Et à chaque fois, Victor promettait de payer et réduisait ainsi à peau de chagrin ses bénéfices de la journée. Mais ici, l'argent ne servait à rien. Le garçon savait ce qui intéresserait Anatole.

— La *mambo*… J'irai toucher la grille demain, affirma-t-il.

— Merde ! Ça doit être important ! s'exclama Anatole en sautant hors du lit. OK, mais il vaut mieux se dépêcher avant que les visiteurs arrivent.

— Les visiteurs ? s'étonna Victor qui ignorait qu'une visite était prévue.

— Ce sont simplement des amis du directeur, ils jouent aux cartes et ils boivent beaucoup jusqu'au lendemain, expliqua le garçon face à la mine circonspecte du membre des six. Mais il ne veut voir personne hors des chambres, pas avant qu'ils soient tous partis.

— Magnons-nous ! lança Victor en sortant de la chambre.

Les deux enfants atteignirent le rez-de-chaussée sur la pointe des pieds. Ils n'avaient croisé personne.

— Le vieux doit préparer le rhum et les cigares, supposa Anatole tandis qu'ils traversaient la grande pièce.

Ils descendirent dans le couloir, à l'extrémité duquel la porte rouge dormait paisiblement.

— Par là, dans le cagibi, indiqua Anatole en désignant du doigt un recoin obscur difficilement perceptible.

La minuscule pièce ne possédait pas de porte et donnait directement sur le couloir. Une odeur, mélange d'humidité et de moisissure, enrobait la faible lueur de l'ampoule nue du plafond.

— Tiens, regarde !

Il y avait une bonne dizaine de piles de journaux posées à même le sol. Chaque amoncellement leur arrivait à la taille et menaçait de s'effondrer.

— Bordel, on n'aura jamais le temps ! pesta Anatole. Il faut chercher quoi ?

— Je… je crois que ça remonte à six mois… C'était en première page.

— Six mois ! *Fout toné*, Victor ! On va se faire prendre ! T'es malade ! Rien que déplier tous les journaux et les remettre en place pour que le directeur ne se rende compte de rien va nous prendre au moins une heure !

— Non… attends, l'interrompit Victor. Le directeur descend ici ses journaux toutes les semaines, c'est ça ?

— Oui, le dimanche, quand on nettoie son bureau, précisa le garçon.

— Dans ce cas, il devrait être dans cette pile, c'est la plus proche, déduisit Victor en s'en approchant, et il en tira un journal au hasard.

Avril.

— Non, pas assez loin.

Il en choisit un autre, situé dans le bas, et eut plus de mal à soulever le tas.

Février.

— On doit y être, aide-moi, soulève les journaux du dessus !

Anatole déplaça la pile de papiers en pestant contre son poids. De son côté, Victor avait déjà commencé à étaler les exemplaires du mois de février sur le sol.

— Vas-y, trouve celui où l'on parle de la mort d'un enfant découpé en morceaux !

— Quoi ? s'exclama Anatole en suspendant sa main au-dessus d'un journal.

— Il me faut la photo, je me souviens qu'elle y était, ma grand-mère avait trouvé le journal dans la rue et l'avait laissé traîner dans la cuisine.

— Mais de quoi tu parles ?

— De Blasius, putain de merde ! cracha Victor en inspectant les unes.

— Blasius ?

— Laisse tomber ! Contente-toi de chercher !

— Tu m'emmerdes, le balafré ! Tu as intérêt à lui lécher le cul, demain, à la *mambo* !

Les deux garçons fouillèrent frénétiquement, ne se souciant plus ni de l'odeur ni du bruit qui risquait de les trahir. Victor relevait de temps à autre la tête en direction de la porte rouge, comme s'il avait surpris un bruit provenant de l'intérieur de cette pièce interdite, puis se replongeait dans sa quête, déterminé à quitter ce couloir qui ne lui inspirait rien de bon.

— Je l'ai ! « Dépeçage d'un enfant à Cité-Soleil » ! C'est qui le patron ? se félicita Anatole en tendant l'exemplaire à Victor.

— Bien joué ! Vite, remettons tout ça correctement en place et cassons-nous !

Victor traversa le couloir en prenant soin de ne dévisager aucune des statues somnolentes. Il serra les dents et se concentra sur les rires qui résonnaient dans la chambre.

Ses amis furent surpris de le voir arriver en sueur. Tout comme ils se demandèrent ce qu'il tenait avec tant de soin dans la main droite.

— Venez tous ! lança-t-il sans même jeter un regard à Mickaël qui exécutait à présent des pas de danse traditionnelle, s'appliquant toujours à ne toucher aucune des flèches colorées.

Ils se réunirent autour de lui et observèrent la photo de mauvaise qualité imprimée au centre de la page. On y voyait un homme, debout devant un bidonville, qui exhibait fièrement une kalachnikov. La photo le montrait en gros plan à partir de la taille, et l'inconnu ne portait ni lunettes ni chapeau, mais souriait d'un air lugubre.

— Avez-vous déjà vu cet homme ? demanda-t-il en fixant ses compagnons.

La première à prendre la parole fut Doriane. Elle brisa le silence pesant d'une voix hésitante.

— Oui… Je crois qu'il est venu chez nous une fois, pour parler avec nos parents.

— Mo…moi… je… je l'ai v…vu aussi, bégaya Damien.

— Merde, je le connais, cet enfoiré a fait pleurer ma mère, pesta Mickaël, encore essoufflé par ses efforts. C'est qui ?

— J'ai bien peur que ce soit cet homme, Blasius, qui nous ait vendus à l'orphelinat… Et connaissant sa réputation, ce n'est pas une bonne nouvelle.

Victor ne croyait pas si bien dire.

Quelques heures plus tard, alors que chacun était endormi dans son lit, des phares de voitures éclairèrent la grille de la Tombe joyeuse.

17

Haïti, 11 janvier 2010
La veille du séisme

Nous nous mîmes en route sans attendre.

Je replongeai à regret dans cette atmosphère suffocante aux relents d'essence, de plastique brûlé et d'odeurs indéchiffrables. Dans les rues, des gamins en haillons, aux visages à la fois tendres et menaçants, tendaient les mains, s'approchaient des voitures aux feux rouges ou mendiaient en implorant les hommes et les dieux. Les adultes déambulaient sur cette terre poussiéreuse en ne semblant pas les voir, comme si, déjà à cet âge, ces enfants étaient devenus des fantômes inutiles.

Les vitres de la voiture ne nous protégèrent pas plus du bruit qui régnait dans la ville. S'y mêlaient cris, klaxons, injures (parfois sans destinataire), grondements de moteurs, musique criarde échappée d'appartements en ruine, psalmodies des vendeurs ambulants récitées tour à tour en français, en créole, en anglais… À l'angle d'une rue, un attroupement attira mon attention. Une foule dense s'était regroupée en cercle et hurlait des encouragements en se penchant légèrement vers ce que je ne pouvais voir.

— Que se passe-t-il ? demandai-je à Rachelle qui conduisait sans se soucier de l'animation.

— Quoi ? Oh, c'est une gaguère…

— Une gaguère ?

— Oui, c'est une enceinte où l'on peut parier sur les combats de coqs. C'est un sport national ici, présent sur l'île depuis le XVIIe siècle. Mon père m'y emmenait de temps en temps, mais je n'ai jamais été fan, je faisais juste semblant pour lui faire plaisir.

Après quelques minutes d'errance dans la fournaise de cet enfer babélique, les rues et leurs trottoirs gangrenés s'espacèrent. Des grappes de constructions faméliques à base de pierres, de toile de jute et de tôle ponctuaient l'horizon et notre avancée vers la maison de la *mambo*.

— Nous ne sommes plus très loin, affirma Rachelle.

— Je ne comprends toujours pas la raison pour laquelle nous devons rendre visite à cette…

— *Mambo*.

— Oui, *mambo*.

— Parce qu'elle a toujours vécu en face de l'orphelinat. C'est une vieille dame, j'ignore son âge, mais elle est très âgée. Elle pourra nous parler de la Tombe joyeuse, de votre beau-père et des six… Si elle ne nous apprend rien, nous serons dans une impasse.

— Et pourquoi ne pas interroger cet homme à la machette ? Pourquoi ne pas le livrer à la police ? m'impatientai-je, ne comprenant pas pourquoi nous ne pouvions demander de l'aide aux forces de l'ordre.

— Bon sang, vous n'êtes pas en France ! rétorqua la jeune femme, tout n'est pas aussi simple ! « Bonjour, messieurs les policiers, j'ai rencontré un homme avec une machette dans une rue, je pense qu'il a tué plusieurs personnes et que cela a un lien avec un orphelinat inauguré par notre ancien président, Jean-Claude Duvalier… Ah ! dernière précision, les pots-de-vin dans l'administration, c'est mal ! » Vraiment ? Vous êtes sérieux ? Vous voulez qu'on nous enferme ?

— C'est sûr que ce n'est pas la France, répliquai-je en observant par la vitre le paysage aride et déprimant.

— Pour info, lâcha Rachelle d'une voix méprisante, c'est votre pays qui a accueilli Baby Doc, ce dictateur, cet assassin ! C'était en 1986, ce n'est pas si loin. Votre cher pays lui a offert l'asile politique alors que nous crevions de faim. Tout n'est pas parfait chez vous non plus !

Je ne compris ma maladresse que trop tard. Je venais, sans en avoir conscience, de critiquer un pays que je ne connaissais pas, devant une personne qui y survivait quotidiennement. Les quelques instants de vie que j'avais saisis dans les rues auraient dû me faire réaliser les difficultés de cette population et me faire réfléchir au courage qu'il fallait pour se lever chaque jour et se battre ainsi.

— Écoutez… je suis désolé, tentai-je de m'excuser. C'était déplacé et…

— Ça va, n'en parlons plus, coupa Rachelle. Nous devons découvrir pourquoi mon père et votre femme ont été assassinés. Alors gardez vos réflexions de Blanc supérieur et votre amnésie historique pour vos soirées entre potes.

J'acceptai la correction et laissai plusieurs minutes s'écouler avant d'émettre la moindre parole. Je m'en voulais d'avoir été aussi peu respectueux et ne lui reprochais nullement de m'avoir répondu sèchement.

Au contraire, ce franc-parler et ce caractère que je soupçonnais tempétueux et déterminé me rassurèrent. Et si sa colère avait éclaté en quelques phrases, elle se calma presque immédiatement.

— Vous travaillez, Rachelle ?

— Oui, dans une association. Nous nous déplaçons dans les orphelinats de la région pour vérifier les installations, m'expliqua-t-elle d'une voix apaisée.

— Comme Méline, prononçai-je avec difficulté.

— Oui… comme Méline.

— Il y a beaucoup d'orphelinats ici ?

— Plus de sept cents. La majorité de ces « maisons d'enfants » se trouvent dans notre département, c'est pour cela que toutes les organisations d'entraide sont installées dans la capitale. Je suis certaine que si tous les enfants présents dans les orphelinats se mettaient à chanter en même temps, leurs voix couvriraient le brouhaha de la ville ! Le problème est que sur ces sept cents orphelinats, quatre-vingt-dix pour cent fonctionnent en dehors du cadre légal et ne sont pas contrôlés.

— Comment est-ce possible ?

— Il faut juste posséder un lieu d'accueil – une maison, même de taille moyenne, suffit – et trouver des enfants. La déclaration n'est pas obligatoire. Ensuite, le trafic commence et pour ne pas être embêté par la réglementation, il faut simplement verser de quoi contenter les autorités ou les gangs du quartier. Il y a des orphelinats importants qui fonctionnent ainsi depuis une trentaine d'années, sans aucune accréditation.

— Pourquoi ne pas les dénoncer ?

— Parce que le trafic d'enfants est un marché juteux. C'est une matière première inépuisable ici. Vous les avez vus, tout à l'heure. Un enfant acheté à sa famille, lorsqu'il n'est pas simplement enlevé dans la rue, coûte une centaine de dollars. À la revente, il en rapporte plusieurs dizaines de milliers. Trouvez-moi un produit avec une marge aussi conséquente…

— C'est horrible.

— Oui, mais c'est une réalité. Haïti est la mère nourricière de sa propre honte. C'est une putain qui engendre, délaisse puis revend son propre futur.

— Et que faites-vous dans ces orphelinats ?

— Officiellement, nous expliquons aux propriétaires la démarche à suivre pour placer les enfants dans des familles d'adoptants. Mais le processus est long et fastidieux, surtout quand l'établissement n'est pas homologué. Tous choisissent de créer leur propre processus, se limitant la plupart du temps à un entremetteur qui contacte les clients potentiels ou les organisations religieuses étrangères, qui au passage touchent un bénéfice sur la vente.

— Et officieusement ?

— On pénètre à l'intérieur et on évalue la santé des gamins. S'ils sont bien nourris, s'ils ne dorment pas dans des conditions déplorables, s'ils ne sont pas maltraités… Souvent, les nuits qui suivent ces visites sont compliquées.

Soudain, je pris conscience qu'une personne importante dans l'accident de ma femme n'avait pas encore été citée depuis mon arrivée. Je m'étonnai de l'avoir oubliée, même si toutes mes pensées étaient dirigées vers Méline.

— Rachelle, avez-vous contacté la famille de Sybille ?

— Sybille ?

— Oui, la jeune femme qui était dans la voiture avec Méline. Elles étaient très amies.

— Non, je… je ne pense pas qu'elle ait à voir avec ce qui nous intéresse. C'est triste pour elle, mais je crois qu'elle n'est qu'un dommage collatéral, qu'elle se trouvait au mauvais endroit au mauvais moment. Elles se connaissaient depuis longtemps ?

— C'est Sybille qui a proposé à Méline de l'accompagner, pour aider les enfants.

— Regardez, c'est ici, me coupa-t-elle en ralentissant.

À peine venions-nous de tourner à l'angle d'une route caillouteuse que l'immense maison se profila à son extrémité. J'avais déjà observé des photographies de ce genre de construction durant mes études en architecture, mais découvrir de visu une maison *gingerbread* de cette taille me coupa le souffle. Tandis qu'autour de nous tout n'était qu'aridité, désolation et pauvreté, la Tombe joyeuse s'élevait, majestueuse, telle une vieille femme lumineuse et resplendissante, ayant vaincu toutes les épreuves de la vie. Sa base en pierre était subtilement rehaussée par une construction en bois qui courait tout le long de sa façade jusqu'au large bandeau coloré de la toiture. Le garde-corps de la coursive du premier étage présentait des dizaines de balustres en bois sculpté, partiellement ternies par le soleil et le temps. Les volets fermés dont certaines lames manquaient à l'appel ne devaient pas mesurer moins de deux mètres. Mais ce qui attira immédiatement mon regard, bien plus que l'épaisse porte aux dimensions impressionnantes, la galerie basse qui courait sur le flanc droit de la maison ou les corbeaux complexes qui supportaient le toit, ce furent les éclats de lumière provenant de la plus haute fenêtre, située en façade du dernier étage. Certes, la majeure partie de la structure manquait, mais le soleil se réverbérait contre les quelques éclats de verre toujours incrustés dans le cadre en acier et renvoyait des scintillements multicolores.

— Ce vitrail devait être magnifique, murmurai-je, ébahi par la taille de cette construction de forme ogivale. Il a dû nécessiter des heures et des heures de travail !

— On dirait la gueule grande ouverte d'un monstre prêt à nous dévorer, non ?

— Cette maison est… une œuvre d'art !

— Mouais, maugréa Rachelle en se détournant. Venez, ça se passe par ici…

De l'autre côté de la rue, une fragile cabane constituée de parpaings et de planches nous dévisageait. La façade était ornée de nombreuses inscriptions en créole, la plupart de couleur rouge-brun. L'idée de demander s'il s'agissait de peinture ou de sang disparut aussi rapidement qu'elle était apparue. La réponse à cette question risquait de m'effrayer bien plus que l'ignorance.

— Elle nous attend, je l'ai prévenue de notre visite, m'apprit-elle.

— C'est ici qu'habite la prêtresse la plus puissante du pays ? m'étonnai-je en constatant la vétusté de la construction.

— Oui, depuis toujours, et ne vous fiez pas aux apparences, pour cette maison comme pour la femme qui y vit. Elle est très reconnue, ne la sous-estimez pas et ne lui coupez pas la parole, elle déteste cela. Venez.

Rachelle secoua avec douceur le carillon suspendu à côté de la petite grille de la cour. En m'approchant, je constatai que ce carillon avait été fabriqué à l'aide de morceaux de verre multicolores, au nombre de six, chacun d'un diamètre d'environ cinq centimètres. Les morceaux de vitrail, liés les uns aux autres par une ficelle, étaient d'une épaisseur peu commune. Je me retournai une dernière fois en direction de la Tombe joyeuse pour observer la fenêtre éventrée. La provenance des vitraux présents sur ce carillon ne faisait aucun doute.

Après peut-être une minute d'attente, la porte de la cahute s'entrouvrit. Ce signe sembla être une invitation à pénétrer plus en avant, car Rachelle leva le bras en fer du portillon et s'engagea dans le jardin en friche.

À peine venions-nous d'atteindre le porche qu'une femme d'âge mûr à la peau aussi sombre que la nuit se présenta devant nous. Elle ouvrit grand les bras et enlaça Rachelle avec une joie non feinte. Puis la *mambo* se tourna vers moi et m'offrit une étreinte qui me laissa sans voix.

— Entrez, ici on mange les hommes blancs sans aucun coup de soleil ! sourit-elle avant de laisser échapper un rire sonore.

J'ignorais pourquoi, mais je repensai immédiatement à la gueule grande ouverte de la Tombe joyeuse qui se dressait dans mon dos, de l'autre côté de la rue, et ne sus si la *mambo* plaisantait vraiment.

LA MAMBO

1

Haïti, 1984

Sélène rêva.

Elle rêva que durant la nuit, un fantôme venait la réveiller en déposant son index contre ses lèvres pour lui intimer de rester silencieuse. Elle se concentra et sentit un goût étrange dans sa bouche, comme cette première fois où son père y avait déposé une larme de rhum pour calmer sa dent douloureuse.

Sélène rêva que le fantôme la soulevait, lui donnant l'impression de n'être qu'un songe entre les bras d'un géant. Elle voulut bouger, tendre le bras en direction de Lucien qui dormait plus loin, mais n'y parvint pas. Ses membres lui semblèrent soudainement lourds, comme transformés en ces statues qu'elle dépassait maintenant. Immobile, incapable de parler, elle se sentait prisonnière, non pas du fantôme, mais de son propre corps. Elle avait une parfaite conscience du temps, de l'espace, de la respiration du spectre qui s'échouait contre le sommet de sa tête, de la lumière endormie et du silence de la Tombe joyeuse. Tout comme elle reconnut ensuite la grande pièce dans laquelle elle partageait ses repas avec ses amis.

Les bras vaporeux de son guide la soutinrent jusqu'à la cave. La fraîcheur et l'odeur d'humidité lui pincèrent les sens, mais son front refusa de se plisser de dégoût. Ses yeux restèrent figés, incapables de se fermer totalement comme elle l'aurait tant souhaité. Le couloir l'avala et la dirigea vers la porte rouge. Sélène eut l'impression que cette porte allait la dévorer, l'absorber pour nourrir sa peinture du rouge de son sang. Mais elle s'ouvrit, lentement. Une odeur d'encens se dégagea de l'interstice, tandis que des visages curieux, aussi fixes et inexpressifs que les figures en bois du dernier étage, l'observaient dans la pénombre.

Puis, derrière elle, la porte se referma en un claquement discret. Le fantôme la déposa au centre de la pièce circulaire, au milieu des candélabres, sur un tapis qui lui sembla épais et confortable. Les curieux, rassemblés en un cercle parfait, se rapprochèrent alors, tels des monstres assoiffés de sang…

— Tu… tu es sé…sérieux ? demanda Damien, les yeux grands ouverts.

Le déjeuner venait à peine de se terminer. Les six se tenaient sous l'ombre protectrice du large mapou de la cour, debout côte à côte, telle une équipe de football durant l'hymne national. Leurs regards étaient tournés en direction de la fragile maison située de l'autre côté de la route.

— Oui, je l'ai promis, répondit Victor.

— Tu sais ce qu'est une *mambo* ? l'interrogea Doriane.

— Oui, je le sais très bien… À Cité-Soleil, on ne rigole pas avec le vaudou, déclara-t-il en songeant aux mises en garde de sa grand-mère.

— Et si elle te voit ? intervint Mickaël en grimaçant.

— Elle… elle t…te je…ttera un sort.

— Peut-être pas, Damien, pas si je suis assez rapide, assura Victor, sans grande conviction. Tu en penses quoi, Sélène ?

Depuis le matin, la jeune fille avait été très discrète, presque transparente. Sa sœur l'avait remarqué, mais ne l'avait pas questionnée. Il arrivait que sa jumelle se perde dans des mondes qui lui étaient propres pour en ressortir quelques heures plus tard. Elle agissait déjà ainsi bien avant que leur frère arrive, et cela continua après sa disparition. Au début, pour leurs parents, ces absences s'expliquaient par le simple fait que leur fille, en tant que *marassa*, se retranchait dans des sphères inconnues de l'esprit où elle pouvait communiquer avec les divinités vaudoues les plus puissantes. Ces silences, qui prouvaient la supériorité de sa naissance gémellaire, rendirent envieux les voisins, et jamais ils n'osèrent lui en faire reproche. Mais la mort de leur fils ancra en eux la certitude que ces silences n'étaient en fait rien d'autre que le symbole de sa culpabilité, au point d'assourdir le peu d'amour qui bruissait dans leur cœur pour le remplacer par la haine, de chasser de leur existence les deux jeunes filles et leur supposé fratricide.

Seulement, Doriane avait également remarqué les cernes inédits sous les yeux de sa sœur. Et cela l'inquiétait.

— Je… je n'en sais rien, murmura fébrilement Sélène.

Malgré l'apparente assurance du plus costaud d'entre eux, tous sentaient que Victor croyait suffisamment à la sorcellerie pour regretter sa promesse. Mais ce que

Damien comprit, c'était que cette promesse avait également été prononcée pour eux, dans le but de découvrir ce qu'ils faisaient tous ici et quel rapport cela avait avec la statue de Blasius. Le garçon aurait aimé trouver les paroles pour l'encourager, mais son handicap aurait donné à ses phrases une tout autre signification. Aussi se contenta-t-il de poser une main sur son épaule.

Anatole retrouva le petit groupe. À les voir ainsi, debout et immobiles face à la grille, il aurait pu penser que la peur les paralysait tant (cette même peur qu'il ressentait lorsqu'il s'imaginait traverser la route et toucher du bout des doigts la propriété de la *mambo*) qu'ils s'étaient à leur tour transformés en statues, pris au piège du sort jeté par la sorcière qu'ils ne voyaient jamais.

— Qu'est-ce qu'elles signifient, toutes ces inscriptions ? demanda Doriane en se lovant contre sa sœur.

— Des protections, sans doute, supposa Mickaël.

— Alors, mon cher Victor, prêt à honorer ta promesse ? les interrompit le plus âgé des pensionnaires.

Victor ne répondit pas immédiatement. Sa cicatrice s'était réveillée et le brûlait presque autant que lorsqu'elle avait été déposée sur sa joue par la pointe chauffée à blanc d'une machette. Il regarda Anatole, pensa un court instant à revenir sur ses paroles, mais se contenta de baisser la tête et de murmurer :

— Une promesse est une promesse.

Malgré ses mots, malgré sa volonté d'en finir rapidement, il fut incapable de bouger. Une voix qu'il s'évertuait à oublier depuis qu'il avait lu la lettre monta doucement en lui : *Il ne faut jamais te moquer ou offusquer une* mambo *! Elle a les dieux avec elle et connaît tous les secrets du vaudou, même les plus sombres…*

— C'est un piège.

— Quoi ? s'étonna Victor en observant Sélène.

Il ne l'avait jamais vue si épuisée… Il arrivait à peine à percevoir ses paroles.

— Tout cela est un piège, répéta Sélène, le teint blafard, sans donner l'impression de s'adresser à quiconque si ce n'était à elle-même.

Un hourvari rempli de poussière balaya soudainement les silhouettes des enfants. Tous se tournèrent pour éviter la bourrasque de vent qui disparut aussi rapidement qu'elle s'était levée.

C'est la mambo *qui l'envoie, elle ne veut pas que l'on s'approche*, ne put s'empêcher de songer Victor.

— Écoute, Anatole, peut-être que nous ne devrions pas…

— Une promesse est une promesse, répéta Anatole en s'approchant du balafré qu'il n'avait jamais vraiment apprécié.

La morsure de son poing restait gravée dans sa chair malgré les jours passés et les faux sourires qu'il lui avait adressés depuis, en serrant très fort la mâchoire pour contenir sa rancœur.

— Si tu ne le fais pas, il y aura des répercussions… sur chacun d'entre vous, assura-t-il en toisant son vis-à-vis.

Victor savait qu'il ne blaguait pas. En tant que plus ancien, il connaissait tous les rouages de l'orphelinat. Et plus que toute autre menace, le fait d'être proche du directeur lui apportait un avantage qu'il pouvait détourner comme bon lui semblait. Aucun membre des six n'osa prononcer le moindre mot. Ils observaient la scène en priant pour qu'elle ne dégénère pas et que les deux garçons ne se jettent pas l'un sur l'autre, car, déjà, les poings d'Anatole se contractaient, prêts à frapper.

— Tu m'as cogné une fois, parce que je t'ai laissé faire, continua-t-il, mais si tu ne vas pas toucher cette putain de grille, je te donne la plus grosse correction de ta vie.

— C'e…c'est b…bon, j'y v…vais.

Anatole jeta son regard haineux contre le visage de Damien.

— Toi ? Le bègue ? s'étonna-t-il.

— Ou…oui.

— Tu veux y aller à la place de cette poule mouillée ? C'est ça ?

— Ne l'appelle pas comme ça ! lança Doriane.

— Oui, et tu… tu nous fou…foutras la paix après.

— Que c'est amusant ! railla Anatole en fixant un à un les membres des six. Tant de solidarité ! C'est d'accord, consentit le garçon, j'accepte ! À une condition.

— Qu'est-ce que tu veux encore ? lâcha Victor d'une voix lasse.

— Tu devais toucher la grille de la *mambo*… mais pour toi, Da…da…da…Damien, et puisque tu veux honorer la promesse d'une poule mouillée, ce ne sera pas suffisant. Tu devras toucher la porte de la maison.

Les six se tournèrent vers Anatole qui, fier de son effet, souriait à pleines dents.

— Enfoiré ! lâcha Mickaël. Il est hors de question que Damien risque de…

— C'e… c'est d'ac… d'accord, intervint celui-ci. Je… je vais le… le faire.

Sous les regards ébahis des enfants, Damien se retourna et ouvrit la grille épaisse de la Tombe joyeuse.

Arrivé sur la route, il soupira un grand coup pour se donner du courage. Il devinait les yeux de ses amis posés sur son dos et entendait leurs conseils s'élever et s'éteindre comme le hourvari apparu plus tôt.

— Tu fonces, tu touches la porte et tu reviens en courant ! lui lança Victor.

Face à lui, à quelques mètres, la grille fragile et rouillée de la maison se dressait comme un obstacle insurmontable. Juste derrière, allongé sur le flanc, le chien de la sorcière semblait mort. Damien ne doutait pas que dès le portail franchi, il reviendrait à la vie pour lui sauter à la gorge. Mais il n'avait plus le choix maintenant. Il s'était porté volontaire. Ses amis, bien plus importants et solidaires que son ancienne famille, lui faisaient confiance, à lui, le bègue que personne auparavant ne souhaitait entendre.

Le garçon avança et posa une main sur le loquet. Le chien ne bougeait toujours pas. Son poitrail se soulevait et se baissait de manière chaotique, comme s'il tentait de retenir sa respiration pour duper sa proie. Damien observa la maison quelques secondes. Aucun bruit, aucun mouvement ne s'échappait de l'unique fenêtre à croisillons. Seules les incantations peintes sur les murs trahissaient une présence humaine.

Lentement, ses doigts levèrent le loquet et poussèrent la grille.

Derrière lui, Anatole perdit de sa superbe en comprenant que le bègue venait de réaliser ce qu'aucun gamin n'avait osé jusqu'à présent, lui y compris.

— C'est un piège, murmura une nouvelle fois Sélène.

Mais personne ne l'entendit. Tous étaient trop concentrés sur l'avancée de Damien pour percevoir ses paroles prophétiques.

Anatole hésita à demander au bègue de revenir, à lui dire qu'il en avait assez fait pour racheter la promesse de Victor. Mais il n'en fit rien, hypnotisé par le courage du garçon.

— Tout cela est un piège, cet orphelinat…, répéta Sélène.

Damien posa un pied sur la pelouse moribonde. Il ne pouvait défaire son regard du chien allongé à quelques centimètres de lui.

Mais il était trop près du but pour reculer à présent.

Dans un ultime effort, il courut jusqu'à la porte en bois. Son cœur tambourinait contre sa poitrine avec une puissance douloureuse. Jamais il n'avait eu aussi peur. Pas même cette nuit où il s'était réveillé dans un camion au milieu d'enfants qu'il ne connaissait pas.

Ses doigts se tendirent vers la porte, et déjà Damien se concentrait sur le trajet retour, sur cette course folle qui lui permettrait de retrouver ses amis. Devrait-il refermer le portail ou le laisser ouvert au risque que le chien le poursuive ?

Soudain, la porte s'évanouit sans même qu'il parvienne à l'atteindre. Son élan ne rencontra que le vide et provoqua une chute qu'il ne put éviter.

Damien s'étala de tout son long contre la galerie, s'écrasant le visage contre la pierre. Sa mâchoire claqua sous le choc et piégea sa lèvre inférieure en étau. Aussitôt, le goût ferreux du sang inonda sa bouche.

Lentement, groggy par le choc et la surprise, le garçon se releva. En se redressant, il découvrit tour à tour les pieds, les jambes puis le corps entier de celle qui se tenait devant lui. Une fois debout, il plongea malgré lui son regard dans celui de la femme. Ainsi happé par les mystères qui semblaient sommeiller dans les yeux profonds et obscurs de la *mambo*, il ne put ni se retourner ni émettre le moindre son.

La seule pensée lucide émise par son cerveau apeuré fut que le visage de la sorcière était aussi noir que la nuit.

Et que les statues de la Tombe joyeuse.

— Tu reviens dans trois jours, ordonna la *mambo* (et à cet instant, Damien fut persuadé qu'elle n'avait même pas bougé les lèvres, que ces paroles avaient été pensées avec suffisamment de force et de vaudou pour s'immiscer directement dans son esprit), à la même heure, et je t'aiderai. Si tu ne reviens pas, les démons vous dévoreront tous.

Puis la porte se referma.

Et le chien se mit à grogner.

2

Haïti, 11 janvier 2010
La veille du séisme

— Asseyez-vous.

La *mambo* désigna deux chaises installées autour d'une table basse, juste devant un fauteuil élimé où deux chats dormaient paisiblement sans se soucier de quiconque. J'imitai Rachelle et obéis, ne pouvant m'empêcher de jeter des œillades dans tous les recoins de cette maison plongée dans la pénombre.

— Du café ?

— Non, merci, Salamia.

— Et vous ?

— Non, je vous remercie… Salamia, prononçai-je en me demandant si un parfait inconnu pouvait se permettre de l'appeler par son prénom.

Durant tout le trajet, je m'étais imaginé une vieille femme excentrique, parée de multiples artefacts magiques, déblatérant dans un langage obscur et proférant des incantations avec une voix d'outre-tombe. Mais la *mambo* qui s'asseyait à présent face à moi ne ressemblait en rien à cette caricature. C'était une vieille femme, certes, bien que je sois incapable de lui donner un âge exact, mais une douceur émanait de sa présence. Bien plus que ses gestes mesurés et la délicatesse de sa voix, ce fut le regard qu'elle posa sur moi alors que nous nous trouvions sur le porche qui me décontenança le plus. La scène ne dura que quelques secondes, mais j'eus l'impression qu'elle lisait en moi comme dans un livre ouvert, et que, d'une certaine manière, elle m'attendait…

— J'ai appris pour ton père, je suis désolée, Rachelle. C'était un homme bon, même s'il n'est jamais venu me rendre visite.

— Tu connais son histoire, je te l'ai racontée. Le vaudou n'était pas vraiment son ami, souligna Rachelle.

— Oui, je sais. Le plus important est que le vaudou ne devienne pas un ennemi…, sourit Salamia.

— Justement…

— Tu viens me parler des meurtres rituels, n'est-ce pas ?

La vieille femme posa la question en soufflant sur son café. Là encore, j'eus la désagréable sensation qu'elle connaissait la raison de notre visite bien avant que nous ne la prononcions.

— En quelque sorte, avoua Rachelle.

— Ce sont des pièges, affirma la *mambo* en reposant sa tasse et en s'enfonçant confortablement dans son fauteuil.

Son regard se posa sur moi, comme si elle venait de se rappeler ma présence.

— Comment cela ? s'étonna Rachelle.

— Qu'en pensait ton père ?

— Il disait que ce n'était pas du vaudou, qu'il s'agissait de mises en scène pour couvrir le véritable mobile.

— Il n'avait pas tort… mais pas raison non plus, précisa Salamia, un sourire empli de mystère au coin des lèvres.

— Salamia, est-ce que tout cela a un lien avec la Tombe joyeuse… et cette photo ?

Rachelle venait de déplier la page du journal où apparaissaient les fondateurs de l'orphelinat. La *mambo* n'y posa même pas un regard. Elle se contenta de me fixer.

— Et vous, pourquoi êtes-vous ici ? me demanda-t-elle en plissant les yeux.

La douceur de sa voix avait disparu en quelques secondes. À présent, un ton sec et plus grave sortait de ses lèvres. Même son visage changea et devint plus menaçant. La température de la pièce sembla grimper brusquement. Les deux chats émirent un miaulement inconfortable et quittèrent le fauteuil, comme effrayés par un danger imperceptible par les humains.

— Je… je dois découvrir pourquoi ma femme est morte… Méline, balbutiai-je maladroitement.

— Vous le découvrirez, assura Salamia.

Toute trace de sourire avait disparu. Son visage fermé trahissait une concentration dont j'étais sans aucun doute l'objet.

— Mais vous devrez descendre aux enfers pour cela, ajouta-t-elle d'une voix monocorde. Savez-vous ce que sont les enfers ici, à Haïti ?

— Non, dites-moi, l'encourageai-je, décontenancé par son changement d'attitude.

— Ils se situent à la frontière de l'acceptable et de l'impossible. Sur cette île, les hommes vacillent constamment entre ces deux notions. Pour certains, le vaudou explique l'impossible et le rend acceptable. Les autres, ceux qui ne sont pas croyants, se perdent dans les limbes…

— Je… je suis désolé, mais je ne crois pas en tout cela, avouai-je mal à l'aise.

Une goutte de sueur glissa le long de ma tempe. Le soleil tapait de toutes ses forces sur les tôles du toit, mais je semblais être le seul dans la pièce à en ressentir la chaleur cuisante. J'éprouvais le désagréable sentiment de ne pas me trouver exactement dans la même pièce que Rachelle et la *mambo*, comme si des murs invisibles m'entouraient et concentraient la chaleur sur ma seule personne. Je déglutis difficilement, peinant à avaler ma salive qui à ce moment me parut aussi épaisse que de la mélasse.

— Je sais, continua la vieille femme, je l'ai senti à l'instant même où vous descendiez de voiture. Mais bientôt, il vous faudra accepter l'impossible. Car oui, Rachelle, et vous, Orphée…

— Quoi… qu'est-ce que…

Un long frisson me parcourut l'échine et se dispersa dans l'ensemble de mon corps. Avais-je bien entendu ? Ou était-ce une hallucination due au voyage, au décalage horaire ou à la chaleur ? Comment cette femme aurait-elle pu savoir ?

Je fus incapable de parler.

L'envie soudaine de fuir cet endroit, de repartir pour cette vie et cette normalité que je connaissais avant que Rachelle me téléphone, me saisit. Que cette normalité fût dramatique n'avait plus d'importance, car la mort de Méline signifiait la réalité, celle d'avant, celle d'après, celle dans laquelle aucune femme étrange ne pourrait connaître nos secrets. Mais je fus incapable de bouger. La moiteur, l'étonnement, l'impression de m'enfoncer de plus en plus dans les profondeurs de l'étrangeté me maintinrent solidement contre la chaise, tels les bras invisibles de fantômes errants punitifs…

— Ne m'interrompez pas si vous voulez que je vous aide. Donc toi, Rachelle, et vous, Orphée, reprit-elle, vous devrez à la fois combattre l'acceptable et l'impossible si vous voulez obtenir des réponses à vos questions. Tous les malheurs ont un lien avec la Tombe joyeuse, qui est si vieille que personne n'est capable de dire à quel moment elle est sortie de terre. Les meurtres sont liés au vaudou, à la violence des hommes, à six gamins et à une fenêtre brisée. Et tous ont cohabité là-bas, de l'autre côté de la rue. Croyez-vous cela, jeune homme ?

Depuis que Rachelle avait sorti la photo de sa poche, le regard de la *mambo* était resté plongé dans le mien, sans ciller. Je compris, sans vouloir l'admettre véritablement, que je n'avais plus en face de moi celle qui nous avait chaleureusement accueillis sur le pas de la porte. Il s'agissait d'une autre personne, non plus Salamia, mais la *mambo*, cette prêtresse que je devinais longer une frontière entre deux mondes. Je me persuadai que cela faisait partie du folklore, que cette sorte de transe ne représentait qu'une étape, qu'un simple jeu d'acteur. Mais j'avais beau me répéter cette possibilité, une part de moi m'intimait d'accepter le mystère et l'inexplicable. Je risquai une œillade en direction de Rachelle qui, tout comme moi, semblait avoir pris conscience du phénomène, mais je n'osai pas lui parler, car la *mambo* me dévisageait froidement, attendant de moi une réponse.

— Je… je ne sais pas…, balbutiai-je en m'essuyant le front d'un revers de manche.

— Dans ce cas, laissez-moi vous raconter une histoire. Une histoire qui aurait pu commencer au moment où les personnes présentes sur cette photo ont décidé de créer un orphelinat. Mais les réponses à vos questions se situent quatre ans plus tard, au moment où une fourgonnette a déposé en pleine nuit six enfants sur le perron de la Tombe joyeuse. Je les ai vus descendre un à un. Tous condamnés sans même s'en douter.

L'attitude de la *mambo* changea perceptiblement quand elle eut prononcé cette dernière phrase. Son visage se radoucit, comme dompté par la mélancolie du passé, et ses gestes redevinrent soyeux, féminins, attentionnés.

— Vous êtes certain de ne pas vouloir de café ? De l'eau peut-être ?

— Oui, je veux bien, acceptai-je en essuyant mes mains moites contre mon pantalon.

— Salamia, intervint Rachelle, c'était il y a plus de vingt-cinq ans, vous êtes certaine que…

— Oui, ma douce, assura-t-elle en se levant pour se rendre dans sa minuscule cuisine. Je suis certaine que tout cela est lié, et vous le serez également lorsque j'aurai terminé.

— Salamia ?

— Oui, jeune homme ?

— Pourquoi avez-vous prononcé le nom d'Orphée ?

— Parce que j'ai entendu Eurydice l'appeler depuis les enfers. Que vous y croyiez ou non, je suis une *mambo*. Tous me parlent, les vivants comme les morts… Et votre Eurydice a créé un écho à travers la Tombe joyeuse.

3

Haïti, 1984

— Elle t'a parlé ?
— Elle t'a touché ?
— Elle t'a jeté un sort ?
— Tu as eu peur ?
— Qu'est-ce que ça veut dire « t'aider » ?
— Des démons ?
— Ta lèvre ne te fait pas trop mal ?

Damien répondait à peine qu'aussitôt une autre question s'échappait de la bouche d'un de ses amis.

Les six étaient assis en cercle, devant la grande fenêtre que les rayons du soleil mourant ne parvenaient plus à colorer. Rapidement, l'obscurité rampa sur le sol et les murs, effrayée par les halos de lumière produits par les deux lampes à pétrole.

— Tu as été courageux ! reconnut Mickaël en se demandant si, à la place de Damien, il aurait été capable de seulement dépasser la grille de la Tombe joyeuse.

— Oui, renchérit Victor, tu as été bien plus courageux que moi… ou simplement inconscient ! En tout cas… merci.

— De… de rien, Vic, toi… toi aussi tu as pr…pris des risques pour nous. Sé…Sélène ?

La jeune fille observait ses mains, absente des discussions et, d'une certaine manière, absente de la pièce. Elle ne parvenait pas à s'extraire de son rêve.

— Oui ? murmura-t-elle faiblement.

— Pour…pourquoi tu as dit que c'était un… un piège ? demanda Damien, se remémorant les paroles feutrées de son amie.

— Je ne sais pas, j'ai dit ça comme ça.

— Tu en es sûre ? lui demanda Lucien en cherchant à tâtons la main de la jeune fille.

— J'ai fait un mauvais rêve cette nuit.

— C'est pour cela que tu sembles si fatiguée ?

— Oui, je crois, admit la *marassa*.

— Tu veux nous le raconter ? hasarda Doriane.

— J'ai rêvé que… qu'un fantôme m'enlevait. Je ne pouvais pas bouger, mais je comprenais ce qui se passait.

— Où… où t'a-t-il em…emmenée ? s'inquiéta le bègue.

— Derrière la porte rouge, Damien, celle de la cave.

— Mouais, intervint Mickaël, moi aussi elle m'a foutu la frousse, cette porte, quand nous étions tous en bas…

— Cela semblait si réel, ajouta la jeune fille.

— Et qu… qu'y avait-il der… derrière la po… porte ?

— Des hommes.

— Que s'est-il passé ?

La pièce devenait de plus en plus sombre. Normalement, ils auraient dû tous être dans leur lit à cette heure-ci, mais aucun des enfants ne voulait laisser

Sélène seule avec son cauchemar. La petite fille leur parut si fragile à cet instant que chacun devina que la nuit passée la tourmentait bien plus qu'elle ne voulait l'admettre. Au-dehors, une lune dichotome apparut de derrière un épais nuage, et sa clarté spectrale maquilla le dortoir d'une lumière terne et cendrée.

— Ils… ils étaient tous regroupés comme nous, en cercle. Le fantôme m'a placée au centre. Ils m'ont regardée… après je ne sais plus.

— Ce n'est qu'un mauvais rêve, la rassura Lucien en serrant plus fortement sa main. Tu l'auras oublié après une bonne nuit.

— Je sais… mais j'ai peur de m'endormir, admit Sélène en baissant la tête.

— Dans ce cas, lança Victor en se relevant, nous allons chacun son tour veiller sur toi !

— Comment ça ?

— Eh bien, nous allons accompagner ton sommeil ! Les uns après les autres, nous nous assiérons à côté de toi. Si tu refais un cauchemar, nous te réveillerons avant que ce fantôme n'ait pu t'emmener où que ce soit !

— Mais il faut que vous dormiez ! s'exclama Sélène.

— Oui, chacun son tour ! Nous sommes cinq, on reste une heure et demie à veiller sur toi, les autres dorment et on se relaie ! Et peut-être que je suis responsable de ce cauchemar… C'est moi qui vous ai parlé de Blasius hier, ce doit être à cause de ça.

C'était vrai. La veille, Blasius avait occupé l'esprit de tous les enfants. Victor leur avait raconté ce qui se disait dans les artères de Cité-Soleil, la peur qu'il inspirait à la population, le froid glacial qui vous saisissait lorsque vous aperceviez sa silhouette au détour d'une ruelle. Cette crainte, chacun des enfants l'avait ressentie également quand Blasius s'était présenté dans leur vie. Ses muscles saillants et son regard fou les hantaient depuis, mais de manière inconsciente, pernicieuse, comme une menace latente à laquelle on s'habitue… Cette peur était réapparue tel un clown à ressort libéré de sa boîte quand Victor leur avait montré la coupure de journal. Et quand ils avaient tous compris que ce démon avait joué un rôle dans leur venue à la Tombe joyeuse…

— Merci, prononça Sélène en se levant à son tour.

— Je… je com…mence le premier tour, proposa Damien.

— Parfait. Un volontaire pour le suivant ?

Ainsi, à tour de rôle, ils veillèrent sur leur amie, avec autant de volonté et de courage que s'ils avaient veillé sur leur propre vie. Et s'ils avaient su, à cet instant, qu'ils passaient leur dernière nuit réunis, nul doute qu'aucun ne se serait assoupi et que les six seraient restés éveillés pour profiter de chaque seconde passée ensemble.

Le lendemain matin, Anatole, un sourire étrange aux lèvres, leur apporta la mauvaise nouvelle.

— Des chambres individuelles ?

— C'est exact ! De jeunes enfants ont été adoptés, donc des lits se sont libérés ! C'est une bonne nouvelle, vous pourrez enfin dormir dans votre propre pièce.

— Mais… nous ne voulons pas être séparés ! intervint Lucien, une main posée contre le vitrail tiède de la fenêtre.

— Vous ne pensiez tout de même pas que vous alliez passer tout votre temps ensemble ! Il faut grandir !

— Nous ne serons pas séparés ! protesta Victor, les yeux rougis.

— Désolé, ce sont les ordres du directeur : vous devez préparer vos affaires, défaire vos lits et aller un étage en dessous où des chambres vous seront attribuées.

— Mais pourquoi maintenant ?

— Parce que la semaine prochaine, une organisation va venir visiter l'orphelinat. Le directeur pense que des chambres individuelles feront un meilleur effet qu'un dortoir improvisé dans un grenier… Peut-être que plus tard, vous pourrez revenir, je n'en sais rien, je suis juste un messager, se défendit Anatole.

— Et cela n'a rien à voir avec hier ? le questionna Victor en pensant à la promesse qu'il n'avait pas eu le cran de tenir.

— *Toné !* Préparez vos affaires et ne m'emmerdez pas !

Anatole disparut de la pièce en claquant la porte. Son sourire ne l'avait pas quitté depuis ses premières paroles.

— Je vais aller parler au directeur, pesta Victor. Il ne peut pas nous séparer !

— Nous… nous sommes chez… chez lui, il fait ce… ce qu'il veut, admit Damien en se déplaçant nerveusement dans le dortoir.

— Alors, partons !

Lucien se trouvait toujours au fond de la pièce, sous la pluie de couleurs du vitrail.

— Quoi ?

— Enfuyons-nous ! insista l'aveugle. Peut-être que Sélène a raison, peut-être qu'il s'agit d'un piège !

— Mais que ferons-nous dehors ? s'inquiéta Doriane.

Elle tenait sa sœur dans ses bras, torturée à l'idée de devoir s'en séparer ne serait-ce qu'une seule nuit. Cela ne leur était jamais arrivé.

— Ce que nous faisions avant, nous mendierons, nous volerons, mais au moins nous serons ensemble !

— La… la *mam…mambo…*, elle me retrou…trouvera…, dit Damien en se souvenant des paroles de la sorcière.

— On ne peut pas fuir, affirma Victor en se rapprochant de son ami.

— Pourquoi ? répliqua Lucien. On connaît tous des endroits où l'on pourrait se cacher ! Plus personne ne pourrait nous éloigner les uns des autres.

— Il nous retrouvera, insista le plus âgé des six.

— Qui ? Le directeur ? La *mambo* ? Nous serons plus malins qu'eux !

— Non, regretta Victor : Blasius. C'est lui qui nous retrouvera si l'on s'enfuit, lui et ses hommes. Laissez-moi parler avec le directeur, c'est la seule solution.

Victor attendit la fin du petit déjeuner pour se rendre dans le bureau du directeur. Il savait qu'à cette heure de la matinée, celui-ci serait dans la pièce à lire le journal, comme il le faisait tous les jours. Il cogna à la porte et attendit qu'une voix l'invite à entrer.

— Victor, je soupçonne la raison de ta venue !

L'adulte se tenait dans son fauteuil en cuir, une tasse de café à la main, son journal déplié posé sur ses cuisses.

— Nous ne voulons pas être dans des chambres différentes, affirma le garçon en tentant de contenir sa colère.

— Je m'en doute, mais cela s'impose.

— Pourquoi ?

— Pour diverses raisons, éluda l'adulte.

— Pour l'organisation de contrôle ?

— En partie, oui. Mais aussi parce qu'à votre âge, il est bon de posséder son propre espace, et que vous devrez accompagner les nouveaux enfants qui arrivent dans leur nouvelle vie.

— C'est injuste !

— Ah oui, vraiment ? s'anima le directeur en abandonnant sa tasse sur le côté du bureau. Ce qui aurait été injuste, c'est de vous laisser dans la rue, crever comme des chiens errants ou vivre avec des personnes qui ne voulaient plus de vous ! Vous avez tout ce qu'il vous faut ici : une instruction, la sécurité, des lits sur lesquels vous allonger, des assiettes remplies tous les jours ! C'est comme ça que tu me remercies ? Simplement parce que je vous procure un luxe supplémentaire ? Voyons, mon garçon, essaye de te raisonner !

— Pourquoi y a-t-il une statue de Blasius là-haut ?

Le directeur plissa légèrement les yeux en entendant ce nom. Il savait depuis le départ que le garçon debout devant lui possédait un caractère bien trempé. Ce n'était pas le premier ni le dernier ; dans un orphelinat, il y avait toujours des éléments plus perturbateurs que les autres, il fallait faire avec et, jusqu'ici, il avait toujours réussi à gérer ce type de comportement. L'adulte se demanda si Victor ne deviendrait pas un problème plus important avec le temps.

— C'est un homme qui nous aide très régulièrement. J'ai pensé qu'une statue en son honneur lui ferait plaisir.

— C'est lui qui vous trouve les enfants ?

— C'est… c'est lui qui vient en aide aux familles qui ne peuvent élever leurs enfants, oui.

— Qu'y a-t-il derrière la porte rouge ?

Cette fois, le directeur sembla perdre patience. Il jeta son journal sur son bureau et se leva pour s'approcher de l'enfant.

— As-tu toujours été aussi curieux, Victor ? prononça-t-il d'une manière menaçante.

— Je… je ne sais pas.

— Derrière cette porte, il n'y a rien d'autre que des cartons et des outils. Cette pièce est instable, nous devons la rénover prochainement. S'en approcher pourrait être dangereux, très dangereux, tu comprends ?

— Nous ne voulons pas être séparés. Sélène fait des cauchemars, Lucien a besoin qu'on le guide, nous nous sommes habitués à vivre ensemble, depuis le camion.

— Vous n'avez pas le choix, affirma le directeur d'une voix ferme mais mesurée. Mais je comprends cette tristesse. Et si… si je te disais qu'une fois les contrôleurs passés, je pourrais réfléchir à une autre solution qui satisferait tout le monde ? Cela t'aiderait ?

— Je… je pense.

— Très bien. En attendant, vous allez faire comme Anatole vous a dit : préparez vos affaires et retrouvez-moi au premier étage dans une heure. D'accord ?

— Vous allez nous aider à rester ensemble, vous le promettez ?

— Mon garçon, dans la vie, aucune promesse n'est éternelle. Tu devrais le savoir plus que quiconque. Mais je ferai de mon mieux.

Victor songea à la promesse qu'il avait faite à Anatole. Il se demanda si le directeur était au courant ou s'il ne s'agissait là que d'un simple hasard.

Le garçon se retourna et marcha en direction de la porte. Il éprouvait le vague sentiment de s'être fait piéger, mais ne parvenait pas à savoir à quel moment de la discussion cette impression était née.

— Ah, une dernière chose, lança le directeur en reprenant son journal, tu sembles bien connaître Blasius. Donc tu sais de quoi il est capable. Ne tentez rien de stupide.

Le garçon sortit et ferma la porte.

Son impression venait de se transformer en certitude.

4

Haïti, 1984

À la fin de l'après-midi, les enfants avaient tous déménagé dans leurs nouvelles chambres. Elles étaient de taille bien plus modeste que le dortoir du grenier, et ils devaient en outre se contenter de toilettes et de douches communes pour tous les résidents. Cette installation représentait tout de même un luxe comparé à leur vie passée, mais les autres pensionnaires ne leur inspiraient pas confiance, du moins pas autant que lorsqu'ils s'endormaient ensemble, dans le grenier, les uns veillant sur les autres jusqu'au matin.

De plus, le grand vitrail leur manquait plus qu'ils ne l'auraient pensé. Ils avaient pris l'habitude de l'observer longuement avant de sombrer dans le sommeil, et ses couleurs qui s'évanouissaient doucement avec la nuit (sauf les soirs de pleine lune où la clarté vespérale maintenait les teintes en vie durant de longues heures) les berçaient comme les paroles d'une comptine. Il était bien souvent leur dernière vision avant que leurs paupières ne se ferment, alourdies par la fatigue.

Avant de se quitter, les enfants se promirent d'être forts et de rapidement s'endormir pour se retrouver le lendemain matin, le plus tôt possible. Tous les six retournèrent dans leurs pénates, les pas et les cœurs plus lourds que d'habitude.

Damien rêva.

Il rêva qu'un homme entrait dans sa chambre et le réveillait.

Qu'avec l'extrémité de son doigt, il déposait sur ses lèvres, juste à côté de sa plaie, une pâte au goût puissant, qui lui rappelait l'arôme astringent des *zanmann* du badamier, cet arbre dont les amandes ramassées trop vertes possèdent une saveur amère.

Damien sentit des picotements envahir son corps et paralyser ses muscles. Il se laissa porter hors de la chambre sans pouvoir effectuer le moindre geste. Le garçon entendait les pas légers de l'homme qu'il était certain d'avoir déjà rencontré, quelque part dans la réalité. Il pouvait distinguer sa respiration puissante et celle-ci ne varia pas d'intensité jusqu'à la porte rouge, même quand l'adulte dut descendre les marches en soutenant son fardeau.

Je suis léger, songea Damien, les lèvres trop anesthésiées pour pouvoir parler. *Aussi léger qu'un lwa*…

Juste avant d'ouvrir la porte rouge, l'homme murmura quelques mots que Damien perçut comme s'ils provenaient de l'intérieur de sa propre tête :

— Tu n'as rien à craindre, tous les enfants passent par cette porte. Seulement, si tu en parles à tes amis, je les tuerai tous, devant toi et lentement.

Puis la porte rouge s'ouvrit, telle la gueule d'un démon affamé d'enfance…

Le lendemain, Damien se réveilla en se demandant où il se trouvait. Il mit quelques secondes à reconnaître sa nouvelle chambre et à comprendre qu'aucun point coloré ne viendrait plus caresser sa peau le matin. Le jeune bègue se mit sur son séant, mais immédiatement une douleur aiguë le plia en deux et l'obligea à se recroqueviller sur le matelas. Il resta ainsi un long moment, les poings serrés contre le haut de ses cuisses. Après quelques minutes de souffrance, il entendit quelqu'un toquer à la porte. Sans attendre la réponse, le directeur pénétra dans la chambre, un plateau à la main.

— Tiens, mange, cela te fera du bien.

— Qu'est-ce qui m'a...m'arrive ?

— Ce n'est rien, ça va passer, tu t'y habitueras à la longue.

— Ce n'était pas... pas... pas un rêve ? pleura l'enfant.

— Ce qui s'est passé cette nuit est normal, beaucoup d'enfants visitent la porte rouge. Les gens que tu as vus sont là pour t'aider, pour nous aider. Bientôt tu n'y penseras plus. Ne souhaites-tu pas vivre dans une belle maison, gagner ton propre argent ?

— Si... si, mais ces gens ne... ne sont pas... pas là pour no...nous adopter...

— Écoute, reprit le directeur, il y a peu de chances pour qu'une famille arrive ici et vous choisisse, toi et tes amis. Vous commencez à être trop âgés et de plus... les gens veulent des enfants en pleine forme, sans... difficulté quelconque. Par contre, d'autres personnes sont prêtes à payer très cher pour se retrouver derrière la porte rouge.

— Po...pour faire ça... ça ?

— Oui. Tu es de la rue, tu connais le principe des *restaveks* ou des *lapourças*. C'est la même chose ici, sauf que vous n'êtes pas placés dans des familles, vous êtes ensemble, toi et tes cinq amis. Tu sais, dans chaque maison qui accueille des orphelins se trouve une porte rouge, un endroit comme celui que tu as visité cette nuit. Mais au moins, ici, vous êtes réunis. Si tu en parles à qui que ce soit, je vous séparerai. Il vous arrivera la même chose ailleurs, dans des endroits plus sombres, et tu ne pourras plus voir le sourire de tes amis. C'est ce que tu souhaites ?

— No…non, je… je veux re…rester avec eux…

— Et tu sais aussi que si tu t'enfuis, Blasius vous retrouvera rapidement, et là je ne pourrai plus rien faire pour toi ni pour les autres. C'est un homme très violent, et des enfants qui souhaiteraient vivre ici, il y en a plein les rues.

— Je… je sais.

— Alors repose-toi, oublie ton mauvais rêve. Juste une dernière chose, une partie de l'argent est bien entendu mise de côté pour toi. Quand tu quitteras cet orphelinat, tu seras riche et tu pourras t'offrir tout ce que tu veux. D'accord ?

— D'ac…d'accord.

Un à un, les enfants reçurent la visite du fantôme.

Lucien, Doriane, Victor, Mickaël…

Un à un, ils furent drogués puis emmenés derrière la porte rouge.

Tous, au fil des jours et des semaines, s'affaiblirent comme des bougies en manque d'oxygène. Leurs silhouettes se murent au ralenti, devinrent silencieuses, mais le désir de ne pas être séparés leur fournissait la force nécessaire pour supporter les souffrances. Durant les nuits calmes, ils rêvaient de leur ancien dortoir et de sa lumière protectrice. Et c'est ce vitrail qui les aida à accepter la porte rouge. Ce vitrail sur lequel l'histoire entière de Haïti était représentée, cette histoire qui se racontait aussi dans les rues et dans les mémoires. Lucien, comme les autres enfants, avait entendu cette histoire. Il en avait absorbé les composantes, les avait ingérées au point de les accepter. Tous ces récits au sujet du vaudou, de la supériorité des Blancs et des métisses, de Cité-Soleil, des années de révolte qui n'avaient mené qu'à la pauvreté d'un peuple à jamais esclave, des enfants qui deviennent des fardeaux, de la nécessité de travailler ou de mendier dès le plus jeune âge pour aider sa famille, de la fierté et de la chance d'être recruté comme *restavek* ou *lapourça*... Tous ces ingrédients ingérés dès l'enfance modelaient la pensée. Ils fermentaient jusqu'à enivrer la conscience de cette jeunesse qui, ainsi embrigadée, se retrouvait incapable d'imaginer un autre schéma possible.

Sélène, Doriane, Mickaël, Lucien, Damien, Victor, vaincus par des siècles de soumission, se résolurent à faire partie de cette histoire. Ils goûtèrent la pâte anesthésiante et étouffèrent le peu de vie qu'elle leur laissait en se persuadant que tout cela (cette porte, ces hommes, ces couleurs de peau différentes, leurs gestes et leurs râles étranges) faisait partie de la normalité et qu'ils devaient l'accepter.

Dans les moments de doute, les enfants se raccrochaient à leurs rêves d'un futur où, une fois l'âge de l'émancipation atteint, ils seraient libérés de la Tombe joyeuse, de la porte rouge et de Blasius. Alors ils pourraient se retrouver, les poches pleines d'argent, et vivre ensemble.

Pour créer leur propre histoire.

Seulement, si par pudeur, honte ou profonde souffrance jamais les six ne se confièrent sur ces nuits qui étaient devenues de plus en plus fréquentes, Damien avait trouvé du réconfort chez la *mambo*. Il s'était rendu chez elle deux jours après avoir libéré Victor de sa promesse.

Lorsqu'elle avait ouvert sa porte, elle avait compris en croisant son regard éteint qu'elle n'avait pas en face d'elle le même garçon qui avait bravé sa peur deux jours plus tôt.

— Je… je crois que… que les dé…démons nous ont att…attrapés, avait soufflé Damien, des larmes plein les yeux.

La sorcière l'avait observé une longue minute tandis que son chien léchait tendrement la main de l'enfant.

— Entre mon garçon, pour cela aussi je promets de t'aider.

5

Haïti, 1984

Les jours passèrent.

Le directeur observa avec satisfaction les enfants et leur silence. Il fut soulagé de voir que les six ne se révoltaient pas, mais qu'au contraire ils semblaient se faire à leur situation.

La dernière fois qu'un des enfants de l'orphelinat avait osé le menacer de tout révéler, Blasius s'en était occupé. Le directeur ignorait ce qui était arrivé au garçon, mais le chef de Cité-Soleil l'avait prévenu que c'était son rôle à lui, en tant que gérant de l'orphelinat, de veiller à ce que les enfants comprennent, de gré ou de force, l'importance du silence. Blasius l'avait rappelé à l'ordre.

— Des politiciens, des responsables d'organisations internationales, des notables, des Blancs, des Noirs, des métisses payent très cher pour ces soirées, pour assouvir leurs pulsions. Alors fais attention, le Blanc, n'oublie pas qu'il s'agit d'un établissement officiel, inauguré par Baby Doc lui-même… Et fais-moi une putain de statue ! Tu ne sais toujours pas que je suis le dieu du Malheur ?

À cet instant, déjà, il était trop tard pour le directeur. Lui qui était arrivé trois ans plus tôt dans la capitale afin de créer son propre orphelinat ne pouvait plus se sortir de la situation dans laquelle il s'était enfoncé. Trop d'argent, trop d'enjeux politiques, trop d'accords incompréhensibles pour sa conscience de Blanc.

Quand le directeur visita pour la première fois la Tombe joyeuse, il fut émerveillé par la beauté du bâtiment. La maison lui parut prometteuse. Il imaginait déjà des dizaines d'enfants courir dans le jardin, arpenter les grandes pièces en oubliant leur condition. Seulement, le prix proposé était bien au-delà de ses moyens et, une semaine après avoir découvert la bâtisse, il dut prévenir l'agent immobilier qu'il ne pouvait se permettre un tel achat. Le directeur chercha d'autres bâtiments, mais il ne parvenait pas à se détacher de cette maison. Ses pensées, ses projets, ses rêves d'orphelinat revenaient sans cesse vers cette structure *gingerbread* et son énorme potentiel.

Aussi fut-il surpris lorsque, quelques jours après son retrait du dossier, l'agent immobilier le rappela pour lui fixer un rendez-vous.

— Vous avez un autre bâtiment à me faire visiter ?

— Non, monsieur Nervillier, pas exactement. Disons que j'ai une nouvelle offre pour la maison que vous aimez tant.

— Une nouvelle offre ? Je croyais que le prix était fixe.

— Venez à mon bureau, ce sera plus simple.

Paul Nervillier s'était rendu sur place, à la fois excité et intrigué. Pourquoi le propriétaire, c'est-à-dire l'État puisque cette maison était abandonnée depuis une cinquantaine d'années sans que quiconque s'en réclame possesseur, baisserait-il le prix maintenant ? Un Haïtien était présent, costume-cravate et fines lunettes. Il mena l'entretien.

— Nous avons appris l'intérêt que vous portiez à cette maison, commença l'inconnu. Et nous sommes prêts à vous aider.

— Comment cela ? Pour quelle raison ?

— Vous n'êtes pas sans savoir qu'il existe de nombreux orphelinats sur l'île et que tous ne sont pas gérés comme ils devraient l'être. Les Haïtiens ont été beaucoup trop laxistes. C'est une très mauvaise publicité pour le pays. C'est pour cela que nous préférons que ce soient des investisseurs étrangers qui s'en occupent, cela rassure les observateurs et les ONG.

— Donc, vous me proposez de devenir un faire-valoir ? s'offusqua Paul.

— Vous êtes direct, monsieur Nervillier, j'aime ça ! Notre président souhaite reprendre en main une partie des orphelinats. Il espère en construire plusieurs afin de se débarrasser des établissements douteux. Il est important pour lui que l'opinion étrangère et la population de Haïti sachent que nos enfants sont bien traités et que notre président fait tout ce qui est en son pouvoir pour les aider. La maison que vous avez visitée sera le premier de ces établissements officiels. Nous vous proposons donc, à défaut de la posséder, d'en devenir le directeur.

— Directeur ?

— Oui, vous gérerez le quotidien, les enfants, leurs besoins… Vous aurez aussi carte blanche pour les différentes rénovations nécessaires. Et vous serez très bien payé pour cela. Nous comptons ouvrir dans six mois et, si tout se passe bien, nous souhaiterions ouvrir un second établissement dans trois ans.

— Je… je ne sais pas quoi dire…

— Alors, ne dites rien. Voici le contrat, prenez votre temps et rendez-vous ici dans… deux jours ?

— D'accord, je… je vais lire tout ça, prononça Nervillier en attrapant fébrilement le contrat.

— Parfait, et n'hésitez pas à retourner visiter cette maison, elle a un véritable potentiel, pour vous, pour les enfants et pour Haïti !

Et c'est ce que fit Paul Nervillier, en compagnie de sa femme.

Ils se postèrent devant la Tombe joyeuse et l'entendirent leur promettre des années de bonheur.

— Carte blanche pour les rénovations ? lui demanda une nouvelle fois Hélène.

— Oui, c'est ce qui est écrit sur ce papier, affirma Paul, les mains dans les poches.

— Ce pays nous donne une chance unique… Fini, les déménagements et les salles de classe poussiéreuses. Tu ne seras plus un simple maître d'école, mais un directeur… Et, mon Dieu ! Tu as vu le salaire qu'ils te proposent !

— Oui. Mais pour moitié moins, je l'aurais accepté, admit-il, les yeux toujours fixés sur la maison. Pour elle…

— Je vais devenir jalouse, si tu continues, le taquina Hélène. Et la bicoque, derrière nous, de l'autre côté de la rue ?

— Interdit d'y toucher et de construire autour, c'est aussi stipulé dans le contrat, précisa son mari.

— Dommage, je l'aurais bien fait raser… Un vitrail ! s'écria soudainement Hélène en fixant le haut de la maison.

— Quoi ?

— Je sais comment honorer ce pays et le remercier pour cette opportunité ! s'exclama Hélène en montrant le sommet de la façade. Un vitrail qui retracerait son histoire, tu sais, comme celui de cette église au Brésil ! Et des statues en bois ! Oui, pour célébrer les divinités vaudoues ! Il faut une touche locale dans cette maison.

— Alors, nous acceptons ? lui proposa Paul en l'enlaçant.

— On ne peut pas refuser, mon amour, il est trop tard, Haïti nous a envoûtés…

Les travaux durèrent cinq mois.

Hélène supervisa la construction du vitrail ainsi que l'organisation de la soirée d'ouverture qui aurait lieu en présence du président Jean-Claude Duvalier.

La veille de cette soirée, alors que Paul se tenait dans son bureau, un homme vint frapper à la Tombe joyeuse. Hélène dormait déjà et le directeur fut surpris de recevoir une visite à une heure aussi tardive. Quand il ouvrit la porte, il découvrit un homme à la corpulence imposante, au visage aussi froid et immobile qu'une statue.

— Monsieur Nervillier ?

— Oui ? À qui ai-je l'honneur ?

— Je me nomme Blasius. Je suis votre associé, et aussi l'un des propriétaires.

Durant deux heures, le directeur écouta Blasius lui expliquer le fonctionnement du futur orphelinat. Le président Duvalier avait fait appel à des fonds privés, des investisseurs qui souhaitaient soutenir son projet comme sa politique. Tous seraient présents le lendemain, pour la photo officielle. Blasius quant à lui serait chargé de récupérer les enfants et de leur trouver des familles d'accueil à l'étranger.

— Ce sont elles qui paient le mieux, souligna-t-il.

Le travail de Paul se réduisait à gérer le quotidien, en plus d'obtenir des fonds auprès des associations caritatives et religieuses de plusieurs pays.

— Pas de *restaveks* ou de *lapourças* ici, précisa Blasius. Nous exportons, c'est beaucoup plus rentable. Nous mettrons également au point un autre processus, très rentable lui aussi. Je vous en parlerai une prochaine fois. Je ne pourrai être présent demain, j'en suis désolé, mais il est important que l'on ignore mon rôle ici, tout comme il est impératif que l'on ne me voie pas en présence du président. Vous ne voyez vraiment pas qui je suis, n'est-ce pas ? Vous ne lisez pas les journaux ?

— Je suis désolé, mais… non, admit Paul, mal à l'aise face à cet homme et à la violence latente qui émanait de son regard.

— Alors, commencez dès demain, lui conseilla-t-il en vidant son verre de rhum d'une traite. Il se peut que l'on parle de moi prochainement. Pour ce qui est de notre rencontre, personne ne doit être au courant, seul Baby Doc sait que je fais partie de l'organigramme. C'est compris ?

— Absolument.

— Très bien, monsieur Nervillier, si tout se déroule correctement, nous ne devrions plus nous revoir. Et n'oubliez pas, lisez les journaux !

Trois ans plus tard, alors que la Tombe joyeuse prospérait et que cette visite était presque sortie de sa mémoire, Paul Nervillier découvrit la photo de Blasius en première page du quotidien local. Ce qu'il lut dans l'article lui glaça le sang. On y parlait d'un enlèvement à Cité-Soleil, de gangs, d'un garçon, de remise de rançon et de cadavre mutilé.

Il apprit bien plus tard, au hasard de discussions avec les autres propriétaires qui venaient de temps à autre visiter l'établissement, que le roi de Cité-Soleil avait passé un accord avec le président quelques semaines avant la création de l'orphelinat. Les nombreuses révoltes et les attentats orchestrés par Blasius fragilisaient la politique intérieure et extérieure de Baby Doc Duvalier. Enlèvements, rixes, assassinats, extorsions, le chef de gang n'avait aucune limite, plongeant la population de la capitale et les observateurs dans la perplexité quant aux capacités du président en place à diriger un pays. Personne n'est capable de dire comment et qui fit le premier pas, mais, en échange d'une paix relative, le président proposa à Blasius de reprendre en main un trafic qui, en plus d'exister depuis des années au point d'être accepté par la population, permettrait au chef de gang d'engranger des sommes conséquentes tout en laissant le président diriger le pays sans plus avoir à se soucier de Cité-Soleil. Les conditions exactes n'étaient connues que des deux hommes, mais les émeutes diminuèrent considérablement peu de temps avant l'ouverture du premier orphelinat officiel de l'ère Duvalier.

— Voilà donc qui est Blasius, murmura Paul Nervillier en refermant son journal. Un assassin, un chef de gang et le véritable propriétaire de la Tombe joyeuse… Et visiblement, quelqu'un qui ne tient pas toutes ses promesses. Mon Dieu, dans quoi ai-je mis les pieds ?

6

Haïti, 1984

— Réunion !

Victor venait de passer la tête dans la chambre de Lucien.

— Quoi « réunion » ?

— Viens, je t'accompagne. Il faut qu'on se parle tous. Réunion dans l'ancien dortoir, maintenant.

— C'est bon, je peux y aller tout seul, je n'ai pas besoin de mes yeux pour marcher…

Victor sortit et alla prévenir les autres. La réaction de Lucien ne l'étonnait guère. Eux qui étaient devenus si proches depuis leur première rencontre à l'arrière du camion ne se parlaient à présent que très peu, sans plus aucune bienveillance. Victor ne lui en voulait pas, il savait en partie pourquoi son ami prenait ses distances. Tout comme chaque membre des six s'éloignait des autres, les saluant d'un simple hochement de tête, se contentant de vagues généralités quand ils se parlaient, préférant tous la solitude de leur chambre, comme si le dortoir et le vitrail n'avaient jamais existé.

— Nous devenons ces statues qui nous effrayaient tant, reconnut un jour Victor, dans l'obscurité de sa chambre. Immobiles, silencieux, comme figés dans une réalité à laquelle nous ne souhaitons pas appartenir…

Tour à tour, les enfants pénétrèrent dans le dortoir. Le visage bas, ils s'installèrent loin les uns des autres, comme si chacun était porteur d'une quelconque maladie.

— Pourquoi cette réunion ? demanda Sélène.

— C'est au sujet de la visite de demain, expliqua Victor.

— Et alors ? Le directeur nous demandera de nous cacher ici, comme d'habitude, remarqua Mickaël.

— Justement ! Et si nous lui disions que le meilleur moyen de nous cacher est de nous laisser revenir ici, tous ensemble ?

— Il refusera, affirma Doriane, il ne veut pas que nous soyons réunis, c'est plus facile pour lui, pour la nuit et…

— Tais-toi, la coupa Sélène.

— On… on p…peut essayer…

— Pour quoi faire ? intervint Lucien qui, une main au contact du mur, ne cessait d'effectuer des allers et retours entre la porte de la salle de bains et l'immense fenêtre. Ce sont tes rendez-vous avec la *mambo* qui te font perdre la tête ? Vous croyez quoi, hein ? Qu'en étant réunis, nous allons redevenir les gamins qu'on était ? C'est fini tout ça, nous ne sommes plus des enfants, ils ont fait de nous des… zombis, leurs zombis !

— Ta gueule, Lucien ! hurla Doriane, au bord des larmes.

— Les six, c'est fini, vous ne comprenez pas ! cracha l'aveugle. Nous sommes pris au piège. Si on s'enfuit, on mourra, Blasius s'occupera de nous. Personne ne veut de nous en tant qu'enfants ! Personne ne souhaite se confronter à ta cicatrice, à ton bégaiement, à tes taches ou à votre malédiction ! énonça-t-il, les poings serrés de rage. Nous sommes des putains de zombis qui errons dans les enfers de cette île ! Personne ne veut de nous, à quoi bon se mentir !

— On peut toujours essayer, proposa Victor, blessé par la réaction de son ami.

— T…tous en…ensemble, ajouta Damien.

Un long silence étouffa à la fois les espoirs et la colère de chacun. Les points colorés du vitrail parsemaient toujours la pièce, mais avec moins de force, comme résignés eux aussi.

Sélène se leva et rejoignit Lucien à la fenêtre. Ils restèrent côte à côte comme ils l'avaient fait des semaines auparavant, quand aucun d'eux n'était encore devenu une ombre errante.

— Il doit y avoir une solution, murmura-t-elle.

— Sélène, la seule solution était de ne pas naître.

— Ne dis pas ça, lui intima-t-elle, les larmes roulant déjà le long de ses joues.

— Redis-moi ce que l'on voit d'ici, comme tu l'as fait à notre arrivée.

— D'accord, consentit la jeune fille en se penchant un peu plus, jusqu'à poser son front contre le verre. On voit le court chemin qui part de l'entrée jusqu'à la grille. L'herbe est jaune et à droite il y a le mapou et son ombre protectrice. Nous sommes juste au-dessus. Au loin, il y a la maison de la *mambo*, et, au-delà, la ville.

Lucien sourit en l'écoutant lui décrire ce qu'il ne pourrait jamais voir. Sa voix douce, mais différente, calma sa colère.

— Et moi, tu peux me décrire ?

Sélène se tourna vers Lucien et le dévisagea longuement. Jamais il ne lui avait demandé cela, et jamais elle n'avait eu l'idée de le faire. Elle regretta de ne pas y avoir pensé plus tôt.

— Tu es beau, Lucien, souffla doucement la jeune fille. Ta peau est sombre, mais pas d'un noir profond. Tu as des yeux en amande, fins, et tes paupières fermées te donnent l'air d'un sage… Tes mains dansent dans l'air comme des papillons majestueux. Tu es sans doute le plus beau d'entre nous.

Lucien ne sut quoi dire. Il s'en voulut de s'être emporté quelques minutes plus tôt. Sélène avait toujours eu le don de l'apaiser.

Plus tard, durant la nuit, un fantôme vint se saisir de l'aveugle.

Lucien rêva que ses mains, ces papillons majestueux, se transformaient en griffes acérées et qu'elles tranchaient profondément la gorge de l'homme qui lui fit avaler la pâte amère. Mais ses bras se contentèrent de rester ballants, comme des membres inutiles et pesants.

Le lendemain, le directeur fit le tour des chambres pour veiller à ce que tout soit parfait pour la visite. Il ne s'agissait pas d'une simple inspection, mais de la venue de plusieurs familles américaines, organisée depuis des mois. Paul Nervillier savait que ces rencontres étaient à chaque fois un test pour lui. Son poste lui imposait une certaine rentabilité. Et pour atteindre cette rentabilité, il fallait vendre des enfants et reverser une partie des sommes à Blasius ainsi qu'à un représentant du président qui ensuite diviserait les parts entre les différents investisseurs. Les familles étaient membres d'une association religieuse huppée de la côte Est. Le directeur avait méticuleusement préparé leur venue et fixé le prix à vingt-deux mille dollars par enfant, papiers officiels siglés du sceau haïtien inclus. Bien entendu, le fait que ces enfants avaient été volés dans la rue ou achetés pour seulement cent dollars ne parvenait jamais à la connaissance des adoptants.

À chaque fois qu'une visite de cette importance était prévue, le rituel demeurait identique. Tout d'abord, quelques jours en amont, les enfants, habitués à plusieurs repas par jour, n'avaient droit qu'à un seul repas en milieu de journée. Ensuite, des fidèles de Blasius visitaient les chambres une à une et y restaient de longues minutes pour « préparer » les orphelins. Il s'agissait en fait de torture psychologique qui consistait à les effrayer le plus possible, parfois même à les frapper, afin que les enfants effacent de leur regard le peu de joie qu'ils avaient acquis jusque-là dans la Tombe joyeuse. Lorsqu'il voyait cette troupe de démons se garer devant l'orphelinat, le directeur se rendait dans son bureau, déposait un vinyle sur sa platine (le plus souvent un opéra chanté par la Callas) et buvait jusqu'à ce que les cris des suppliciés disparaissent de sa tête.

— Ces familles viennent en Haïti parce qu'elles ne peuvent pas avoir d'enfants. Mais pourquoi font-elles le voyage jusqu'ici pour adopter ? Parce que nous leur facilitons les démarches administratives ? Parce qu'elles n'ont pas à attendre des années et à se prêter à des évaluations psychologiques à la con ? Oui, certainement. Mais plus que tout, elles veulent flatter leur ego, avoir l'impression de retirer ces enfants des enfers et de les sauver. Le bonheur ne fait pas vendre. C'est le malheur figé dans les yeux de ces mômes qui va déclencher réellement l'achat. Croyez-moi, cher directeur, dès qu'elles seront de retour chez elles, ces familles vont tout faire pour revenir et adopter non pas un, mais plusieurs enfants. C'est pour cela que les associations religieuses sont les clients les plus importants dans ce business. Malgré l'Histoire, elles pensent toujours qu'elles peuvent sauver l'humanité. Maintenant que vous êtes devenu complice de tout cela, contentez-vous de l'accepter, vous dormirez mieux.

Voilà comment un des comparses du chef de Cité-Soleil lui avait justifié cette préparation. Et les centaines de milliers de dollars qui rentraient chaque année dans les caisses de l'orphelinat ne lui avaient jamais donné tort.

Paul Nervillier fit le tour des chambres et précisa une nouvelle fois aux six qu'ils devraient se terrer dans leur ancien dortoir le temps que les familles aient fait leur choix et terminé de poser leurs questions. Si la première fois, surpris d'être ainsi mis à l'écart, les enfants avaient demandé des explications, à présent les consignes du directeur leur semblaient bien futiles. Tous avaient compris que personne ne les adopterait. Trop âgés, trop « imparfaits », ils n'attireraient pas l'intérêt. Peut-être celui de quelque propriétaire et riche négociant de bananeraies souhaitant les employer, mais rien d'autre, rien qui les éloignerait réellement de leur condition d'enfant esclave. Alors, dans le recueillement de leurs souffrances et de leurs espérances, chacun se retranchait au grenier, attendant que les visites se terminent pour retrouver la solitude de sa chambre. Et dans ces pièces exiguës, amputées de lumière et de liberté, les six patientaient, en craignant la nuit, que les années s'égrènent jusqu'au jour de leur libération.

— Bien, très bien, se félicita le directeur après avoir vérifié son établissement.

Les enfants « vendables » arboraient une mine triste et fatiguée. Au fond de leurs regards, on pouvait lire la crainte et l'incompréhension, le maquillage parfait pour exciter l'humanisme des acheteurs.

Il ne restait plus qu'à attendre les visiteurs et à les accueillir avec un sourire qui s'effacerait rapidement pour laisser place à un visage torturé par la difficulté de subvenir aux besoins de l'orphelinat. Feindre la désolation, quémander sans demander, cracher sur la réalité d'un pays qui abandonne ses enfants sans paraître bénéficiaire de cette situation.

Mentir. Se confondre dans l'histoire. Tirer profit.

Un rôle que Paul Nervillier, avec les années et la résignation, maîtrisait à la perfection.

7

Haïti, 11 janvier 2010
La veille du séisme

Salamia marqua une pause.

J'ignorais où elle voulait nous emmener. Le seul lien qui menait à Méline demeurait son propre père, l'homme en partie responsable du malheur de ces enfants. Mais qu'est-ce que ma femme avait à voir avec ces six gamins ? C'était Paul le coupable, lui et les autres, ce Blasius, le président, les familles, Haïti… toute cette économie répugnante que j'avais du mal à croire réelle.

Rachelle, quant à elle, restait silencieuse en attendant la suite. Avait-elle compris ? Se doutait-elle de la direction que prendrait le reste de l'histoire ? Étais-je simplement trop « étranger » pour saisir ?

À présent, les dernières paroles du père de Méline résonnaient différemment dans ma mémoire. Il ne s'agissait plus de divagations séniles, mais d'une vérité abjecte. Comment Hélène avait-elle pu mentir et prétendre n'être jamais venue ici ? Comment des parents pouvaient-ils oser cacher de tels secrets et reconstruire une vie sur les décombres d'un tel passé ?

Je pensai à ma femme et au choc qu'elle aurait eu en apprenant tout cela. Ses parents qu'elle aimait tant, ceux dont la mort avait entraîné sa décision de se rendre en Haïti, pour surmonter son deuil… sans se douter un seul instant qu'elle n'en reviendrait jamais.

La *mambo* s'étira le dos et les cervicales. Derrière elle, à travers l'unique fenêtre de la pièce, je pouvais apercevoir la Tombe joyeuse s'évanouir lentement dans la lumière de fin de journée. Aucun homme armé d'une machette ne semblait rôder autour. Peut-être était-il mort lui aussi… Peut-être que les malédictions existaient réellement et que cette maison était vouée à faire disparaître tous ceux qui s'en approchaient de trop près…

— Puis vint le jour où tout bascula et qui entraîna des années plus tard la mort de votre femme, reprit Salamia d'une voix éteinte qui n'augurait rien de bon. Car ne vous méprenez pas, ce n'est pas uniquement l'assassin qui a tué votre femme, mais aussi ceux qui ont disparu au fil du temps, tous réunis pour l'éternité, là-bas, coincés dans cet orphelinat que vous observez en vous demandant sûrement si une maison est capable de receler tant de pouvoir…

8

Haïti, 1984

Le minibus rempli de visiteurs se gara devant la Tombe joyeuse. Des couples en descendirent, mitraillant la bâtisse de leurs appareils photo, s'approchant fébrilement du lieu de tous leurs espoirs.

Accroupis derrière l'immense vitrail, les six observaient les étrangers avec attention. Sélène les décrivait à Lucien et, dans la voix de la jeune fille, chacun pouvait entendre les regrets de ne pas faire partie des enfants susceptibles de partir avec ces étrangers, vers une vie meilleure, loin de la Tombe joyeuse. Victor ajoutait de temps à autre des commentaires moqueurs à propos de la blancheur de leur peau, de leurs vêtements ridicules ou encore de leurs silhouettes trop bien nourries… Mais aucun des autres enfants n'était dupe. Lui aussi aurait aimé avoir sa chance, c'était certain.

L'air du grenier était saturé de rêves impossibles et de regrets éternels. Les six seraient condamnés durant des années à suivre le même rituel. Anatole, lui, se trouvait en bas et, même s'il y avait très peu de chances qu'il soit adopté, au moins il existait. Il n'était pas un monstre que l'on cachait et que l'on réservait à la porte rouge.

Deux Haïtiennes, sans doute les intermédiaires chargées de vérifier la conformité de l'orphelinat et des transactions, tenaient fermement contre elles un cahier sur lequel, de temps à autre, elles notaient leurs conclusions. L'une d'elles leva les yeux vers le vitrail et l'observa durant plusieurs minutes. Dans un réflexe commun, les enfants se baissèrent pour ne pas être vus. Le directeur les avait bien mis en garde, comme à chaque fois : ils ne devaient à aucun moment trahir leur présence.

— Merde, pesta Victor, vous croyez qu'elle nous a vus ?

— C'est... c'est po...possible, regretta Damien.

— Non, je ne crois pas, peut-être que c'est le vitrail qu'elle regardait, suggéra Mickaël.

— Que se passerait-il sinon ? Pourquoi devons-nous nous cacher ? demanda Lucien.

— Parce que sinon, ces gens vont poser des questions, et le directeur n'aime pas ça, expliqua Doriane, recroquevillée sur elle-même, n'osant plus bouger.

— Alors la solution est là, affirma l'aveugle. Il suffit de nous montrer, de leur expliquer...

— Et puis quoi ? Tu ne comprends pas qu'une fois toutes ces personnes parties, le directeur ou Blasius nous feront disparaître pour de bon ? Tu penses que ces gens vont nous emmener avec eux aujourd'hui, simplement parce qu'ils nous auront vus ? On est coincés, Lucien, ici et partout sur cette île !

Lentement, les enfants s'éloignèrent de la fenêtre et s'assirent sur le parquet. Sélène guida Lucien. Elle ne reconnaissait plus son ami. Il lui parlait moins et lui donnait l'impression de fuir sa présence. La jeune fille avait partagé ses impressions avec Victor, qui avait également remarqué un changement brutal dans le comportement de l'aveugle. Le garçon ne voulut pas effrayer Sélène, mais il se doutait de la raison pour laquelle leur ami s'éloignait du groupe.

La porte rouge, se dit-il. *Les démons ont sûrement été plus durs avec lui, plus exigeants.*

Le fait de ne pas être visibles, de se mouvoir tels des fantômes et de pouvoir user de leur position sans découvrir le reflet de leurs actes dans le regard de l'enfant devait les exciter davantage. Même les monstres les plus abjects n'aiment pas rencontrer le regard de leurs victimes. Et cette invisibilité, cette impunité devait les encourager à laisser libre cours à leurs pulsions les plus dégradantes.

Victor eut envie de s'approcher de Lucien, de lui dire qu'il comprenait, de l'encourager à rester fort, à ignorer les images que son imagination mortifère imposait à sa cécité. Mais il n'en eut pas le courage.

Et il le regretta profondément une heure plus tard, quand la fenêtre se brisa.

Deux étages plus bas, Paul Nervillier répondait avec précision et malhonnêteté aux questions des familles et des deux membres de l'association religieuse.

Oui, les enfants étaient en bonne santé (les faux rapports médicaux fournis par le ministère l'attestaient).

Non, l'orphelinat ne pourrait subvenir aux besoins des pensionnaires très longtemps, car le nombre d'enfants dans les rues augmentait dangereusement et les plus âgés (dès douze ans) devraient laisser la place aux plus jeunes.

Non, aucun enfant n'était maltraité ici, c'était un orphelinat officiel, géré de la meilleure manière possible, bien loin des établissements aux tristes réputations…

Puis, satisfait du bon déroulement, le directeur fit descendre les enfants dans la grande pièce. Les orphelins, âgés de quatre à dix ans, appliquèrent à la lettre les consignes imposées depuis une semaine. Ils arborèrent une mine triste et un sourire timide. Certaines femmes laissèrent échapper quelques larmes tandis que les futurs pères s'approchaient, leur promettant des jours meilleurs.

Paul pensait déjà aux transactions à venir. Avec un peu de chance et de sournoiserie, il pourrait vendre tous les enfants. À vingt mille dollars par tête, ce serait une sacrée journée ! Paul songea à la prochaine étape : passer commande à l'équipe de Blasius pour qu'elle lui trouve d'autres enfants afin de recommencer un cycle. Blasius le féliciterait sans doute, bien qu'il préférât se tenir le plus possible à distance du chef de gang, et sa part des ventes viendrait grossir un peu plus un compte en banque déjà confortablement fourni.

Le groupe de visiteurs se rassembla dans un coin de la pièce. Les deux femmes qui accompagnaient les étrangers hochèrent la tête tout en notant les commandes sur une feuille de papier. À voir leurs sourires, les demandes allaient bien au-delà de leurs espérances. Après tout, leur association religieuse toucherait elle aussi un pourcentage.

L'une d'elles s'approcha du directeur et lui tendit une feuille. Paul lut les souhaits des acheteurs. Deux familles souhaitaient le même enfant. L'une d'elles surenchérissait de cinquante pour cent sur le prix réel. Sur dix enfants en vente, sept trouvaient preneur.

Une sacrée bonne journée, se félicita le directeur en certifiant que les papiers d'adoption (tous aussi faux que les certificats médicaux) seraient disponibles la semaine suivante, quand l'association viendrait récupérer les enfants.

— Vous avez d'autres enfants, là-haut ? lui demanda soudainement la plus corpulente des deux organisatrices.

— Non, mentit Paul, ils sont tous ici. Pourquoi cette question ?

— Depuis le jardin, j'ai cru voir des enfants derrière votre magnifique vitrail.

— Désolé, mais la limite pour notre établissement est de douze enfants, et croyez-moi, c'est assez de travail, plaisanta-t-il en se forçant à sourire.

Anatole, qui était resté à l'écart derrière un des piliers en bois du rez-de-chaussée, perçut cependant la colère froide du directeur. Aussitôt, il se glissa au dernier étage pour prévenir les six de ce qu'ils encouraient si jamais ils ne se faisaient pas plus discrets.

— Très bien, conclut la femme, nous nous revoyons la semaine prochaine.

— En effet, se réjouit le directeur. Je suis une nouvelle fois heureux que vous aidiez nos enfants, c'est un véritable soulagement, pour eux comme pour moi.

— Merci de veiller sur eux, monsieur Nervillier. Autorisez-vous les futurs parents à…

— Mais bien sûr ! Je vous en prie, dites au revoir à ces enfants ! encouragea-t-il les visiteurs.

Les familles serrèrent les minuscules silhouettes, leur déposèrent des baisers sur les joues. Paul songea un instant que peut-être, parmi ces personnes apparemment bien intentionnées, se cachait un monstre qui possédait également sa porte rouge. Il balaya cette hypothèse d'un sourire commercial en direction de la troupe qui foulait déjà l'herbe sèche de la Tombe joyeuse.

Mais ce sourire se transforma subitement en une grimace d'horreur et d'incompréhension.

*

— Putain, vous voulez mourir ou quoi ? pesta Anatole en faisant irruption dans le dortoir.

Il trouva les gamins silencieux, assis en cercle, excepté Lucien qui se tenait debout et effectuait des va-et-vient entre la porte d'entrée et le vitrail.

— Quelqu'un vous a vus ! Vous êtes cinglés !

— On… on sait, intervint Damien, l'air coupable.

— Alors ne bougez plus maintenant, ils s'en vont ! Et toi, Lucien, viens t'asseoir avec les autres !

— Va te faire foutre ! cracha l'aveugle.

— Comment ?

— J'ai dit va te faire foutre !

Ses compagnons n'en revenaient pas. Le visage d'Anatole se figea de surprise, mais rapidement la colère inonda son regard.

— Assieds-toi avant que je te pète la gueule ! prévint Anatole en prenant soin de ne pas crier.

— Je ne m'assiérai plus jamais ! Ni ici ni derrière la porte rouge !

— Lucien, s'il te plaît…

— Non, Sélène ! Je suis le seul à voir ici ! Le seul à comprendre ! Voulez-vous vraiment vivre ainsi pendant des années ? Dans la peur, dans la violence, dans cette impasse ?

— Dernier avertissement, le prévint Anatole, les poings fermés, prêts à s'abattre.

— J'en peux plus, souffla Lucien en se tournant vers la fenêtre.

À peine quelques mètres le séparaient du verre multicolore.

— Ne fais pas le con, lui intima Victor qui ne reconnaissait plus le garçon timide et bienveillant qu'il avait jadis rassuré à l'arrière d'un camion. On y arrivera, tous ensemble. Écoute, ils s'en vont, la porte d'entrée vient de claquer…

— Et ensuite quoi, Victor ? Et ensuite quoi ?

Mus par un réflexe commun, les enfants se levèrent mais n'osèrent s'approcher de Lucien qui, de plus en plus nerveux, marchait lentement vers le fond du dortoir. Tous comprirent tardivement qu'il ne s'agissait nullement d'une retraite, mais bien d'une prise d'élan.

— Lucien, qu'est-ce que tu…

Mais Sélène ne put terminer sa phrase.

Lucien s'élança, bras en avant, vers la douce source de chaleur, le long de ce court itinéraire qu'il connaissait à présent par cœur.

*

Paul Nervillier ne comprit pas immédiatement ce qui venait de se produire. Alors qu'il saluait une dernière fois les visiteurs, quelque chose chuta du ciel à une vitesse folle et vint s'écraser lourdement sur les pierres de l'allée, à quelques pas des spectateurs médusés. Une pluie de verre multicolore auréola le corps et brisa le silence de ses crépitements aigus. C'est alors qu'une des femmes hurla et que le directeur se souvint qu'il avait également entendu des os se briser.

*

Les enfants fixaient la gueule à présent grande ouverte de la fenêtre. Des débris de verre toujours scellés à l'armature pendaient comme les dents d'un monstre menaçant. Pas un n'osa bouger durant les quelques secondes qui séparèrent le saut de Lucien du cri qui retentit par la suite. Mais tous entendaient en boucle dans leur esprit le son du corps de leur ami s'écrasant plusieurs étages plus bas.

Un *plom* aussi bref qu'un battement de cœur.

Et aussi lourd qu'une vérité incompréhensible et inacceptable.

Ce son, ce *plom* dérisoire, mais pourtant éternel, les hanterait durant de nombreuses années. Il deviendrait l'alarme intime de leurs peurs les plus profondes, les accompagnant jusqu'à la fin sans qu'aucun des enfants parvienne jamais à l'oublier. Ce bruit sourd se grava dans leur mémoire pour ressortir de temps à autre et devenir :

Ce *plom* que Damien entendrait, la nuit, au hasard des ruelles, chaque fois qu'il penserait reconnaître l'ombre de Blasius…

Ce *plom* que l'esprit de Doriane lui soufflerait une dernière fois, à l'âge de dix-neuf ans, avant que l'aiguille qu'elle venait juste de se planter dans le bras gauche ne la fasse mourir d'une overdose.

Ce *plom* que Victor, deux années après la fermeture de l'orphelinat, entendrait juste après le déclic du chien de l'arme tenue par un des membres du gang de Blasius, qui lui transpercerait le crâne comme son ancien ami avait transpercé le vitrail.

Ou bien encore ce *plom* qu'imaginerait Sélène, un an avant sa sœur, lorsqu'elle se rendrait compte que l'homme qui venait de la violer lui avait aussi enfoncé une lame dans l'estomac.

*

— Ce son résonna très certainement dans les artères de la Tombe joyeuse, ajouta la *mambo*, afin d'y visiter en un dernier hommage chaque pièce où s'était tenu Lucien. Caressant les murs comme il le faisait pour ne pas chuter. Se mêlant aux flocons multicolores des reflets du grenier. S'essoufflant contre le bois rouge d'une porte au vernis à présent ensanglanté… Il y résonne encore, je l'entends la nuit, quand les morts viennent me réveiller…

9

Haïti, 11 janvier 2010
La veille du séisme

— Il y résonne encore, je l'entends la nuit, quand les morts viennent me réveiller…

« Voilà comment se termine l'histoire des six, conclut la vieille femme. Les secours, alertés par l'une des organisatrices de la visite, arrivèrent sur les lieux, suivis de la police. Personne ne put sauver Lucien. Il était mort sur le coup en sauvant ses amis du silence de la Tombe joyeuse.

« L'accident ne fit ni la une des quotidiens ni les gros titres des journaux télévisés. L'affaire fut étouffée par une main très puissante, sinon la plus puissante de l'île.

« La Tombe joyeuse fut fermée pour raison économique et garda ses secrets bien scellés derrière une porte rouge. Jusqu'à aujourd'hui.

Les paroles de Salamia s'éteignirent à leur tour, faisant place à un silence funeste.

Voilà donc le fin mot de l'histoire, me dis-je, à la fois ici, dans cette minuscule maison, et dehors, à fixer la Tombe joyeuse. *L'un des enfants se venge. Il tue tous ceux qui ont participé à ce drame. Mais pourquoi Méline ?*

— Les cinq sont venus me voir quelques jours après, ajouta la vieille femme. C'est Damien qui les avait convaincus. Ils me racontèrent tout, les journées comme les nuits. Je les ai écoutés puis leur ai dit de partir, de se cacher et d'oublier. Ils ont suivi mes conseils, durant quelques semaines. Puis, un à un, ils se sont éteints. Le soleil de Haïti a asséché le sang qui coulait dans leurs veines, aussi simplement qu'une larme orpheline tombée sur la terre brûlante des enfers.

— Ils sont tous morts ? demandai-je, conscient du fait que si c'était le cas, ma théorie de la vengeance serait fausse.

— Jeune homme, nous sommes à Haïti, ici personne ne vit ou ne meurt vraiment.

— Qui est-il ? intervint Rachelle.

Je ne l'avais pas remarqué tout de suite à cause de l'obscurité qui avait pénétré la pièce et nos cœurs, mais des larmes sinuaient sur les contours de ses joues.

— Il est revenu il y a de cela six mois. Je l'ai reconnu immédiatement depuis ma fenêtre. Sa démarche était la même que celle que j'avais observée, amusée, il y a vingt-six ans.

— Mais bon sang, de qui parlez-vous ? m'emportai-je, voyant que la *mambo* se délectait de ses effets.

— Mon préféré, le seul qui a osé toucher cette porte, sourit-elle. Damien, le bègue.

— Que voulait-il ?

Rachelle murmura cette question avec crainte. Elle se doutait de la réponse, mais avait peur de l'entendre. La fille de Simon connaissait cette femme et ses pouvoirs, et dans cette question, bien plus que la crainte, je perçus une peur primale, une peur héritée de siècles d'histoire, une frayeur viscérale.

— Il m'a demandé du vaudou, ma chère, et le plus terrible d'entre tous…

10

Haïti, 11 janvier 2010
La veille du séisme

— Et maintenant ? prononçai-je avant que Rachelle ne fasse démarrer la voiture.

Au-dessus de nous, une lune presque pleine dardait de ses reflets spectraux la silhouette de la Tombe joyeuse.

— Et maintenant… Je ne sais pas, Vincent. Nous savons que ce Damien est venu demander l'aide du vaudou pour se venger, mais nous ne savons toujours pas où le trouver.

Sa voix me parut épuisée, résignée. Je devinais sa colère et sa frustration de ne pouvoir mettre la main sur l'homme qui avait tué son père, puisque, à cet instant précis, je souffrais des mêmes maux. Pour la première fois depuis notre rencontre, je perçus derrière l'apparence forte et déterminée l'ombre d'une femme à bout de souffle. J'eus le sentiment de me retrouver face à l'enfant, celle qui observait son père avec admiration en croyant que jamais il ne disparaîtrait.

— Je crois qu'il est temps de prévenir la police, souffla-t-elle en tournant la clef. J'avais promis à mon père de ne pas mêler Manus à tout cela, mais je ne sais vraiment plus quoi faire.

— Nous ne pouvons pas régler cette affaire seuls, tentai-je de la consoler, nous sommes dépassés. Un ancien président, un chef de gang, un trafic d'enfants international… Rachelle, tout cela pourrait mal finir si nous ne demandons pas d'aide.

— Je sais, je sais… Je pensais juste pouvoir venger mon père et, si Damien nous échappe, j'aurai fait tout cela pour rien, sans compter votre venue ici… Quelle conne…

— Ce n'est rien, j'ai toujours rêvé de visiter votre pays, plaisantai-je en tentant de détendre l'atmosphère.

Rachelle était au bord des larmes, son visage tourné vers l'orphelinat. La nuit commençait lentement à nous envelopper. Des hululements résonnèrent quelque part, suivis d'un long silence.

Un appel au secours sans quiconque pour l'écouter, pensai-je en scrutant l'obscurité naissante.

Rachelle sortit son téléphone portable et composa un numéro. Après quelques secondes d'attente, elle referma le clapet.

— Il ne répond pas.

— Il est tard, arguai-je en fixant la jeune femme. Une bonne nuit de repos nous fera du bien et éclaircira nos idées. Rachelle, ne vous sentez pas coupable de ne pas avoir tenu une promesse. J'avais promis à Méline de ne jamais nous éloigner, et regardez où nous en sommes à présent. Reposons-nous, c'est la meilleure solution.

— Vous avez sans doute raison, soupira-t-elle. Je l'appellerai demain à la première heure. Pour le moment, j'ai besoin d'un verre.

La voiture s'éloigna lentement de la Tombe joyeuse, laissant la nuit vampirique absorber toutes les couleurs du vitrail, abandonnant derrière nous les murmures des six enfants.

— Vous aimez le rhum ?

Je venais de sortir de la douche lorsque Rachelle me tendit un verre, sans même attendre de réponse. À voir les veinules rougies de ses yeux, je compris non seulement qu'elle avait profité de mon absence pour pleurer, mais également qu'elle n'en était pas à son premier verre. Je remarquai également la couverture qui avait été déposée sur le canapé de son appartement.

— Vous ne trouverez pas d'hôtel à cette heure, se justifia-t-elle.

— C'est gentil, merci, prononçai-je en acceptant l'alcool. Dans ce cas, c'est moi qui fais à manger.

— Si vous trouvez quelque chose dans le frigo, la cuisine est à vous !

Nous dînâmes en silence d'une omelette agrémentée de légumes que je découvrais pour la première fois. Je n'avais jamais été bon pour mener la conversation. Méline parlait pour deux. Nous bûmes du rhum, sans doute pour nous apporter le courage nécessaire, et lentement, les deux inconnus que nous étions se virent et s'acceptèrent pour ce qu'ils étaient réellement, des naufragés malmenés par les flots haïtiens. Rachelle me parla de son père, de son entêtement à rejeter le vaudou, de sa grand-mère à la beauté maudite et de sa propre mère, véritable naufragée. À mon tour, je lui décrivis Méline, notre rencontre et notre passion commune pour Orphée et Eurydice. Les larmes coulèrent, sur mes joues blanches comme sur ses joues noires, et nous nous souhaitâmes bonne nuit en nous souriant, tels deux amis satisfaits d'avoir rattrapé le temps passé.

— Vous aviez raison, nous avions besoin de cela, m'avoua-t-elle avant de refermer la porte de sa chambre.

Cinq minutes plus tard, harassé par le décalage horaire et les événements, je m'endormis, soulagé d'avoir, pour quelques heures, oublié la Tombe joyeuse.

Mais elle n'en avait pas encore terminé avec moi, et elle me le fit comprendre par un rêve…

… La maison se dressait vers le ciel, brisant l'horizon chaotique dessiné par les misérables habitations en parpaing et en tôle du quartier. Tel le mausolée d'une divinité païenne érigé au centre d'un village, la Tombe joyeuse défiait la nature et le temps. Le bleu métallique de la pleine lune enveloppait son architecture d'une lueur bienveillante, de celles que seules des complices muettes et éternelles peuvent partager. Les caresses soyeuses de l'astre firent apparaître des ombres sur les surfaces planes de ses façades. Elles se glissèrent à travers les piliers du garde-corps, s'immiscèrent au creux des arcades. Elles étirèrent les angles des tuiles, des volets, des faîtages (pourtant si discrets le jour) comme autant de griffes acérées descendant avec lenteur et détermination vers l'herbe asséchée du jardin.

Une autre ombre, figée plus bas devant la grille de la propriété, beaucoup plus frêle et tourmentée, observait avec crainte la transformation. Dans sa main droite, un bidon d'essence. L'homme ouvrit la grille d'un geste hésitant, puis avança le long du court chemin de terre.

Autour de lui, des lucioles virevoltaient dans la nuit de manière saccadée, changeant subitement de direction, à l'image d'insectes pris au piège dans un labyrinthe aux murs invisibles. Il respira avec difficulté l'air pesant. Un bruit provenant de la ruelle le fit sursauter. Son regard instable en chercha la source par-dessus la haie de vétiver. Il vit une dizaine de chiens errants s'engager dans sa direction, langue pendante tel un organe inutile. Ils changèrent de trottoir à l'approche de la Tombe joyeuse, sans aucun doute effrayés eux aussi par ses secrets. Leurs côtes saillaient dangereusement, tendant leur peau que l'on aurait pu croire prête à se déchirer tellement elle semblait fine et fragile, tandis que leur pelage clairsemé par la gale dévoilait des croûtes sanguinolentes. Les bêtes, devenues asociales par tant de souffrance, ne prêtèrent guère attention à sa présence.

L'homme attendit que leurs cris plaintifs s'estompent dans la nuit avant de reprendre sa progression.

Il se figea juste devant les marches en pierre qui menaient au porche et leva les yeux vers cette structure *gingerbread* typique de Haïti. Les deux étages de bois et de pierre l'observèrent à leur tour tandis que le toit, qui lui cachait à présent la lune, étirait son spectre ombreux pour le recouvrir totalement. Son regard remonta fébrilement le long de la façade, dépassa la coursive du premier étage et se fixa sur la fenêtre la plus haute. De forme ogivale, solitaire et brisée, unique cicatrice d'une maison que personne ici n'aurait osé approcher ni souiller, cette fenêtre demeurait le point de départ de tous les malheurs.

C'est ici que tout a commencé, c'est ici que tout doit se terminer…

L'homme se concentra, chercha au fond de lui le courage nécessaire pour avancer davantage. Il sentit la piqûre d'un insecte au creux de sa nuque et posa un instant le bidon d'essence au sol. Il griffa avec colère sa peau d'Européen puis s'essuya le front qui luisait autant de sueur que de peur.

Le souvenir de Méline s'immisça alors à travers le temps.

Cette phrase qu'elle avait prononcée la dernière fois qu'ils s'étaient vus, quelques jours avant qu'elle ne parte pour cette terre de soleil et de sang.

« Promets-moi de ne jamais nous égarer, mon Orphée… »

« Je te le promets… », avait-il répondu.

— Je te l'avais promis, murmura-t-il face à cette fenêtre brisée.

Il monta les marches et poussa la lourde porte en bois de la Tombe joyeuse.

Ainsi, s'abandonnant à un destin aussi funeste et irrémédiable que celui du poète grec, Vincent s'enfonça dans l'enfer du quartier des damnés, sous les regards et les hurlements de trop nombreux suppliciés…

Il se retourna cependant une dernière fois en direction de la minuscule bâtisse qui faisait face à l'orphelinat. Il aperçut la vieille femme sur son porche. Elle l'observait, son visage grave se confondant avec l'inéluctabilité de la nuit. La *mambo* leva la main en guise d'encouragement et d'adieu, puis avança de quelques pas jusqu'à la grille de sa maison. Un éclat de lune fit scintiller les larmes sur ses joues, tandis que sa main osseuse décrochait de son support le carillon de verre…

C'est ici que tout a commencé, c'est ici que tout doit se terminer…, grondèrent alors les enfers sous leurs pieds.

EURYDICE AUX ENFERS

1

Haïti, 12 janvier 2010
Deux heures trente avant le séisme

— Pourquoi est-ce qu'il ne répond pas ?

Rachelle venait par trois fois d'essayer de joindre Manus, et elle était tombée systématiquement sur le répondeur. Je l'entendais arpenter sa chambre en pestant contre le collègue de son père. Au son de sa voix, je compris que ses reproches se transformaient lentement en inquiétude.

Je n'osai intervenir et attendis, assis sur le canapé, que la jeune femme apparaisse.

Par-delà la fenêtre de l'appartement, j'observais les toits de la ville comme autant de carrés plats et sans vie. Bon nombre de ces toits avaient été transformés en étendoirs à linge où des morceaux de tissu aux couleurs variées pendaient sous le soleil d'un jaune sableux. La chaleur naissante de la journée, bien que timide encore à cette heure-ci, ne tarderait pas à cuire ces vêtements et à obliger leurs propriétaires à les retirer. Je me perdis un instant dans cette contemplation quand mon esprit s'éloigna de ce paysage coloré pour me diriger en direction du rêve de cette nuit et plus particulièrement vers la *mambo*.

Que signifiait sa présence ?

Je refusais de croire qu'il s'agissait là de l'un de ses tours, que sa magie avait voyagé jusqu'à moi pour m'apporter un message, délivré par un quelconque lwa du panthéon haïtien. Mais, je dus l'admettre, les images et les sensations éprouvées lors de ce rêve me tourmentaient toujours.

— Je vais essayer le commissariat, lança Rachelle en passant devant le canapé duquel je peinais à m'extraire.

Elle avait enfilé un pantalon, un haut de survêtement et une paire de baskets.

— Peut-être n'a-t-il simplement plus de batterie, il est tellement tête en l'air, ajouta-t-elle sans conviction. Bien dormi ?

— Oui, mentis-je en me levant.

Puis, sans en avoir réelle conscience, j'ajoutai :

— Il faut la brûler.

— Quoi ?

— Il faut la brûler ! répétai-je en haussant la voix afin que Rachelle m'entende depuis la cuisine d'où provenaient des bruits de vaisselle et de portes de placard que l'on referme.

— La brûler ? Pourquoi ? me demanda-t-elle en composant un numéro sur son portable.

— Je ne sais pas, disons que… j'ai fait un rêve étrange. Il y avait la *mambo* et j'ai l'impression qu'elle voulait que je brûle la Tombe joyeuse.

— Ce n'est pas si étrange. Il s'agit d'une purification par le feu… Oui ! Allô, c'est Rachelle, est-ce que je pourrais parler à Manus ? C'est urgent. Oui, je patiente. La brûler… Ce pourrait être une bonne idée… Je pense que Salamia vous a envoyé un message, m'avoua-t-elle en posant la main sur la base de son portable. Oui ? Quoi ? Il n'est pas là ? Son véhicule de fonction est au parking ? Oui ! *Fout toné !* lâcha Rachelle en raccrochant.

— Que se passe-t-il ?

— Pas trace de Manus là-bas non plus… Je n'aime pas ça. Buvez votre café, on va essayer chez lui.

Quinze minutes plus tard, nous nous garâmes devant un immeuble du centre de Port-au-Prince. Une chaleur lourde avait rapidement envahi la ville, infligeant aux rues odorantes et bruyantes une atmosphère bien plus oppressante que la veille.

Le ciel se parait de nuages épais qui voguaient de manière saccadée, progressant lentement avant de se disloquer comme si des mains de géants invisibles les étiraient pour les déchirer en lambeaux. Un vent léger secouait les arbres et soulevait de manière sporadique la poussière de la terre sèche.

Mais la météo laissait les habitants indifférents. La même animation régnait dans la ville. Les mêmes odeurs désagréables. Les mêmes gestes des enfants, dont certains, reconnaissant en moi l'étranger vulnérable et riche qu'ils espéraient, me ciblèrent du regard en tendant leurs mains.

— Venez, il habite au deuxième étage.

Nous nous engouffrâmes dans le hall et montâmes les marches au petit trot. La jeune femme, beaucoup plus alerte que moi – et profondément inquiète depuis son appel au commissariat –, me distança rapidement. Des relents de pisse et de moisissure suintaient des murs. Les premières portes que nous croisâmes étaient toutes maculées de tags et percées de renfoncements, dus certainement à des coups de pied.

— Votre ami habite ici ? m'étonnai-je en attaquant les marches du second étage.

— Si vous saviez combien gagne un flic dans notre pays, vous ne seriez pas si surpris, m'informa-t-elle en me distançant un peu plus.

À chaque palier, une fenêtre carrée laissait entrevoir l'extérieur. J'en profitai pour ralentir et poser une œillade sur l'enchevêtrement de maisons aux façades fatiguées, d'immeubles vétustes et de ruelles repoussantes qu'offrait le panorama. Je m'imaginai Méline arpenter ces lieux. Sa beauté, sa pureté, se perdre dans ces enfers et s'y enfoncer à jamais…

— Vincent !

Je me détournai, enjambai les dernières marches et rejoignis Rachelle devant la porte 7 de l'immeuble. La jeune femme s'était figée et demeurait silencieuse, le visage recouvert d'un voile de sueur, la respiration haletante. Je ne compris pas immédiatement la raison de son comportement.

— Elle est entrouverte, ce n'est pas normal, m'informa-t-elle en levant la main pour m'intimer de ne pas avancer davantage.

— Vous pensez qu'il lui est arrivé quelque chose ?

— Manus répond toujours au téléphone, surtout quand c'est moi qui appelle, m'apprit-elle, une certaine émotion dans la voix.

— Nous devrions prévenir la police, non ? suggérai-je.

— Je n'ai confiance qu'en lui, affirma Rachelle. Venez, restez derrière moi.

— Quoi ? Ce n'est pas sérieux, on ne sait pas ce qui…

Sans attendre, Rachelle poussa lentement la porte et progressa dans le vestibule. Je la suivis, les sens en alerte, cherchant du regard le moindre objet susceptible de nous protéger en cas de mauvaise rencontre. Le couloir débouchait sur une grande pièce où un ouragan semblait avoir été pris au piège : les meubles avaient été renversés, la télévision éventrée, la vaisselle brisée… Tout un amas de livres, de verre et d'ustensiles divers jonchait le sol, comme si la pièce elle-même avait effectué une rotation à trois cent soixante degrés avant de retrouver sa position originelle.

— Nom de Dieu ! soufflai-je. Que s'est-il passé ici ?

Rachelle fouilla les autres pièces et à, voir son expression lorsqu'elle eut terminé, je compris que le reste de l'appartement se trouvait dans le même état.

— Il n'est pas là.

L'inquiétude se lisait à présent sur son visage, sans plus aucun maquillage pour le masquer.

— Rachelle, nous devrions vraiment contacter la police maintenant ! affirmai-je en la tenant par les épaules. Il est en danger, nous sommes tous les deux en danger si nous continuons ainsi !

J'ignorais si la jeune femme m'avait entendu. Elle demeurait figée, tétanisée par ce que la peur imprégnait dans son esprit : la possibilité que Manus se retrouve à son tour assis sur le sol, les mains et le sexe tranchés, les yeux transpercés par des aiguilles métalliques.

— Rachelle, vous m'entendez ?

— Je sais où il est, marmonna-t-elle.

— Où ?

— Je sais où le trouver ! Regardez par terre.

Je suivis son regard en direction du sol.

Une photo imprimée, en noir et blanc, recouvrait un amas de terre fraîche provenant de la plante dépotée quelques centimètres plus loin.

Une photo vieille de plusieurs dizaines d'années.

Des hommes tout sourires posant devant la Tombe joyeuse.

— Vous aviez raison, Vincent, on le sort de là et on brûle cette maison.

2

Haïti, 1984

Salamia entendit le fragile cognement contre sa porte.

Elle reconnut immédiatement la personne qui se trouvait sur son perron, bien avant de lui ouvrir.

Elle savait qu'il reviendrait.

Malgré la fermeture de l'orphelinat.

Malgré la mort de son ami.

La *mambo* ouvrit la porte et se retrouva face à Damien. Elle lui sourit et le garçon lui rendit ce signe d'affection.

— Sa…Salamia, on ne sa…savait pas où aller, s'excusa-t-il, le regard bas.

— Entrez, leur dit-elle.

Les quatre enfants qui étaient restés en retrait, sans doute toujours effrayés par cette femme et ses pouvoirs, se rapprochèrent de Damien et le suivirent à l'intérieur.

— Vous pourrez rester ici quelques jours, les prévint Salamia, mais ensuite vous devrez partir. Lorsque Blasius aura compris ce qui s'est passé, il viendra ici me demander où vous êtes.

— Il te… te fera du… du mal ?

— Non, mon garçon, il sait qui je suis, il n'osera jamais. Mais vous devrez vous cacher, partir loin. Si vous restez dans la région, il vous retrouvera, c'est certain. Vous avez faim ?

Les enfants répondirent d'un hochement de tête. Depuis combien de temps n'avaient-ils pas mangé ? Depuis qu'ils avaient décidé de s'enfuir, quelques minutes après que le corps de leur ami se fut écrasé sur le sol ?

Trois jours. Trois jours étaient passés et ces gamins, malgré les horreurs qu'ils avaient vécues, n'avaient cessé de tourner autour de la Tombe joyeuse. Discrètement, la nuit, la *mambo* observait leurs silhouettes se dessiner sous la lune. Des ombres furtives, félines, qui se faufilaient autour de la bâtisse sans jamais trop s'en approcher. Qu'espéraient-ils y retrouver ? Les souvenirs heureux ? Le fantôme de Lucien ?

Non, ce ne sont que des chatons perdus, sans repères et effrayés, voilà tout, admit Salamia en allumant le feu de sa cuisinière.

Damien la rejoignit et se blottit contre elle.

Elle avait aimé ce gamin dès le début.

Quand elle l'avait vu depuis sa fenêtre, passer sa grille et craindre son chien.

Quand leurs regards s'étaient croisés pour la première fois, après qu'elle eut ouvert sa porte pour lui faire face.

Et quand, lors de ses visites, il avait bégayé toutes les horreurs que les démons leur faisaient subir derrière la porte rouge.

— Tu... Tu m'aideras tou...toujours pour mon pro...problème ? s'inquiéta le garçon.

— Je te l'ai promis, Damien, que les dieux vaudous me saignent si je ne tiens pas promesse.

— Co…comment ?

— Débrouille-toi pour survivre et viens me voir la nuit, une fois par semaine. Ne passe pas par la route ni par les champs qui mènent à la Tombe joyeuse. Passe par les terres de derrière. Il y a suffisamment de mapous pour te cacher si une voiture arrive. Et à chaque fois que la lampe de ma fenêtre sera allumée, alors tu sauras que tu peux venir sans crainte. D'accord ?

— Mer…merci. Je… je me débrouillerai po…pour survivre, balbutia Damien en souriant tristement.

Les cinq enfants restèrent deux jours puis s'évaporèrent sous le soleil de Haïti. Chacun déposa un baiser sur la joue émue de la *mambo* et promit de revenir la voir.

Seul l'un d'entre eux tint sa promesse.

3

Haïti, 12 janvier 2010
Une heure trente avant le séisme

Après avoir quitté l'appartement de Manus, nous reprîmes la route en sens inverse pour retourner chez Rachelle. Une fois arrivée à destination, elle laissa le moteur tourner et courut à son domicile. Sans m'en expliquer la raison, elle avait tenu à repasser chez elle avant de foncer vers l'orphelinat. Elle ne m'apporta pas plus d'explications lorsqu'elle revint et se contenta d'éluder mes questions durant les longues minutes que dura notre trajet jusqu'à la Tombe joyeuse. Ce n'est qu'une fois garée qu'elle me montra le pourquoi de cette halte.

— Un pistolet ! m'exclamai-je en découvrant ce qu'elle venait de sortir de son sac.

— Un Ruger KP-85 plus exactement, il appartenait à mon père, précisa-t-elle calmement.

— Vous savez vous en servir ? m'inquiétai-je.

C'était la première fois que je voyais une arme d'aussi près.

— Je suis fille de policier, vous croyez quoi ?

— Je crois que si vous avez une arme, cela signifie que nous sommes en danger en revenant ici. Et je continue de penser que nous devrions demander de l'aide !

— Manus et cette baraque d'abord, ordonna Rachelle en vérifiant le chargeur. Ensuite, nous demanderons de l'aide. Et prenez le jerricane d'essence qui se trouve dans le coffre, la *mambo* a raison, il faut la brûler.

— Ce n'était qu'un rêve, prétextai-je, à demi persuadé par mes propres paroles.

— Non, c'était un message.

Je sortis de la voiture et ouvris le coffre. J'attrapai le jerricane (je remarquai qu'il n'était rempli qu'à moitié, ce qui suffirait sans doute pour enflammer la structure en bois du rez-de-chaussée) et me rapprochai de la grille de l'orphelinat. Au-dessus de nous, un vol d'oiseaux traversa bruyamment le ciel, comme effrayés par un coup de fusil inaudible. Je me souvins alors de mon rêve et de ses chiens faméliques. Je fus soulagé de n'apercevoir aucun canidé à l'extrémité de la rue, même si ce mouvement brusque des volatiles me parut tout aussi étrange et, d'une certaine manière, semblable à celui vécu dans ce rêve.

— Vous croyez vraiment qu'il est ici ?

— Non, rectifia-t-elle, je le sais. Regardez là-bas, le van gris garé sous le mapou, c'est le sien. Connaissant Manus, il a dû mener son enquête en parallèle. Et ses conclusions l'ont amené ici, comme nous.

Rachelle essaya une dernière fois de l'appeler. Le répondeur prit le relais au bout de quatre sonneries.

— Bon, au moins j'aurai essayé. Allons-y, ne tardons pas.

Alors que Rachelle suivait l'allée de pierres qui menait à la porte d'entrée, je me retournai une dernière fois pour vérifier un détail. Et ce que je vis me troubla davantage que le vol d'oiseaux qui avait traversé le ciel quelques secondes auparavant : le carillon constitué de six morceaux du vitrail de la Tombe joyeuse ne se trouvait plus pendu à son crochet.

Il avait disparu. Comme dans mon rêve.

Telle la première pièce d'un engrenage, cette disparition marqua le début d'événements que je peine encore à croire aujourd'hui. À peine reposai-je mon attention sur la silhouette de Rachelle que celle-ci se faufilait à l'intérieur de l'orphelinat et qu'un cri retentit jusqu'à moi :

— Vincent !

Je me mis à courir le plus vite possible, piétinant l'herbe sur laquelle les enfants observaient jadis la maison de la *mambo*, foulant les pierres contre lesquelles le corps de l'aveugle s'était écrasé en un *plom* sans aucun doute aussi effrayant que le cri de Rachelle. Je sautai les quelques marches et repoussai la porte de mon épaule gauche avant de me figer à mon tour devant le cadavre allongé sur le carrelage de la pièce d'accueil, non loin d'un piano poussiéreux.

— Merde, est-ce que… Manus ?

Rachelle se dressait au-dessus du macchabée, le visage blême.

— Non. C'est l'homme à la machette, celui que nous avions rencontré avec mon père, lors de notre première visite.

La machette était enfoncée dans la poitrine de son propriétaire, dressée vers le ciel tel le mât d'un bateau.

Autour de la lame, des impacts de balles formaient de minuscules puits desquels remontaient des larmes de sang. Rachelle abandonna le corps et se mit à crier de nouveau :

— Manus ! Manus !

Après quelques secondes de silence, des pas se firent entendre au premier étage.

— C'est lui, j'en suis certaine, souffla la jeune femme.

Les pas se déplacèrent jusqu'à l'escalier. Lentement, une paire de chaussures fit son apparition au sommet de l'édifice, puis les jambes et finalement Manus se présenta, arme à la main. Son visage marqué exprima l'incompréhension lorsqu'il nous découvrit.

— Rachelle ? Mais… mais bon sang, qu'est-ce que tu fais ici ?

Rachelle se rua sur lui dès qu'il eut atteint la dernière marche et l'enlaça sans prêter attention au sang qui coulait le long de son visage.

— *Fout toné !* Qu'est-ce que *toi*, tu fais ici ? rétorqua-t-elle, le visage enfoui contre sa poitrine.

— J'ai… j'ai découvert le lien entre tous ces crimes, lui expliqua-t-il. Ton père avait raison, il ne s'agit pas de vaudou, c'est beaucoup plus complexe que cela. Cet homme, c'est lui qui a découpé les victimes. C'est le tueur…

Les deux amants restèrent un moment ainsi, dans les bras l'un de l'autre. Puis Manus émit une grimace et se toucha la tempe.

— Ce salaud m'a bien eu, reconnut-il en portant une main à sa tempe ensanglantée. Il m'a attaqué dès que j'ai passé la porte. J'ai reconnu ce militaire qui apparaissait sur la photo du journal, celle de la soirée d'inauguration. Je n'ai pas eu le choix…

— Nous devons prévenir la police, suggéra la jeune femme.

— Oui, tu as raison… Qui est cet homme ?

Rachelle se tourna vers moi. Elle semblait avoir oublié ma présence durant quelques secondes. Elle se détacha de Manus et le tira par la main.

— C'est Vincent, le mari de Méline, sourit-elle.

— Méline ? Qui est-ce ? demanda le policier en me saluant d'un bref mouvement de tête.

— Manus, tu n'es pas au courant de tout, affirma Rachelle. L'accident qui a eu lieu il y a quelques mois, cette voiture dans laquelle se trouvaient deux employées d'une ONG… Méline se trouvait à l'intérieur. Un cercueil semblable à ceux présents sur les autres scènes de crime a été trouvé sur les lieux, mais ce n'était plus qu'un morceau de papier froissé.

— Quoi ? Tu veux dire que…

— Que Méline a été assassinée par le même homme.

— Merde ! pesta Manus. Je n'ai pas eu le dossier entre les mains, je n'ai pas pu faire le rapprochement… Je suis désolé, monsieur ?

— Vous pouvez m'appeler Vincent, proposai-je en serrant la main qu'il me tendait.

— Très bien, Vincent. Et le jerricane, c'est pour quoi ?

— Pour brûler cet orphelinat, répondit Rachelle, pour brûler cette putain de baraque.

— Ça, il n'en est pas question, rétorqua Manus, cette maison sera très précieuse pour l'enquête, on ne peut pas la brûler ! Bon, il faut qu'on contacte mon supérieur, je n'ai pas mon portable, j'ai dû le laisser au bureau. Mais d'abord, je veux faire un dernier tour dans cette maison, je n'ai pas eu le temps de fouiller toutes les pièces. Je n'en étais qu'au premier étage quand j'ai entendu tes cris.

— Vous devriez essayer le grenier, intervins-je, c'est là que tout a commencé…

Manus m'adressa un regard empli d'interrogations. Son front se rida et ses yeux me dévisagèrent d'une manière qui me mit mal à l'aise. Mon attention fut attirée par son autre main, qui pianotait nerveusement sa cuisse, et je compris que, malgré son attitude faussement calme, le fait d'avoir tué un homme devait tourmenter l'esprit du policier.

— J'ai l'impression que vous avez beaucoup de choses à me raconter tous les deux. Pas vrai ?

— C'est exact, soufflai-je. Trop de choses à vrai dire.

— Comment as-tu découvert cet endroit ? lui demanda Rachelle.

— J'ai cherché dans les vieux journaux une référence aux victimes. Je suis tombé sur cet article où il était question de l'ouverture d'un orphelinat. Elles étaient toutes là, ensemble, aux côtés de l'ancien président. J'ai donc décidé de venir faire un tour et je suis tombé sur cet homme. Il a eu le temps de tout avouer avant de mourir. C'est bien lui. Je n'ai pas pu me retenir… j'ai… j'ai pensé à Simon et j'ai vidé mon chargeur.

— Tu as fait ce que tu devais faire, lui murmura Rachelle, même si elle savait que son père aurait préféré que cet homme croupisse en prison.

— Oui, j'espère… Bon, restez ici, je vais monter dans ce grenier et vérifier qu'il n'avait pas de complice. Rach, as-tu une arme ?

— Oui, répondit la jeune femme en tirant de son dos le Ruger qui était accroché à sa ceinture.

Manus observa longuement le pistolet. Il savait de qui Rachelle tenait cette arme. Un voile sombre obscurcit son regard.

— Manus… je suis désolée pour mon comportement, au cimetière…

— Ce n'est rien, Rach, c'est du passé, oublions tout cela. Bon, je peux te l'emprunter ? Je n'ai plus de munitions, je ne pensais pas que les événements tourneraient ainsi, se justifia Manus.

Rachelle lui tendit l'arme de son père et recula à mes côtés. Les rides d'inquiétude qui flétrissaient son visage depuis ce matin avaient disparu. Je soupçonnais que l'idée de brûler la maison ne lui semblait plus nécessaire. Ainsi, je déposai le jerricane sur le sol, près du corps livide. J'éprouvais un grand soulagement, comme si cet objet avait détenu en lui toutes mes peurs et mes doutes.

Seulement, je ne parvins pas à me débarrasser du sentiment d'oppression qui m'assaillait depuis mon réveil. J'ignorais s'il était dû à mon rêve, à la chaleur pesante qui sévissait à l'extérieur ou à l'atmosphère étrange qui régnait dans cette maison. J'avais la désagréable sensation de me trouver à la fois dans la réalité et dans un monde flottant entre deux notions, ballotté entre l'acceptable et l'impossible, sans pouvoir m'extraire de cet inconfort.

— Il doit y avoir un complice, soufflai-je à Rachelle.

— Quoi ?

— Cet homme sur le sol est trop âgé pour être l'un des six. Le véritable assassin doit se cacher quelque part.

— Oui, et Manus va le trouver, assura-t-elle.

— Qu'est-il arrivé à votre appartement ? lançai-je au policier, me souvenant subitement du chaos que nous avions découvert avant de nous rendre ici.

— Comment ça ? me répondit-il, l'air surpris.

— Il a été mis à sac, complètement.

— Enfoirés ! Sans doute cet homme ou son partenaire. Ils me surveillaient donc, comme Simon. Beaucoup de dégâts ?

— Rien d'irremplaçable, le rassura Rachelle.

Manus expira un grand coup, encaissa la nouvelle puis retrouva son assurance.

— Restez sagement ici, ne sortez pas, on ne sait jamais, nous intima Manus avant d'entamer sa montée. Ensuite, nous quitterons cet endroit et laisserons la scientifique le fouiller.

— Non ! criai-je alors.

Je refusais que cette maison survive à ce qu'elle avait engendré.

Je me fichais de savoir si Manus ou Rachelle accepteraient ma décision. Laisser cet orphelinat intact signifiait pour moi ne pas punir le véritable coupable, le laisser se dresser au-delà des morts et des souffrances, l'encourager à narguer un peu plus le temps et l'histoire. Les supplices des enfants, l'assassinat de Méline, de Simon, tout cela avait servi à maintenir cette maison debout, à la nourrir. Il était hors de question de se détourner de ce monstre sans le détruire.

— Il faut brûler cet endroit ! lançai-je en reprenant le jerricane d'essence. C'est le seul moyen d'en finir !

— Il est hors… hors… de… de question que l'on touche à la Tombe joyeuse ! hurla Manus.

Soudain, l'air devint glacial.

L'impossible se présenta ainsi à nous par deux mots que Manus ne pouvait connaître. Il disait avoir découvert cet endroit par le biais d'un article de journal.

Le même article que, à force de le parcourir, Rachelle et moi connaissions presque par cœur.

Et à aucun moment, au milieu de ces lignes, le nom de Tombe joyeuse n'était mentionné. Car les seuls à le connaître demeuraient ceux qui en avaient parcouru les couloirs, ou ceux qui avaient récemment rendu visite à la *mambo*. Mais ce qui nous fit comprendre l'impossible fut la colère et la violence qui se devinaient à présent sur le visage du policier, ainsi que ce bégaiement surgi du passé.

Rachelle ne parvenait plus à bouger. Elle eut un hoquet de stupeur tandis que des larmes se mettaient à rouler sur ses joues.

— Pu...putain ! Vous ne... ne pou...pouviez p... pas... Merde !

Manus redescendit les marches. Il se posta à quelques mètres de nous, sa main droite tenant fermement l'arme tandis que les doigts de sa main gauche continuaient de tapoter nerveusement sa cuisse.

Puis, sans attendre, il pointa le pistolet dans notre direction et appuya sur la détente.

4

Haïti, 1984

Alors, la *mambo* aida Damien.

À chaque fois que celui-ci se frayait un chemin dans la nuit et frappait doucement à sa porte.

Elle lui expliqua comment gérer sa nervosité. Comment combattre ce démon qui le poussait à bégayer sans jamais lui laisser de répit.

— Il faut te calmer, ici, indiqua-t-elle en posant sa main sur le cœur du garçon, et ici, en lui touchant la tête. N'aie pas honte, de grands hommes ont souffert de ce mal. Et le plus célèbre d'entre eux, Démosthène, s'entraînait à parler avec des cailloux dans la bouche. Mais rassure-toi, je n'ai pas envie que tu te casses les dents, des coques de *zanmann* suffiront…

Salamia lui prodigua également des conseils pour se relaxer.

— Pense à des moments heureux, pourquoi pas ceux de la Tombe joyeuse, lorsque vous étiez tous réunis et que vous vous endormiez en regardant le vitrail. Et crée-toi un geste que tu utiliseras en période de stress, comme une éponge qui absorberait tes peurs.

— Je… je pourrais jouer du pia…piano invisible… comme ce…celui que j'entendais dans la… la rue ?

— Oui, c'est une très bonne idée. Quand tu te sens fébrile, pense à tes cinq amis et pianote discrètement sur ce piano de ton passé. Fais-le régulièrement et tu y arriveras. Commençons maintenant, essaye de me raconter ton arrivée à la Tombe joyeuse, et si tu bégayes, ce n'est pas grave. Il faudra du temps, mais tu y arriveras.

Et même si la *mambo* était persuadée que son protégé y parviendrait complètement, quand celui-ci frappa à sa porte vingt-cinq ans plus tard, la vieille femme qu'elle était devenue ne put s'empêcher de pleurer de bonheur en l'écoutant lui avouer sans fausse note :

— Salamia, j'ai tué Blasius. Et maintenant, je vais tuer les autres. J'ai besoin que les dieux vaudous me laissent tranquille le temps que je venge mes amis.

5

Haïti, 12 janvier 2010
Trente minutes avant le séisme

La détonation hurla sa colère et propulsa la balle qui se logea derrière nous, dans le bois épais de la porte d'entrée. Dans un réflexe de peur, Rachelle et moi nous étions baissés en dressant nos mains pour nous protéger. Nous attendîmes une deuxième sentence, mais le silence reprit son droit, nous intimant de nous relever pour faire face à l'enfant que nous venions de démasquer chez l'adulte.

— Pu…putain Rachelle ! Il a fallu que… que… que tu t'obstines, comme ton père !

Manus criait. Son visage s'était transformé en un masque de fureur et de violence. Il agitait dangereusement l'arme, semblant l'avoir oubliée. Rachelle était en larmes, elle fusillait son ancien amant du regard et j'étais persuadé que s'il n'y avait eu la menace du Ruger entre eux, elle se serait jetée sur lui comme une lionne affamée de vengeance.

— Je… je n'ai jamais voulu tout ça ! Je voulais juste qu'ils souffrent com…comme nous, qu'ils paient pour ce… ce qu'ils nous avaient fait !

— Tu as tué mon père ! Un homme qui t'aimait ! cracha-t-elle au visage de l'assassin.

— Il se rapprochait trop de moi, de… de nous six. Il aurait compris et aurait tout anéanti ! Il… il aurait dû accepter ma… ma version, croire qu'il s'agissait de crimes vaudous, et alors ses recherches ne se seraient pas dirigées pa…par ici… Mais sa détestation de cette religion l'a condamné.

— Comment as-tu pu me mentir durant toutes ces années ? Tu n'as jamais bégayé au point que je le remarque ! Comment ?

Manus ferma les yeux un court instant. Puis il respira profondément en nous observant. Lentement, ses doigts cessèrent leurs gesticulations.

— C'est la *mambo* qui m'a aidé, elle m'a sauvé !

— Elle t'a maudit ! Regarde ce que tu es devenu ! Un assassin !

— Ce sont eux qui ont fait de moi un assassin !

Rachelle battit en retraite et ne prononça plus le moindre mot. Bien plus qu'effrayée, je la sentais meurtrie, au plus profond de son âme. Elle croisa les bras contre sa poitrine et baissa le visage pour ne plus avoir à affronter celui de Manus.

— Je savais qu'à un moment ou un autre tu demanderais mon aide, Rachelle, reprit-il d'une voix moins tourmentée. Après les coups de fil de ce matin, il m'a suffi de mettre en scène mon appartement pour t'attirer ici.

— Pourquoi Méline ? intervins-je.

— Ah, c'est à votre tour maintenant, railla le policier en avançant d'un pas, l'air encore plus menaçant. Ce n'était pas elle la cible, mais son père, notre ancien directeur. Malheureusement, il… il n'était pas en état de voyager jusqu'ici, son cancer l'a, d'une certaine manière, sauvé…

— Vous vous êtes donc rabattu sur sa fille, espèce de fils de pute !

— Tout doux, prévint-il en levant l'arme à quelques centimètres de mon front. L'histoire a commencé sur cette terre de soleil et de sang, et elle se devait de finir au même endroit. La malédiction que j'ai invoquée aux dieux vaudous doit suivre un cycle précis.

— Et Sybille ? Était-elle une de vos complices ? Pourquoi l'avoir tuée ? demandai-je en serrant les poings.

— Sybille… Ah oui… D'une certaine manière, elle était une complice. Mais malgré elle. Nous lui avons juste demandé de nous amener…

— Nous ?

— Parce que vous croyez encore que j'aurais pu découper des corps et arriver sur la scène de crime une heure après si j'avais été seul ? lança le policier, hilare, se moquant de notre ignorance. Pensez-vous que ce vieillard étalé ici m'aurait été d'une quelconque aide ? Ce n'était qu'un nostalgique de l'ancien président Duvalier qui pensait avoir pour mission de surveiller et protéger l'orphelinat. Mais cet imbécile n'a jamais compris que ce n'était pas l'aura de Baby Doc qui empêchait quiconque de venir le dégrader, mais celle de Blasius.

— Qu'avez-vous demandé à Sybille ?

— De nous amener des bénévoles pour l'association. Ne vous a-t-elle jamais dit que son responsable ici, à Haïti, souffrait de vitiligo ? Vou…vous savez, cette maladie qui forme des taches sur la peau, dues à la dépigmentation ? Voilà de quel mal était atteint l'homme qui indiqua à Sybille que, durant son retour en France, elle toucherait une prime importante si elle recrutait une bénévole. C'est ainsi que cela fonctionne ici, les bénévoles les… les plus anciens touchent des primes s'ils recrutent.

— Elle nous avait affirmé n'être jamais venue ici.

— Ah… Et je… je supposc donc qu'elle ne vous a jamais dit à quel point elle aimait la chaleur des Haïtiens.

— Espèce d'enculé ! cria Rachelle.

— Ne sois pas jalouse, s'il te plaît, Rach… Tous les deux, c'était impossible.

— Vous avez envoyé cette fille recruter ma femme ? Et si elle n'y était pas parvenue ? Et si je m'y étais opposé ?

— Sybille pouvait se montrer très convaincante, croyez-moi. Et dans le cas contraire, nous aurions attendu et retenté notre chance. Il était primordial que tout s'achève ici. Qui sait, peut-être que vous auriez gagné un voyage sur cette île lors d'un tirage au sort imaginaire et que votre femme aurait disparu pendant votre sommeil…

Je n'en revenais pas. Par ses parents, une partie de Méline appartenait à la folie haïtienne depuis sa naissance. Je comprenais mieux les mots de son père et sa peur de voir les six revenir pour s'en prendre à sa fille. Qu'aurais-je pu faire pour empêcher cela ? Si ses parents nous avaient tout avoué, aurions-nous échappé à cette malédiction ?

— Et ton complice, Mickaël, c'est ça ? Pourquoi se cache-t-il ? s'exclama Rachelle.

— Parce qu'il a du travail… et parce qu'il lui est difficile de passer inaperçu ! Mais il est très doué pour se servir d'une machette, vous vous en rendrez compte plus tard. Vous allez former un nouveau couple de victimes, semblable à ceux que ton père et moi avons découverts. Mais avant cela, j'ai une petite surprise. J'ai tant attendu ce moment que je ne peux m'empêcher de vous le faire partager. Avancez vers l'escalier.

Tout en nous menaçant de son arme, Manus s'écarta pour nous laisser le passage. Nous hésitâmes, mais, voyant que le policer se tenait suffisamment à distance pour annihiler la moindre chance de le surprendre, nous gravîmes les marches. Arrivé au premier étage, il nous ordonna de continuer et de longer la coursive. Les portes des chambres étaient toutes fermées, comme si des enfants se trouvaient toujours à l'intérieur. L'endroit ressemblait à un décor de cinéma. Les lampes, les meubles, les tableaux accrochés aux murs, tout semblait figé dans le passé, simplement saupoudré d'une fine couche de poussière ou marqué ici et là de taches d'humidité. La Tombe joyeuse nous dévoila le second étage, et inexorablement nous avançâmes en direction du couloir menant au grenier.

— C'est là-haut que tu vas nous tuer ? osa demander Rachelle.

— Non, le grenier n'est pas le lieu adéquat, précisa Manus. Ce… ce serait le souiller.

— Alors, pourquoi nous emmènes-tu ici ?

— Pour vous montrer ce qu'ils ont fait de nous. Et pour que vous assistiez à la dernière étape de ma vengeance. Après tout, vous avez tous les deux payé par le sang votre billet pour ce spectacle !

6

Haïti, 2009

— Je ne peux pas invoquer la mort des gens, ce n'est pas du vaudou, c'est de la sorcellerie, le prévint la *mambo*.

— Dans ce cas, Salamia, demande juste aux dieux de me laisser agir sereinement.

La vieille femme se leva du fauteuil où elle s'était assise une heure plus tôt. Damien était installé sur la même chaise qu'il utilisait enfant, lorsque la prêtresse lui faisait pratiquer des exercices de diction.

— Pourquoi maintenant ? lui demanda-t-elle en se dirigeant vers un rideau épais qui faisait office de porte.

— Parce que je devais me débarrasser de Blasius en premier. Ce ne fut pas facile de le retrouver. Mais lui vivant, il aurait été difficile de s'attaquer aux autres sans craindre qu'il n'intervienne. Je suis certain qu'il ne nous a jamais oubliés. Et qu'il a continué à nous chercher. C'est lui qui a tué Sélène et Victor. Je me suis donc faufilé dans sa demeure, pendant son sommeil, et je l'ai étouffé. Ce n'était plus qu'un vieillard anéanti par la drogue, l'ombre du chef de gang le plus puissant de l'île. Ses yeux se sont ouverts lorsque j'ai appuyé le coussin contre sa bouche. Mais il n'a pas bougé, il ne s'est même pas défendu. Il s'est contenté de me fixer, comme si, durant toutes ces années, il avait attendu ce moment avec impatience.

— Donc, maintenant, tu es libre d'exécuter ta vengeance ? Et rien ne te fera revenir sur ta décision ?

— Non, Salamia, tu sais ce qu'ils nous ont fait. Je t'ai raconté ce qui s'est passé derrière la porte rouge. *Nous* te l'avons tous raconté. Mais cela n'a rien exorcisé. Certaines nuits, je rêve encore de ces démons.

Salamia tira le rideau pourpre et dévoila une pièce minuscule. Au centre de cette pièce, un poteau, haut d'environ un mètre, se dressait vers le plafond. Le *poto-mitan*, symbole de la communication entre les humains et le royaume des dieux vaudous, était recouvert de *vévés*, ces symboles propres aux différents lwas du panthéon haïtien. À sa base, un socle servant à recueillir les offrandes aux dieux attendait patiemment que Damien s'approche et lui dépose ce qu'il venait de sortir de sa poche.

L'homme s'accroupit. Il versa une dose de rhum dans le réceptacle, accompagnée d'un sachet contenant une pâte épaisse, à l'odeur d'amande amère. Finalement, il déposa six morceaux de verre multicolore, tous liés entre eux par une ficelle en lin.

— Je vais essayer, le prévint Salamia, parce que c'est toi, mais ne me demande pas d'aller plus loin. Ce ne serait bon pour aucun d'entre nous…

La *mambo* s'assit et indiqua à Damien de quitter la pièce.

Une fois le rideau tiré, il entendit des voix s'élever puis les incantations débuter.

Il n'osa pas bouger avant que la vieille femme eût terminé et qu'elle vînt le rassurer.

7

Haïti, 12 janvier 2010
Quinze minutes avant le séisme

L'obscurité du couloir nous avala.

Manus était derrière nous, à bonne distance, nous tenant en joue sans desserrer sa menace.

Arrivés à mi-chemin, nous découvrîmes par terre le reste des statues. Elles avaient été renversées, tels les vestiges d'une antique civilisation, et leurs têtes, séparées de leurs corps en bois, gisaient sur le sol en nous fixant de leur immobilité. Ces mêmes statues avaient, des années auparavant, effrayé six enfants contraints de les rencontrer à chaque fois qu'ils allaient se coucher ou sortaient de leur grenier. Ces morceaux de bois représentaient parfaitement la tragédie qui avait frappé cet endroit et, un court instant, je ressentis de la peine pour celui qui nous suivait dans les décombres de ce passé.

— Que prépares-tu, Manus ? souffla Rachelle en prenant soin d'éviter les obstacles.

— Tu ne peux pas mourir sans comprendre, lui répondit le policier.

— Sans comprendre quoi ? Nous savons ce qui se passait derrière la porte rouge. Nous sommes au courant ! Que veux-tu de plus ?

— Je veux que vous voyiez ce que c'est qu'être drogué au point que ton corps refuse d'agir comme tu le lui demandes. Et de subir en silence, tout en voyant, entendant, ressentant toutes les horreurs qui s'abattent sur toi. Voilà ce que je veux. Je veux que tu comprennes ce que devenir un zombi signifie dans ce putain de pays !

Arrivés à l'extrémité du couloir, Manus m'ordonna d'ouvrir la porte. Il arma le chien du pistolet pour appuyer un peu plus son ordre.

J'ignorais ce que cet homme voulait nous montrer. Quel événement allait nous enterrer encore plus profondément dans les entrailles des enfers ?

— Je veux que vous entendiez le *plom* lugubre que nous avons tous entendu. Et qu'il vous hante jusqu'à ce que je vous tue. Maintenant, avancez.

Je suivis les indications. Je tournai la poignée, poussai la porte et entrai le premier, talonné par Rachelle. Je me glissai le long de la paroi, à droite de l'entrée, faisant ainsi face à la fenêtre éventrée située de l'autre côté de la pièce. Une odeur étrange me pinça les sens. Un mélange d'amande et d'effluves herbacés qui me rappela l'odeur d'un médicament oublié.

Te voilà donc, pensais-je en fixant la grande ouverture édentée. *Nous sommes enfin face à face…*

Manus ne referma pas la porte, si bien qu'elle nous empêchait d'entrevoir une partie du mur gauche de la pièce. Il fit quelques pas et nous toisa, une fois le centre de la pièce atteint.

— Bienvenue dans le dortoir des six, déclama-t-il en écartant les bras pour embrasser tout l'espace. C'est ici que se trouvent mes meilleurs souvenirs. Ainsi que le pire…

— Manus, implora Rachelle à bout de nerfs, laisse-nous partir, tu les as tués, tous, ta vengeance est accomplie…

— Pas… pas exactement, il manque une étape cruciale.

Rachelle et moi ne comprenions plus où Manus voulait en venir. D'ailleurs, aucun de nous n'était plus apte à réfléchir correctement. Nous avions peur et nous nous contentions d'attendre la suite de ses paroles, tels des accusés à l'écoute d'un jugement.

C'est alors qu'il se déplaça et revint en direction de la porte. Un léger sourire animait ses lèvres et je compris que cela n'était pas de bon augure, qu'il nous tuerait ici, dans ce grenier si symbolique, sans auparavant avoir pris soin de balancer l'un d'entre nous à travers l'ancien vitrail. Ensuite, Mickaël arriverait et transformerait nos cadavres en sacrifice vaudou.

Mais je me trompais.

Manus atteignit la porte et, avec des gestes mesurés, comme s'il souhaitait jouir de chaque seconde, referma la porte, nous permettant ainsi de découvrir ce qui se cachait dans le coin gauche de la pièce.

J'aurais aimé crier.

Pleurer.

Me ruer sur cet homme pour le déchirer en lambeaux.

Seulement, j'en fus incapable.

J'étais tétanisé d'effroi.

Dans le coin opposé du grenier, une silhouette se trouvait recroquevillée sur le sol. Vêtue d'une robe sombre, elle se tenait en position fœtale, sa tête appuyée contre ses genoux. Cette silhouette me sembla si frêle, si chétive que je crus tout d'abord que Manus avait enlevé un enfant et que nous assisterions, inutiles, à son sacrifice. Mais quand Manus ordonna à sa proie de montrer son visage, la pièce entière me donna l'impression de se vider de son oxygène. L'horreur que je découvris entraîna un cri de souffrance qui ne parvint pas à s'échapper de mes lèvres paralysées. Son écho résonna dans chacune de mes veines, chacun de mes organes et dans chaque synapse de mon cerveau jusqu'à assourdir ma conscience.

Je tombai à genoux, en larmes, comprenant soudainement toute la folie de cette île.

— Mon Dieu ! pleura Rachelle. Qu'as-tu fait, Manus ?

La jeune femme, à son tour, se trouva incapable de faire le moindre mouvement. Les bras ballants, le visage noyé de larmes et d'incompréhension, Rachelle se souvint des paroles de son père lorsqu'il lui avait décrit la nuit où l'enfant qu'il était avait aperçu par l'entrebâillement de la porte sa mère devenir le jouet du vaudou.

« Ce n'était plus elle, ils l'avaient transformée. Ses grognements et ses cris étaient ceux du vaudou… Elle était déjà perdue avant que je ramène le médecin… »

Rachelle fixa Manus et comprit que lui aussi était perdu. Que jamais il ne redeviendrait celui qu'il était avant que Lucien ne se jette par cette fenêtre.

La Tombe joyeuse avait finalement dévoré tous ses enfants.

8

Haïti, 12 janvier 2010
Cinq minutes avant le séisme

— Ma…Manus, tu n'as pas le droit de…

Rachelle ne parvenait plus à articuler ses paroles. Le moindre mot la faisait souffrir car il dénonçait l'horreur à l'état pur, celle qu'elle n'aurait jamais cru rencontrer dans sa vie, et surtout pas dans le regard à présent fiévreux de celui qu'elle avait tant aimé. Manus se déplaça dans la pièce avec lenteur, prenant son temps avant de répondre, se délectant de sa vengeance :

— Oh ? Vraiment ? s'étonna-t-il. Je n'ai pas le droit de quoi ? D'agir comme ils ont agi ? Au contraire, je suis le seul à pouvoir me le permettre !

— Mais comment… Méline est morte…

— Non, rectification, Sybille est morte, mais l'autre cadavre n'était pas celui de Méline. Méline, à défaut de son père, devait vivre le temps que j'en termine avec les autres. Elle est la dernière pièce du puzzle, celle qui va chuter de ce grenier et par laquelle Lucien se trouvera vengé.

— Qui… qui était dans la voiture ? Les examens médicaux ont confirmé qu'il s'agissait de Méline.

— Rach… Sur cette île, des cadavres tombent du ciel toutes les nuits ! Devine quelle a été la réaction de Jean, le légiste, lorsque je lui ai proposé de le débarrasser d'un corps ? Sais-tu avec quelle facilité il a accepté, arguant en avoir trop pour pas assez de place ? Tout comme il a accepté de falsifier ses résultats d'analyse pour ne pas dévoiler la tromperie dont il était un des rouages.

Entendre Manus l'appeler « Rach », ce surnom que seuls son père et son amant étaient autorisés à utiliser, lui donna envie de vomir. Ce monstre l'avait serrée dans ses bras, lui avait fait l'amour… Cette fois, elle ne put se retenir et se pencha sur le côté pour se débarrasser de toute l'horreur qui empoisonnait son estomac. Après quelques minutes, Manus reprit la parole :

— Tu te sens mieux ?

— Que lui as-tu fait ? murmura Rachelle en essuyant sa bouche d'un revers de manche rageur.

— Je l'ai rendue comme nous. Je l'ai enfermée dans son propre corps, laissant son esprit s'y balader sans jamais pouvoir s'exprimer. Elle aussi s'est retrouvée derrière la porte rouge, elle aussi a goûté la drogue pâteuse, mais pas seulement la nuit, le jour aussi, jusqu'à la zombifier totalement.

— Tu lui as donné de la tétrodotoxine ? souffla-t-elle, abasourdie par la folie de cette démarche.

— Oui, tout comme son père nous en donnait, rétorqua Manus.

J'entendais ce monstre se complaire dans ses explications.

Immobile, Méline nous observait d'un regard vide. Son visage crasseux n'exprimait aucune émotion.

Ses pommettes saillantes et son faciès osseux me firent penser aux chiens rachitiques croisés dans mon rêve. Seulement, si eux avaient été capables de mouvement, Méline paraissait aussi figée qu'une statue.

Je me relevai, décidé à m'approcher d'elle. Et tant pis si je risquais ma vie.

Manus disparut.

Tout comme la menace de son arme.

Seul le désir de serrer ma femme dans mes bras me donna la force d'avancer.

Je ne souhaitais qu'une seule chose avant de mourir : lui murmurer à l'oreille que jamais je n'aurais dû accepter qu'elle parte sur cette île, que jamais je n'aurais dû trahir ma promesse et nous laisser nous éloigner.

Dès que le policier comprit ma volonté, il tira sur le sol pour m'arrêter. Un morceau du parquet avala la balle en recrachant une poussière à l'odeur de feu.

— Vincent, ne fais pas ça ! me supplia Rachelle.

Mais bien plus que quiconque, la jeune femme comprenait mon acte. Elle aurait agi de même si elle avait pu une dernière fois se lover contre son père. Tout comme elle aurait plongé dans les mers tumultueuses pour embrasser sa mère avant qu'elle ne se noie…

Cette fois-ci, Manus dirigea son arme vers moi.

Mais le bruit qui nous entoura alors ne provint pas de la détonation du Ruger, il monta directement des enfers…

9

Haïti, 12 janvier 2010

Le grenier trembla tellement fort que nous perdîmes tous l'équilibre et dûmes nous appuyer aux murs. Manus laissa échapper son arme et, tandis qu'il tentait de retrouver sa stabilité pour pouvoir la récupérer, je vis durant une fraction de seconde la peur dans ses yeux.

Des craquements lugubres et sonores secouèrent la Tombe joyeuse. Le mur entourant la grande fenêtre s'émietta, une longue zébrure le traversa dans son intégralité, tordant dans sa course la structure métallique du vitrail comme s'il s'agissait d'un simple cercle de papier aluminium.

En une poignée de secondes, la carcasse de la Tombe joyeuse se mit à tanguer sur ses bases. Ses pierres et son bois s'effritèrent, craquèrent en poussant des hurlements qui ressemblaient à des cris de souffrance humains. Une partie du sol du grenier s'effondra en rugissant puis disparut vers l'étage inférieur.

Mes jambes ne m'offraient qu'un équilibre précaire et, bien que mon corps tanguât de manière grotesque, je n'hésitai pas une seconde. Mû par un instinct de survie que j'ignorais posséder, je me jetai en avant et atteignis

Méline qui, toujours immobile, lançait des regards fous en direction des larges poutres du plafond.

Au moment où ma main toucha son bras amaigri, un crissement de bois qui se fend provint du parquet, dont certaines lattes devenues folles se levaient et explosaient dans une fureur meurtrière en se rapprochant de l'entrée.

— Vincent ! hurla Rachelle à travers ce capharnaüm. Partez ! Vite ! Tout va s'écrouler ! Foncez ! Ne vous retournez pas !

J'ignore comment j'y suis arrivé. Je me souviens à peine d'avoir saisi la main si fragile de Méline. Je sais juste que j'ai senti une résistance de sa part, mais que celle-ci n'a duré qu'une fraction de seconde avant que ma femme ne se laisse entraîner dans mon sillage. J'ai jeté un dernier coup d'œil en direction de Rachelle qui avançait péniblement vers Manus. Nos regards se sont croisés et j'ai compris qu'elle ne voulait pas l'abandonner, que, d'une certaine manière, elle espérait pouvoir encore le sauver.

Je me suis mis à courir.

Je suis sorti du grenier sans plus réfléchir, me concentrant uniquement sur mes déplacements et sur cette main que je serrais avec une force démesurée.

À plusieurs reprises, des éléments de la Tombe joyeuse qui continuait de se tordre de douleur faillirent me heurter violemment. Je plaçai mon bras libre au-dessus de mon crâne pour me protéger, mais rien ne pouvait empêcher les débris de me picorer le cuir chevelu tels les aiguillons d'abeilles invisibles.

Je sautai par-dessus les têtes des statues qui roulaient à présent comme si elles se trouvaient sur le pont d'un bateau en détresse, soulagé à chaque geste brusque de sentir encore la main de Méline fermement accrochée à la mienne. Durant cette fuite désespérée, je ne songeais qu'à une seule chose : ne pas me retourner. Pas avant que nous nous soyons éloignés de cet enfer assourdissant qui semblait redoubler de puissance et de furie, comme si la Tombe joyeuse avait lu dans mes pensées et qu'elle m'envoyait un message empli de promesses mortifères.

Quand nous arrivâmes au dernier escalier, celui-ci se contorsionnait comme un équilibriste sur un fil, tanguant à droite puis à gauche, menaçant à chaque instant de s'effondrer complètement. Souffrant de sa propre mort, sa boiserie se déchiquetait en poussant des cris d'orfraie, aussi aigus et déchirants que des cris de nouveau-né. J'agrippai avec plus de force encore la main de Méline et dévalai les marches instables, priant pour que ma femme ne trébuche pas, pour qu'elle ne soit pas avalée par la terre furieuse qui à présent déchirait le sol de la pièce principale.

Son parquet se tordait puis craquait en sautant avec colère vers le ciel. À travers cette danse macabre, je perçus brièvement les complaintes désordonnées du piano qui, happé par le gouffre qui venait de s'ouvrir près de lui, commençait à disparaître en pleurant ses dernières notes.

Nous courûmes encore quelques mètres, jusqu'à nous retrouver dehors. Et nous continuâmes ainsi jusqu'à atteindre la grille de la maison de la *mambo*, dorénavant futile protection, qui n'avait pas résisté aux secousses démoniaques, ensevelissant sans aucun doute dans sa chute la silhouette de Salamia.

Les grondements cessèrent lentement, tel le rouleau d'une vague impérieuse. Un silence funeste, lourd de conséquences, succéda à la colère souterraine. Autour de nous, des nuages de fumée s'élevaient de l'horizon et assombrissaient l'éclat du soleil, noyant le jour dans une nuit artificielle à l'odeur de mort et de sang.

Méline se laissa tomber à terre tandis que je fixais avec espoir l'entrée de la Tombe joyeuse. Mais, au lieu de recracher deux silhouettes, l'orphelinat éructa une poussière épaisse, un nuage sombre et définitif, tandis que ses fondations se repliaient sur elles-mêmes, que son toit s'affaissait au point de disparaître et que ses murs écrasaient de leur masse centenaire la possibilité d'un miracle.

Après quelques minutes de vaine attente, je détournai les yeux des ruines et relevai Méline. Elle me dévisagea, puis, aussi imprévisible que déchirant, un léger sourire fit trembler ses lèvres tandis que son regard paraissait retrouver un peu de sa flamboyance.

Nous restâmes ainsi, au milieu d'un monde en perdition, sans savoir que, quelques kilomètres plus loin, le siège d'une association s'était écroulé lui aussi, tuant l'ensemble du personnel et son directeur, Mickaël, le complice de Manus.

Ainsi, échappés des entrailles des enfers, nous étions les deux uniques survivants de la Tombe joyeuse et de son histoire. Nous devînmes la mémoire de ces six enfants, maintenant tous réunis pour l'éternité.

La dernière chose dont je me souviens est que pendant que nous errions le long du chemin de terre, au milieu d'un décor de fin du monde, une litanie de souffrance s'éleva dans le ciel et assourdit tous les autres bruits.

Rachelle avait raison quand elle prétendait que si tous les orphelins se mettaient à chanter, leurs voix couvriraient le brouhaha de la ville.

Car oui, les enfants vivants, blessés ou agonisants, tous hurlaient ensemble à présent, et leur complainte résonna dans chaque mapou, dans chaque esprit vaudou et dans chaque conscience des rescapés de l'île.

Le séisme du 12 janvier 2010 a tué des milliers d'enfants ; bon nombre d'entre eux ont été retrouvés pris au piège sous les décombres d'orphelinats déclarés ou illégaux.

REMERCIEMENTS

Une fois de plus, je tiens à remercier l'ensemble de l'équipe Calmann-Lévy.

Philippe, Caroline, Valérie, Virginie, Patricia, Antoine, Mélanie, Margaux, Lisa, Julia… merci pour votre travail durant cette année écoulée.

Une maison est un endroit où l'on se sent bien dans chaque pièce, avec chaque personne. Au 21 rue du Montparnasse, je me sens comme à la maison.

Merci à cet ami haïtien qui m'a parlé avec une touchante passion de son pays, parfois jusque très tard, mais toujours avec sourire et espoir.

Merci à l'UNICEF et à LUMOS, l'ONG créée par JK Rowling, pour leurs rapports précis sur la situation des enfants en Haïti.

Merci à mon fils, Loan, de partager son père avec Sarah, David, Samuel, Julie, Damien, Rachelle, Vincent, le géant de Brume, le rouquin, les six et bien d'autres sans jamais s'en plaindre.

Un jour, tu seras en âge de les lire.

Tu les aimeras, tu les détesteras, mais en tout cas tu comprendras et, qui sait, peut-être que tu en créeras à ton tour.

Du même auteur
aux éditions Calmann-Lévy :

Les Chiens de Détroit, 2017
Le Douzième Chapitre, 2018
Les Refuges, 2019

PAPIER À BASE DE
FIBRES CERTIFIÉES

Le Livre de Poche s'engage pour
l'environnement en réduisant
l'empreinte carbone de ses livres.
Celle de cet exemplaire est de :
400 g éq. CO_2
Rendez-vous sur
www.livredepoche-durable.fr

Composition réalisée par Belle Page

Achevé d'imprimer en août 2021, en France sur Presse Offset par
Maury Imprimeur – 45330 Malesherbes
N° d'impression : 256402
Dépôt légal 1re publication : septembre 2021
LIBRAIRIE GÉNÉRALE FRANÇAISE – 21, rue du Montparnasse – 75298 Paris Cedex 06

21/1751/4